1. Д. С. Мережковский, май 1940 г. Париж.
   (Из личного архива Т. А. Пахмусс)

ДМИТРИЙ
МЕРЕЖКОВСКИЙ

МАЛЕНЬКАЯ ТЕРЕЗА

ПОД РЕДАКЦИЕЙ,
СО ВСТУПИТЕЛЬНОЙ СТАТЬЕЙ И КОММЕНТАРИЯМИ

ТЕМИРЫ ПАХМУСС

Эрмитаж

1984

Дмитрий Мережковский

МАЛЕНЬКАЯ ТЕРЕЗА (Роман)

Письма Д. Мережковского и З. Гиппиус.
Под редакцией, со вступительной статьей и комментариями
Темиры Пахмусс.

Dmitry Merezhkovsky. MALEN'KAYA TEREZA. (A novel)
Also correspondence by D. Merezhkovsky and Z. Hippius.
Edited with introduction and notes by Professor Temira Pachmuss.

Copyright © 1984 by Temira Pachmuss
All rights reserved

Library of Congress Cataloging in Publication Data

Merezhkovsky, Dmitry Sergeyevich, 1865–1941.
  [Malen´kaĭa Tereza / Dmitriĭ Merezhkovskiĭ ; pod redaktsieĭ so vstupitel´noĭ stat´eĭ i kommentariĭami Temiry Pakhmuss].

    Partial contents: Malen´kaia Tereza — Pis´ma.
    Includes bibliographical references and index.
    1. Thérèse, de Lisieux, Saint, 1873–1897—Fiction.
2. Merezhkovsky, Dmitry Sergeyevich, 1865–1941—
Religion and ethics—Addresses, essays, lectures.
3. Novelists, Russian—19th century—Correspondence.
4. Merezhkovsky, Dmitry Sergeyevich, 1865–1941—
Religion and ethics—Addresses, essays, lectures.
I. Pachmuss, Temira, 1927–   . II. Title.
PG3467.M4M34 1984   891.73'42   84–22518
ISBN 0-938920-43-X

Published by HERMITAGE
2269 Shadowood Drive
Ann Arbor, MI 48104, USA

In Memoriam:
> *МОЕЙ СЕСТРЕ НИНЕ*
>> *Темира Пахмусс*

2. Тереза Лизьеская в монастыре Кармелитских Монахинь в Лизье, Нормандия, за год до смерти (1897 г.)
(Из личного архива Т. А. Пахмусс)

СОДЕРЖАНИЕ

Темира Пахмусс. Предисловие 9

ВСТУПИТЕЛЬНАЯ СТАТЬЯ 13
   Маленькая Тереза 14
   Метафизические концепции Мережковских 30
   Новое религиозное сознание и Человечество Третьего Завета 46

МАЛЕНЬКАЯ ТЕРЕЗА (Роман Д. Мережковского) 77

ПИСЬМА 127

ПРИМЕЧАНИЯ И КОММЕНТАРИИ 179

INDEX 201

3. З. Н. Гиппиус, А. О. Бунакова-Фондаминская и Д. С. Мережковский. Hotel de l' Estérel в Каннах, 1912 г. (Из личного архива Т. А. Пахмусс)

ПРЕДИСЛОВИЕ

Дмитрий Сергеевич Мережковский (1865—1941) — один "из самых культурных людей не только России, но и Западной Европы",[1] автор множества историко-философских произведений, переведенных на английский, французский, немецкий, итальянский и другие языки. Его последнее произведение *Маленькая Тереза,* печатаемое здесь впервые, резюмирует всю его религиозную философию: путь к настоящей, единой, Вселенской Церкви ведет через личное переживание человеком любви к Иисусу Христу — путь Маленькой Терезы, Ste Thérèse de Lisieux. Намерением Мережковского, таким образом, здесь было не изучение прошлого юной монахини-кармелитки, а предсказание духовной культуры будущего человечества.

Вступительная статья к *Маленькой Терезе* состоит из экспозиции: 1) основных метафизических, религиозных и социо-политических концепций Мережковского, на которые оказала большое влияние жена писателя, Зинаида Гиппиус (1869—1945), один из выдающихся поэтов эпохи русского Символизма; 2) их совместной деятельности в претворении в реальность их идеалистической философии; 3) их интереса к маленькой французской святой. Как утверждает Н. П. Полторацкий, "литературно-идейно" Мережковский и Гиппиус были настолько связаны, что несправедливо говорить об одном, не отдавая должного другому.[2] Действительно, в своих произведениях Мережковский часто развивает философские положения Гиппиус и даже пользуется сформулированными ею тезисами и цитатами из ее стихотворений для выражения различных аспектов своего сложного мировоззрения. Вся многообразная деятельность Мережковских была их *общим* делом: 1) усилия организовать новую, единую, Вселенскую Церковь и Человечество Третьего Завета; создание 2) Религиозно-философских собраний в Петербурге начала века, 3) журнала *Новый путь* и 4) их знаменитого литературного салона в Петербурге и, позже, в эмиграции, в Париже. При этом необходимо отметить, что в претворении их общих идей в реальность главная, ведущая роль всегда принадлежала Гиппиус. Общей была и их любовь к Маленькой Терезе, стимулирующей своим отношением к Иисусу Христу движение человечества к Царству Божию на земле, а также их "непримиримость" по отношению к "Царству Антихриста" — большевизму — во всех решительно его манифестациях, всегда и везде.

За Вступительной статьей следует текст *Маленькой Терезы* и впервые публикуемые письма Мережковского к его долголетнему секретарю, Владимиру Ананьевичу Злобину (1894—1967), написанные в Швейцарии и Италии. В Италии, куда Мережковские удалились почти на два года, чтобы не стать свидетелями нового большевистского *coup d'état* в годы 1936—1937 во Франции, Дмитрий Мережковский писал *Данте* и начал работать над "житиями" испанских мистиков[3] и над последней книгой из цикла *От Иисуса к нам* — о Маленькой Терезе — законченной им в предлагаемой ниже версии незадолго до своей смерти в декабре 1941 г. В Риме Мережковский не раз встречался с Муссолини,[4] которого он, по словам Бориса Зайцева, хотел "научить уму-разуму". О своих делах и о результатах этих встреч Мережковский пишет Злобину, который, в свою очередь, посылает Гиппиус и Мережковскому "зловещие эпистолы о большевистских кознях" во Франции и уговаривает их переждать это время в Италии.

Поскольку деловую корреспонденцию Мережковского всегда вел Злобин, а личную Гиппиус, выдержки из ее писем, поясняющие ситуацию или проблемы Мережковских в Италии, цитируются в соответствующих местах. "Д. С. не любил писать письма",[5] сообщает Гиппиус, принимая на себя ответственность за его переписку с русскими и иностранными писателями со времени их поселения в Петербурге в начале 1889 г. Хронологическая последовательность в расположении писем в некоторых местах умышленно нарушена, когда пояснения Гиппиус предвосхищают сообщения Мережковского или, наоборот, резюмируют утерянное, но потом найденное его письмо.

Письма Мережковского сопровождаются моими аннотациями, основанными на данных из моих многочисленных интервью с теми русскими писателями и учеными, которым были более или менее известны упомянутые люди, детали и события, а также на результатах моей продолжительной работы над литературными архивами.

Несмотря на все мои усилия, мне не удалось установить личность нескольких людей, некоторые происшествия и даты, имевшие какое-либо значение в жизни Мережковских в Италии. Библиографические справочники в американских библиотеках, а также в библиотеках Парижа, Гейдельберга, Мюнхена, Лондона и Гельсингфорса не изобилуют нужными мне данными. Те немногие сведения, которые мне посчастливилось найти, часто грешат искажениями. Как хорошо известно, советские энциклопедии не дают *bona fide* информации о русских писателях, государственных деятелях, мыслителях и деятелях искусства, покинувших Россию после революции 1917 г. В моих комментариях, поэтому, хотя и проверенных мною не раз, возможны неточности или даже ошибки.

Цель моих аннотаций — дать краткие био-библиографические сведения об упомянутых Мережковскими людях. Я не имела в виду приготовление полного био-библиографического справочника. О более известных писателях (Бунине, Бальмонте, Куприне) примечания значительно короче, чем о менее известных, т. к. данные о первых можно легко найти в разных источниках.

За аннотациями следует Указатель имен, заглавий произведений и названий упомянутых журналов, альманахов и газет.

Желающим более глубоко ознакомиться с религиозно-философской системой Мережковского я рекомендую две превосходных книги: C. Harold Bedford, *The Seeker: D. S. Merezhkovskiy*[6] и B. G. Rosenthal, *D. S. Merezhkovsky and the Silver Age: The Development of a Revolutionary Mentality*.[7]

Редактируя текст *Маленькой Терезы* и писем, я соблюдала особенности стиля и пунктуации Мережковского и Гиппиус. Орфография изменена на новую. Подчеркнутое набрано курсивом.

Я приношу глубокую благодарность ныне покойному Владимиру Ананьевичу Злобину, предоставившему в мое распоряжение архивные материалы З. Н. Гиппиус и Д. С. Мережковского, а также University of Illinois Graduate Research Board, the Library, the Russian and East European Center, and Department of Slavic Languages and Literatures, at the University of Illinois, за различные денежные пособия в процессе моей работы над архивами и их публикацией и за приобретение необходимых мне материалов.

Темира Пахмусс
University of Illinois

4. Д. В. Философов, Д. С. Мережковский, З. Н. Гиппиус и В. А. Злобин.
1920 г., Варшава.
(Из личного архива Т. А. Пахмусс)

ВСТУПИТЕЛЬНАЯ СТАТЬЯ

МАЛЕНЬКАЯ ТЕРЕЗА

Образ Маленькой Терезы привлекал Мережковских в течение всей их твореческой жизни. Ее послушание, смирение, любовь к Иисусу Христу и принятие на себя креста страдания полностью соответствовали концепции "любви-влюбленности" обоих писателей. В одном из ранних писем своему долголетнему близкому другу Дмитрию Владимировичу Философову (1872—1940) Гиппиус упоминает предшественницу Маленькой Терезы, Святую Терезу Авильскую, как символ сознательной веры по контрасту с интуитивной верой Терезы Лизьеской: "...а ты знаешь, ты наблюдал когда-нибудь чувственность сознательной веры? Идущую *от* Высшего (не к Нему, как у св. Терезы), а всю *под* Его взорами?"[1] Имя Терезы Льзьеской появляется в письмах Гиппиус и Мережковского часто, особенно во время их отъездов из Парижа. В 1928 г. из Загреба, где Мережковские принимали участие в Первом конгрессе русских писателей в эмиграции по приглашению короля Александра, Гиппиус пишет Владимиру Ананьевичу Злобину: "Попросите мысленно маленькую Терезочку, чтоб она нам улыбнулась и Николай Чудотворец чтоб помог в пути".[2] Из Рима в 1936 г., обеспокоенная событиями в Европе и возможностью новой войны, Гиппиус сообщает Злобину: "А вы, кстати, не понимаете, как тяжело *опять* начинать 'новую' жизнь, да для вас это бы и ничего, а для меня — чего. Это — лично, а еще и нелично жаль мне 'мою' Францию, родину Терезы — Тере-зины, как ее здесь называют".[3] Перед поездкой в Париж из Рима 17-го декабря 1936 г. Гиппиус, жалуясь на необходимость возвращения во Францию, говорит Злобину: "Уезжать отсюда не очень хочется, j'ai le cocur gros. Эти розовые лепестки Дмитрий Сергеевич потребовал, чтобы я вам вложила в виде 'поцелуя свидания'. Жаль, что это не 'pétales' Терезы."[4] В Риме Мережковские регулярно ходят в католическую церковь, чтобы помолиться перед статуей Маленькой Терезы, зажечь перед нею свечи и поставить свежие цветы. У них следующее распределение утреннего времени в Риме: "Сейчас идем к Терезе, а потом завтракать к Радзивилл."[5]

В Риме Мережковские изучают подробности жизни Маленькой Терезы для написания Мережковским романа о ней. "Не забудьте прислать книгу о Терезе,"[6] напоминает Гиппиус Злобину в письме от 3/4 августа 1937 г. "Детектив, спасибо, получили, ждем еще, и Терезу я, с удовольствием, тоже получила."[7] В процессе работы Мережковского над романом *Маленькая Тереза* Гиппиус продолжает собирать нужные ему материалы, размышляя над фамилией Guérin, связанной с родом Терезы, в письме к Злобину от 11-го сентября 1937 г.:

> Да, Guérin... Я долго не могла понять, почему мне так знакомо это имя. А ведь Guérin — дядя и опекун мал. Терезы. Фамилии Guérin принадлежит замок de la Musse, тут же где-то, в окрестности; там умер и парализованный отец Терезы, после чего сестра ее, Селина, тоже пошла в Carmel (еще при жизни Терезы). Туда же пошла и Marie Guérin, кузина; вторая дочь Guérin, Жанна, вышла замуж за доктора (одного из лечивших, бесплодно, Терезу). Интересно, в каком родстве находятся с ними ваши Guérin. Это явно один и тот же нормандский род. Книга Caïков, кот. вы прислали, не очень меня удовлетворила; один Эстонию[?] еще ничего, а то я предпочитаю откровенных католиков, а не таких мудрствующих, но робких эстетов-католиков.[8]

Гиппиус делится грустными соображениями о реальном мире со своим ''Другом номер один'', как она шутливо называла поэта Виктора Андреевича Мамченко (1901—1982): ''Сегодняшний реальный день мира — вот печаль... Смотрю на дворец Папы [Римского] за озером, на проходящих мимо, целыми косяками, монахов и монахинь, и думаю: ничего вы не понимаете, никакого от вас толку... Впрочем, бывает иначе, ведь маленькая моя Тереза — кармелитка...''[9] А 2-го ноября 1937 г. из Рима она успокаивает сестру Анну, оставшуюся по делам в Париже: ''Моя маленькая Тереза явно о нас печется, а твой Николай Чудотворец всегда висит над Дмитриевой кроватью''.[10]

Мысль о Св. Терезе никогда не покидала Мережковских, особенно в течение последних, трудных лет их жизни. Например, Грете Герелль, своей подруге-художнице, Гиппиус пишет в Стокгольм 20-го декабря 1933 г.:

> Дмитрий все время жалуется на холод, и я в раздражении напоминаю ему о словах маленькой Терезы, моей любимой святой, которая не хотела сетовать на неудобства жизни даже такими простыми словами: ''Очень холодно. Очень жарко''. Она говорила: ''Бог, допуская наше страдание на земле, мучается достаточно от наших упреков Ему, что мы испытываем неудобства; мы должны делать вид, что мы их не замечаем...'' И еще: ''Наше страдание не делает Бога счастливым, но мы должны страдать, поэтому, посылая нам страдание, Он *как бы отвращает Лик Свой*''. Это очень трогательно, не правда ли? Этой замечательной тонкостью — представлением Бога, *''отвращающего Лик''* — эта маленькая святая, в своем страдании, дает нам пример радости. Но Дмитрий, читая сейчас о великом грешнике Св. Августине, не в состоянии вполне следовать маленькой кармелитке в своих чувствах.[11] [перевод с французского Т. П.]

Уже в 1930-е годы Мережковский, очарованный Маленькой Святой, намеревался написать о ней книгу, что следует из письма Гиппиус к Герелль от 4 января 1934 г.:

> Наше Рождество в следующее воскресенье, 7-го, но поскольку я очень люблю некоторых католических святых, особенно маленькую Терезу, я глубоко почитаю прошлый Рождественский день. Я бы очень хотела иметь маленькое рождественское деревцо, но, к сожалению, у нас мало денег в этом году... Святые... Я восхищаюсь некоторыми из них; других я просто люблю, как будто это живые люди (разве они не живые?!). Маленькая Тереза очаровала весь мир, и вы тоже будете ею пленены, когда прочтете историю ее жизни, написанную ею самою. Я пошлю вам эту книгу в следующее воскресенье, или на этой неделе, когда я пойду в магазин [ее сувениров]. После этого я пришлю вам перевод нескольких моих стихотворений, посвященных ее памяти. Может быть, я пришлю вам другую книгу, вместо Истории..., *Дорогое дитя* [*всего*] *мира*. Это отлично написанная книга. У меня были все эти книги, но Дмитрий похитил их у меня, потому что он намеревается также написать об этой маленькой девочке.[12]
> [Перевод с французского Т. П.]

Сама Гиппиус писала о св. Терезе не только стихи, но и статьи, о чем она сообщает Грете Герелль 22 января 1934 г.:

> Прилагаю мою старую статью о маленькой Терезе, написанную по-русски несколько лет тому назад в варшавском журнале; она была недавно переведена (к сожалению, *очень плохо*) по нашей просьбе другом Mme Манухиной, т. к. мы намереваемся написать сестре Терезы, Полине, которая все еще является Настоятельницей Кармеля в Лизье. Эта статья существовала только в двух экземплярах — одна, для Лизье, должна быть переписана (это я сделаю), а другую я посылаю вам — в том виде, в каком она была написана первоначально по-русски. Дмитрий хочеть иметь ее среди своих книг о Терезе, поэтому, пожалуйста, верните эту статью мне, как только она вам будет больше не нужна. Я только хотела, чтобы вы знали, почему мы любим эту святую... Я очень рада, что Дмитрий также интересуется святыми. Но наши позиции в этом отношении немного различны. Это не моя "работа"; это мое созерцание. Вы говорите, что святые оканчивают свои добрые дела тогда, когда они покидают этот мир. Но с положительной точки зрения они продолжают эти дела (как все "творцы", которые уже исчезли, но продолжают питать людей) — для тех, которые религиозны, не так ли? Вы увидите, что маленькая Тереза говорила — у нее не будет ни минуты отдыха в ее новой жизни до само-

го конца мира; до того момента, когда Ангел скажет: "Времени больше нет!" и все тогда будут спасены. В ней, в истине, в ее части истины, но очень важной части, мне это так очевидно. Что касается настоящего момента — я верю в это — маленькая Тереза обладает всей истиной.

Мое письмо становится все более и более длинным, хотя я не уверена, что я вам что-нибудь толком объясняю. Но это так сложно! Вот что я имела в виду написать вам после посылки книги: я хотела особенно просить вас быть снисходительной к нескольким плохо исполненным рисункам в этой книге. Они очень неуклюжи; другими словами, изображения маленькой святой, сделанные ее сестрой, не подлинное искусство. Но они трогательны и нашли путь в сердца "простых" людей. Некоторые из них слишком "католичны", поэтому не реалистичны, но это не важно! Иногда необходимо видеть, что находится за начерченными линиями. Есть маленькая книжка *Последнее слово на тему* — последние собеседования маленькой Терезы со своими сестрами. Эта книжечка, я должна сознаться, очень тяжелая, мучительная, но в ней есть эти фотографии, по крайней мере, одна. Хотите эту книгу?[13] [Перевод с французского Т. П.]

В тяжелые для Мережковских времена они обращаются к образу Маленькой Терезы с ее смирением и твердой верой в Бога:

Но маленькая Тереза мягко упрекает меня в отсутствии доверия, так что покончим с этим. Я думаю, у меня есть несколько вещей, которые я хочу послать вам: несколько книг, отрывок из справочной статьи о маленькой святой, в котором упоминаюсь я с циклом моих стихов по-французски. Но это на другой раз, когда у вас будет больше свободного времени, и когда мы сможем писать друг другу без спешки.[14] [Перевод с фр. Т. П.]

Маленькая Тереза стоит в центре внимания Гиппиус в ее письме к Герелль от 22-го сентября 1935 г.:

В тот день после обеда мы были, как всегда, в церкви маленькой Терезы. Пересекая новую большую площадь, где все еще виднеются клочки земли, покрытые травой и маленькими желтыми цветами, я ухитрилась (через решетку) сорвать несколько цветочков, чтобы снести их ей. В прошлое воскресенье я смогла купить для нее другие — большие цветы, но сегодня, я уверена, она поймет, что маленькие цветы так же хороши, как и большие.[15] [Перевод с фр. Т. П.]

Любовь к маленькой святой-кармелитке дает возможность Гиппиус уповать на лучшее будущее, без утраты веры:

"Мы попытаемся приобрести уверенность маленькой Терезы". И дальше: "Я вижу себя такой несовершенной, что иногда только одна маленькая Тереза спасает меня от глубокого упадка духа. Самое лучшее средство против этого — не думать слишком много о себе в такие времена, стараясь сохранить уверенность духа, несмотря на все происходящее вокруг.[16] [Перевод с фр. Т. П.]

Добрая Маленькая Тереза позаботится о Мережковских даже в оплате счетов! "Дмитрий всецело поглощен своим Данте. Он отрывается от книги только тогда, когда он с тяжелым чувством размышляет — если за газ будет заплачено, то не выключат ли электричество? Я не одобряю этих раздумий. Маленькая Тереза позаботится обо всем.[17] [Перевод с фр. Т. П.] Гиппиус хотела бы посетить дорогие ей места в Италии с Герелль, близкой ее сердцу: "Я теперь понимаю, что во Флоренции не так много интересного, как в Риме, из того, что я хотела бы вам показать. Вместе увидеть Крест в середине Колизея ("Cruce spes unica"), пустую и тенистую церковь маленькой Терезы в монастыре Босоногих Кармелиток, райский сад Боргезе, полный чайных роз и всяких других цветов... нет, оставим это и поблагодарим Бога за Его непостижимый для ума замысел, и да будет воля Его.[18] [Перевод с фр. Т. П.]

Образ Маленькой Терезы, ее сестры Полины, страдание и смиренная, тихая смерть переплетаются в снах Гиппиус:

> Но перед тем, как проснуться, я ужасно мучилась, думая о дорогом мне человеке в соседней комнате. Тогда сестра маленькой Терезы, ее любимая сестра Полина, взяв меня за руку и утешая меня, сказала: "Она не страдала. Она умерла без страдания, спокойно. То, что ты слышишь, это ее плачущая мать". В следующий момент я проснулась с сильно бьющимся сердцем... Если мой сон был так мучителен, то он был моим страданием. Сестра маленькой Терезы, Настоятельница Кармеля в Лизье — еще жива, так почему же я видела ее во сне? "Но сны — это тайна".[19] [Перевод с фр. Т. П.]

Понимая значение страдания в мире больше и глубже, чем другие, Маленькая Тереза выходит из него победительницей: "Бог допускает страдание не потому, что Он желает этого перехода [от Дьявола к Богу]. Он не пользуется этим средством; нет, потому что Он — Бог Свободы; Он любит Свои создания; хочет, чтобы они были во всем свободны; их страдание печалит Его; даже больше — Он страдает с ними (это знание открылось маленькой Терезе). Он жалеет нас, но никогда не переделывает того, что было Им уже создано; Он никогда не отнимает Своих даров; Он делает нас свободными. Но не сказал ли нам Он: "Будьте совершенны, как ваш Отец"?[20] [Перевод с фр. Т. П.]

Возможность новой войны ужасала Мережковских. Возлагая свои надежды на Бога, они ожидали помощи и от св. Терезы. Прославленная французская героиня Jeanne d'Arc (позже Ste Jeanne d'Arc, о которой Мережковский написал книгу *Jeanne d'Arc* [Берлин, 1938], также вызывала большой поэтический и религиозный интерес Гиппиус, о чем свидетельствует ниже публикуемое стихотворение "Тереза". 26-го октября 1933 г. Гиппиус выразила свое отношение к обеим святым в письме к Герелль и в "Терезе" следующим образом:

> Итак, мой друг, я не должна была бы терять самообладания перед лицом опасности. Кроме того, разве мы не в руках Божьих? Церкви были полны, особенно церковь маленькой Терезы, 30 сентября, т. е. в день заключения временного перемирия (но это не важно!), когда опасность отодвинулась назад. Это был праздник маленькой Терезы ("ее рождение на небесах"), и все люди в церкви молились и плакали, пребывая в уверенности, что это она, Тереза, вместе с Жанной д'Арк, послала им эту радость. Невозможно было не разделять чувства этих простых людей.[21] [Перевод с фр. Т. П.]

Тереза

> Ты оглянулась... Было бы странно
> Взор твой встретив — не полюбить.
> Но не могу я тебя от Жанны
> В сердце моем отъединить.
>
> Жанна и Ты... Обеим родная,
> Та, которой душа верна,
> Нежная, грешная и святая,
> Вечно-трепетная страна.
>
> Ты и она — вы досель на страже.
> Вместе с ней Одного любя,
> Не испугаетесь силы вражьей;
> Меч у нея — меч у тебя.[22]

Во время Второй мировой войны Гиппиус поддерживала бодрость духа Мережковского, часто впадавшего в уныние из-за развертывающихся в мире событий, их общей любовью к св. Терезе: "Я не права; я должна следовать примеру маленькой Терезы и отвечать Дмитрию моею самой любящей улыбкой.[23] [Перевод с фр. Т. П.]

Маленькая Тереза появляется в последний раз в письме Гиппиус к Герелль, в котором она повествует о своем большом горе, о смерти Мережковского:

> В пятницу, 5-го декабря, мы пошли в церковь маленькой Терезы. Каждый из нас поставил ей две свечи (из последних там остававшихся). В субботу вечером, как всегда, я сделала ему вместо чая, которого у нас не было, маленькую чашку легкого кофе и затем,

плохо себя чувствуя, сказала ему: "Я не хочу ничего есть сегодня вечером". Он ответил, что ему тоже ничего не нужно. Потом, сидя в кресле в столовой около печки налево от камина, он рассказывал мне о России (я расчесывала свои волосы возле него), говорил, как он ее любит... Затем, когда он лег в постель, я пришла к нему поцеловать его, как всегда. Утром — в то страшное утро, которое для меня все еще вчерашнее — прислуга открыла занавески, сказав: "Мадам, вставайте — месье нехорошо".[24] [Перевод с фр. Т. П.]

Маленькая Тереза много значила во взаимоотношениях Гиппиус с другими ее близкими друзьями, например, с Татьяной Ивановной Манухиной (1885—1962), русской писательницей в эмиграции.[25] Гиппиус так изображает интерес Манухиной к любимой святой Зинаиды Николаевны: "Что касается Манухиной, которую я все меньше понимаю, то она послала моей сестре очень недружелюбную записку, а мне — маленький католический памфлет, крайне банальный, избитый, с надписью: это *сама маленькая Тереза, которая дала наставление Мте Манухиной* послать его мне! И откуда она это знает? И почему маленькая Тереза выбрала именно ее для просвещения меня, да еще посредством памфлета, который не говорит мне ничего, чего бы я сама уже не знала? Загадка![26] [Перевод с фр. Т. П.] С Манухиной, взгляды которой были близки религиозным взглядам Мережковских, Гиппиус вела обширную переписку о Русской Церкви, православных и католических святых, в частности, о Терезе Авильской и о Маленькой Терезе. Будучи по своей природе человеком глубоко набожным, с утонченным художественным вкусом, Манухина выражала большой интерес к религиозной мысли и деятельности Мережковских. Гиппиус, также искренно преданная Манухиной, в свою очередь стремилась осветить последней до малейших подробностей свое метафизическое мировоззрение. Их дискуссии и обмен мнениями о русской интеллигенции, христианском учении и Церкви часто принимали форму дневниковых записей, трактатов и своеобразных писем с пропусками для вписывания в них соответствующих ответов на вопросы, поставленные одной из корреспонденток, как, например, в "Объяснениях и вопросах" — образце именно такой оригинальной переписки двух друзей-писательниц, которые старались с предельной ясностью, и в течение многих лет, раскрыть друг перед другом свой внутренний мир во всех деталях.[27]

Неоспоримая ценность этих дискуссий заключается в том, что они воссоздают ясную картину мировоззрения Мережковских как представителей той части идеалистически настроенной русской интеллигенции, метафизическая направленность которой вызвала полную переоценку всех духовных ценностей девятнадцатого века на пороге нового столетия и бурного расцвета эпохи религиозного Ренессанса в начале века. В "Объяснениях" мы находим мысли об учении Иисуса Христа, "пленении" Его идеей, Евангелии, "путях святости", о святых, о Церкви в истории человеческой, о "пути Лютера", Римском Католичестве с его "власть имущими", которые повелевают в "подтягивании коллектива к общей идее" и таким образом разрушают индивидуальную веру свободно мыслящего человека, о русских религиозных сектах, "общей молитве", "личном самосовершенствовании", человеческой воле и о Любви. "Любовь — одна" и в своем единстве она лишена каких-либо "подразделений" внутри себя — это также одна из тем этой переписки. "Мне кажется, что есть черта, за которой все... подразделения кончаются, остается 'любовь' tout court", пишет Гиппиус в "Объяснениях и вопросах". "Все, без исключения, элементы любви, из которых составляется мыслимая Одна, — святы. Но слишком не-мерно", сетует она, "слишком разрозненно заложены они в нашу душу, а главное, души-то или слабы, или извращены".[28] В концепции Любви, всегда занимавшей центральное место в художественной и религиозно-общественной эволюции Гиппиус и Мережковского, сказывается больше, чем в каком-либо другом аспекте их религиозной мысли, общая идеалистическая направленность их философии. Очень существенны их размышления об истинной святости отдельных личностей, в том числе Маленькой Терезы. Гиппиус пишет по этому поводу:

> Вопрос святости, такой широкий и важный, что жизни не хватит для его исследования. Святые все разные, святость в разные времена — разная. "Житии" одних — говорят одно, других — другое. На основании книг, изучений, текстов, — нельзя прийти ни к каким общим выводам. Тем более, что "свежо" никто не изучает, а всегда уже исходя откуда-нибудь, к какой-нибудь святости более других склоняясь, даже бессознательно. Особенно же вредны и ослепляют "тексты". *Ими* спорящих — примирить нельзя ничем.
>
> Есть, однако, два-три общих положения, ничего не решающих, но спору (хотя бы между нами) не подлежащих.
>
> Я не буду же спорить, что путь святости — один из путей, и прекраснейший. Не спорю, а соглашаюсь и с твоим [Манухиной] определением: что святость есть приобщение, мистическое, к Телу Христову... и т. д. И признаю удачным выражение Фл.: 'Святые отрываются от мирской жизни, чтобы жить *мировой*'. Еще бы не мировой! Их участие в ней, влияние на нее — явно, хотя какими путями это происходит — тут ничего нельзя (и не нужно) определять, ничего нельзя учесть.
>
> Однако, незачем спорить и с теми фактами, о которых я упоминала: что путь святости — есть *один* из религиозно-церковных путей; что *проявление* святости так же разнообразно, как разнообразны лики святых и разнствуют времена их житий; и что, наконец, святость — это удел (или задача) *отдельных* личностей в церковном коллективе. Прибавлю еще, были святые — причисленные к лику святых, — не проявлявшие при жизни деятельного

участия в жизни того или другого церковного коллектива, и даже от него или удалившиеся, или о нем едва знавшие. Тут опять разнообразие времен и личностей...

Вопрос — "кому, чему подчинить свое убеждение в правде" — крайне важный, самый м. б. важный (и страшный) вопрос, ты права. Но вряд ли, реально, он был главным двигателем вхождения интеллигенции в церковь, — в данное время. Вернее, что он праведно отступил в бессознательное, пока все силы *должны* быть направлены на всеутверждение, сохранение уже существующих ценностей. Все вопросы, все, похожее на требования или критику Православной Церкви, должно сейчас погаснуть перед величием ее страдания и крепости.

Ну, а "кому подчиниться..." Хотелось бы, конечно, "никого не называть наставником, никого Учителем", кроме... Но как взять на себя, что Его видишь, Его слышишь? Даже с этим указанием: "По правилу Святой Терезы, если наше видение делает мир лучше, то это, конечно, потому, что мы видим в нем Бога".[29] [С фр. Т. П.]

"Объяснения и вопросы" кончаются утверждением веры в Любовь-Бога и поэтому надежды, что человечеству многое "будет открыто в совместном обращении к Божьей помощи". Воля людей, их "параллельное действование" и общая молитва откроют им то, что еще скрыто в существующем мире — образ "живого Иисуса Христа" и "живой Святой Троицы" в сердце верующего.

Статуя воплощающей любовь-влюбленность Маленькой Терезы, украшенная свежими цветами, стояла долгие годы на книжной полке в салоне Мережковских в Париже. Грета Герелль нарисовала скетч "Зеленого уголка" в их гостиной, где Мережковские любили отдыхать после дневных занятий в разговорах с близкими друзьями или за чтением интересующих их книг. На картине Герелль изображены средневековое Распятие из тяжелого серебра на одной из полок, статуя Маленькой Терезы из белого мрамора с множеством цветов у ее подножия на книжном шкафу, а между ними заленый диван Зинаиды Гиппиус, на котором она сидела сама и усаживала своих дорогих друзей, зеленое кресло Мережковского и плетеное кресло для гостей, на котором всегда сидела лицом к Гиппиус Грета Герелль во время своих визитов.[30] Для Герелль Гиппиус перевела на французский язык целый ряд своих стихотворений,[31] включая прелестное "Вечноженственное".[32]

> L'éternel féminin
> Par quelles paroles puis-je
> Toucher ses blancs vêtements,
> Par quel éclatant prodige
> La saisir complètement?

Je sais que tes noms varient.
Je connais les plus beaux trois:
Solveig, Thérèse, Marie.
Toutes sont l'Unique—Toi.

Je t'aime et dis des prières,
En t'invoquant à l'instar
De ceux qui s'approprièrent
La grâce d'Isis, d'Istar.

Je veux que le coeur réponde,
Aphrodite, à ton appel,
Que tu ressortes des ondes
De la mer de l'Archipel.

Ces noms dont l'éclat varie
Ne sont que tes précurseurs,
Solveig, Thérèse, Marie—
Fiancée, Epouse, Soeur.

"Я много писала и думала о 'женщине' ", — признается Гиппиус 23 июня 1934 г. Грете Герелль. "Хотя женщины часто поступают бездумно и безответственно, настоящая Вечная Женственность возвышенна и священна. Я написала стихотворение об этом, которое пришлю вам на днях".[33] [Перевод с фр. Т. П.]

С темой Вечноженственного в произведениях Гиппиус связан образ Терезы[34], которую она, как и Мережковский, считала посланцем Иисуса Христа на земле и ангелом — во всей ее чистоте и прямолинейности. В письме к Георгию Адамовичу, выдающемуся критику и поэту в эмиграции, Гиппиус так писала 5 сентября 1928 г.: "Даже моя влюбленность в маленькую Терезу — а у нас с ней свои отношения — из того же источника: влечение к 'простому' и простоте, к сиянию 'enfance spirituelle', к самому высокому, потому что в малом. Да, тут не Толстой вам, с его сложнейшей вязью и пере-пере-вывертами, — до опустошения и боговыгона в конце концов... самообманная простота, тут иное".[35]

После смерти Мережковского, однако, Гиппиус утратила веру даже в свою любимицу Терезу Лизьескую. Мамченко вспоминает, как в отчаянии от страшной потери и от сознания полного одиночества Гиппиус избила статую Терезы, удалила свежие цветы, гневно набросила на нее черный покров, перестала ходить в ее часовню и написала стихотворение, упрекающее святую в причиненном ею страдании:

Тереза, Тереза, Тереза, Тереза.
Прошло мне сквозь душу твое железо.
Твое ли, твое ли? Ведь ты тиха.
Ужели оно — твоего Жениха?

Не верю, не верю, и в это не верю!
Он знал и Любовь, и земную потерю.
Страдал на Голгофе, но Он же, сейчас,
Страдает вместе и с каждым из нас.

Тереза, Тереза, ведь ты это знала.
Зачем же ты вольно страданий желала?
Ужель, чтоб Голгофе Его подражать,
Могла ты страданья Его умножать?

Тереза, Тереза, Тереза, Тереза.
Так чье же прошло мне сквозь сердце железо?

Не знаю, не знаю, и знать не хочу.
Я только страдаю, и только молчу.[36]
(1941—1942)

Как отличается по тону, свету и по поэтическим образам это стихотворение от более раннего!

Ste Thérèse de l'enfant Jésus

Девочка маленькая, чужая,
Девочка с розами, мной невиденная,
Ты знаешь все, ничего не зная,
Тебе знакомы пути неиденные —
Приди ко мне из горнего края,
Сердцу дай ответ, неспокойному...

Она не судит, она простая,
Желанье сердца она услышит,
Розы ее такою чистою,
Такой нежной радостью дышат...
О, будь со мною, чужая, родная,
Роза розовая, многолистая...[37]

Дмитрий Мережковский, также поглощенный вопросами веры и святости, много писал о святых, например, о св. Иоанне Креста, об Августине, Франциске Ассизском, Жанне д'Арк, Апостоле Павле, Терезе

Авильской, об Иове, протопопе Аввакуме, и о Двух Реформах Лютера и Кальвина. Роман *Маленькая Тереза* был им начат в конце 1930-х годов и посвящен французской святой, которая произвела большое впечатление на Мережковских при первом их близком знакомстве с католической верой в начале века.

В архивах Д. С. Мережковского находятся следующие сведения о Кармелитском Ордене, Терезе Авильской (1519—1592) и о Маленькой Терезе (1873—1897). По преданию, Илия пророк основал монашеское Братство Приснодевы Марии, сразу после видения им Богоматери, на горе Кармеля в Израиле. Первой обителью Братства была пещера пророка Илии на этой горе. Первый Устав Братства был дан им самим. В 1214 г. этот Устав, некогда устный, был записан и утвержден бл. Альбертом, Патриархом Александрийским, а в 1226 г. — папою Онорием, и затем в 1248 году папою Иннокентием IV. Но так суров был этот древний Устав, что люди не могли жить в соответствии с ним, и в 1432 г. буллою папы Евгения IV, *Romani Pontificis*, он был "смягчен", "mitigatus". Ранние отшельники были известны под именем "Братья св. Марии".

К концу XIII века орден насчитывал более 150 монастырей, разделенных на двенадцать провинций и расположенных на Кипре, в Сицилии, Англии, Шотландии, Ирландии, Франции, Италии, Германии и Испании. В течение XIV века число монастырей удвоилось, и в XV веке Орден появился в Скандинавии, Восточной Европе и Португалии. Протестантская Реформация уничтожила провинции в Саксонии, Дании, Англии, Шотландии и Ирландии, и оставшиеся провинции в Германии, Нидерландах и Франции также очень пострадали от религиозных войн. В XVII веке новый религиозный пыл придал Ордену свежую жизненную силу. Но, как и для других религиозных Орденов, годы между 1770 и 1870 были гибельны для Кармелитов. Абсолютистские правительства подавляли монастыри и вмешивались во внутренние дела монахов. С ослаблением подавления возрождение Ордена стало опять возможным, и в 1889 г. была основана новая провинция в Испании. В 1909 г. в Италии остатки Ордена объединились в провинциях Тосканы, Рима, Неаполя и Сицилии.

В настоящее время Орден состоит из семнадцати провинций и пяти комиссариатов в Италии, Испании, Португалии, Германии, Австрии, Польше, Чехословакии, Нидерландах, Англии, Ирландии, Австралии, Бразилии и Северной Америке. Кармелиты также живут в Индонезии, Родезии, Перу, на Филиппинских островах, в Пуэрто-Рико, Венесуэле, Колумбии, Боливии, Аргентине и Чили. В 1964 г. в Ордене насчитывалось 3 000 членов.[38]

Авильская Тереза, реформатор Кармелитского Ордена и мистик, происходила из семьи Alonso de Cepeda, сына толедского купца, и доньи Beatriz de Ahumada, принадлежавшей к одному из древнейших и благороднейших Авильских родов. Замок Alonso de Cepeda, где родилась Тереза, находился против доминиканской обители Санто-Томазо, рядом с церковью Св. Схоластики, в г. Авила в Старой Кастилии. Мать Терезы умерла в 1518 г. В книге *Libro de su diva,* или под другим названием *Mi Alma,* Тереза рассказывает, как она, пав перед изваянием Божьей Матери, молила Ее заменить ей мать. И молитва ее была услышана. Отец свез Терезу в Августинскую женскую обитель в Santa Maria de Gracia в 1531 г. 2 ноября 1535 г. Тереза постриглась в Кармелитскую женскую обитель Благовещения в г. Авила. В 1536 г. она целиком отдалась молитве и эпитимье.[39]

К Братству Кармеля Терезу Авильскую влекли три общих воли. Первая воля — к *совершенству.* Воля ее — цель всей Реформы — чтобы древний, суровый Устав Кармеля был восстановлен в совершенстве, безо всякого ''смягчения'', *mitigatio.* Эта воля к совершенству и будет началом всей ''Реформы Босоногих'', *Reforma de los Descalzos.* Вторая воля Терезы, общая с Братством Кармеля, — воля к *действию.* Братством пользуется она для того, чтобы переключить внутреннее на внешнее, созерцание на действие. Она считает, что подвиг нового апостольства, обращения людей ко Христу нужнее всех подвигов, именно в эти дни, когда ''ересь'' Лютера и Кальвина опустошает мир и Церковь. Цель Реформы и заключается для Терезы в том, чтобы сделать Кармель орудием этого спасения мира и Церкви. Людям действия, она считает, должны помогать в борьбе люди созерцания. Третья воля Терезы, общая с Братством Кармеля, — воля к *Экстазу.* Она пользуется Братством для того, чтобы переключить Экстаз из порядка личного в порядок общественный. Движущая сила Кармеля, Экстаз, есть начало Царства Божия не только для каждого человека в отдельности, но и для всего человечества.

Все эти три воли, общих у Терезы с Братством Кармеля, сознательны. Четвертая же ее воля — к соединению двух Заветов, Первого и Второго в Третьем, бывшего и настоящего в будущем, Отца и Сына в Духе — Матери, — бессознательна. Братство Кармеля ''совершенно Мариино'', *ordo totus Marianus.* ''Богу и Блаженной Деве Марии даю обет послушания, целомудрия и бедности'', — обещает каждый вступающий в Братство.

В Братство Кармеля, первое из всех монашеских Братств на Западе, вскоре начали вступать женщины. ''Мир спасет Вечная Женственность'', утверждала Тереза. Человек должен бесконечно любить Иисуса Христа. В годы благочестивого короля Филиппа II получено было разрешение от папы Пия IV основать новую женскую обитель св. Иосифа в г. Авиле. В декабре 1562 г. Тереза перешла в эту обитель. Правнучка Леонских королей, яснейшая донья Тереза де Агумада, сделалась "смиренною сестрой Терезой Иисуса". 13 августа 1567 г. Тереза, "Мать Основательница", *Madre fundadora,* как ее теперь называли жители г. Авила, в сопровождении четырех других монахинь, выехала в г. Медина-дель-Кампо, чтобы и там основать такую же обитель Нового Кармеля, как и в Авиле.

Осенью 1568 г. основана была в мрачной долине Дуруэло, у подножия Сиерры-де-Гредос, третья обитель Нового Кармеля, первая мужская, где было всего три монаха: Иоанн Креста, Juan de la Cruz; отец Антонио де Гередия и брат Джосе де Кристе из Медина-дель-Кампо. За три года, с 1568-го до 1571-го, основывает Тереза семь обителей — в Мачеро, Малагоне, Вальядолиде, Толедо, Пастране, Саламанке и Альбе-де-Тормез. За последние восемь лет жизни ее, 1574—1582, — в Сеговии, Вэасе, Севилье, Каранаве, Вилленеве-да-ла-Ксара, Паленчии, Сории, Гренаде и Бургосе.

Обутые, т. е. монахи Старого Кармеля, жившие целых три века со смягченным Уставом, *mitigatus,* начали теперь гонения на Босоногих, с их восстановленным и строжайшим Уставом в 1571 г. В 1577 г. обитель Благовещения в г. Авиле была окружена солдатами, о. Иоанн Креста и бывший с ним о. Герман были жестоко избиты и заточены в тюрьму в Толедо. В Гефсеманскую ночь 1578 г. скорбит Тереза о гибели всей католической церкви. "Весь мир — в огне пожара; снова хочет он распять Христа и Церковь Его уничтожить! Не медли же, Господи, не медли... спаси нас, мы погибаем", — молится она в эти страшные для Нового Кармеля годы. В 1580 г. буллой папы Григория XIII совершено было разделение Кармеля на два, друг от друга не зависимых Братства, Обутых и Босоногих.

В 1576 г. Мать Основательница, Тереза Авильская, заточенная в обители св. Иосифа в г. Авиле, дописывает свою *Книгу Жизни.* В 1622 г. Святой Престол объявляет Терезу Авильскую Святою.

В этих записях Мережковский излагает еще раз свое излюбленное религиозно-историческое положение: есть три всемирно-исторических пути — Церковь Западная (Римская), Церковь Восточная — Православная и Западно-Восточная — Протестантская. Три церкви — Петра, Иоанна и Павла. Все три пути ведут к Единой Церкви Вселенской. Вечная сила св. Терезы Иисуса и св. Иоанна Креста в том, что́ они сделали для Вселенской Церкви своим указанием, что прежде всего надо служить Богу, а затем Церкви. Им доступно было откровение о божественной тайне Трех, возле Кого поднимается буря Экстаза, высшая точка которого — Богосупружество. "В Богосупружестве совершается такое внутреннее соединение Существа Божия с человеческим, что каждое из них как бы становится Богом, хотя ни то, ни другое не изменяет природе своей",[40] пишет Мережковский. Св. Тереза и св. Иоанн Креста пережили брачное соединение человека с Богом, которое есть "нечто не только духовное, но и плотское, потому что есть величайшее явление человеческой Личности, а Личность весь человек, с духом и плотью".[41] Духовно-плотское соединение человека с Богом не пережил ни один человек с такой силой за все двадцать веков христианства. Религиозное переживание брачного соединения человека с Богом совершается "не в бывшем христианстве, религии Двух — Отца и Сына, а в будущем — в религии Трех — Отца, Сына и Духа".[42] Св. Тереза и св. Иоанн Креста показали, что полная личность заключается не в одном только духе и не в одной только плоти, а в соединении духа с плотью, в духовном и плотском вместе соединении брачной любви. Или, как учил св. Иоанн Креста:

> "Супруга" — душа человеческая, а "Любимый" — Сын Божий. Вот почему и ап. Павел учит: "Будут двое одна плоть. Тайна сия велика; я же говорю о Христе и о Церкви" (Еф. 5, 31–32). Церковь-Невеста, а Жених — Христос. Так, на брачной, наиболее личной любви строится жизнь не только каждого человека в отдельности, но и всего человечества в Церкви — Граде Божием и человеческом вместе.
>
> "В брачном соединении души человеческой с Богом, — учит св. Иоанн Креста, — происходит между ними прямое касание существа к Существу", личности к Личности. В Богосупружестве "достигается такое (личное) соединение Существа Божия с существом человеческим, что каждое из них как бы становится Богом... и хотя здесь, на земле, не может произойти такое соединение во всей полноте, но все-таки оно выше всего, что ум человеческий может постигнуть". Это и значит: весь путь человечества ведет к этой цели — к Богосупружеству.[43]

Экстаз, "пронзение",[44] Богосупружества, главного религиозного переживания св. Терезы и св. Иоанна Креста, и их прозрение, что мир погибнет от Разделения Церквей, что человечество может спастись только Соединением Церквей, были для Мережковского откровениями глубокого религиозного и метафизического значения.

Другая Тереза, Marie Françoise Thérèse Martin — юная французская кармелитка-монахиня с именем Thérèse de Lisieux, была дочерью Louis и Zelie (Gudrin) Martin. Семья Martin поселилась в Lisieux в 1881 г., там Тереза училась в школе Bénédectine Abbey. В 1883 она заболела странной болезнью (конвульсии, галлюцинации, кома), от которой выздоровела через три месяца совершенно внезапно после молитвы Блаженной Деве. Тереза была убеждена, что своим выздоровлением она была обязана статуе Матери Божьей Победы, которая улыбнулась ей в ответ на ее молитву.

Под Рождество 1886 г. Тереза пережила "обращение", внезапную метаморфозу, выразившуюся в ее интенсивном интересе к религии, апостольской вере, желании страдать для Бога. Она сразу загорелась желанием поступить в Кармелитский Орден в Lisieux. Две ее старших сестры, Полина и Мария, также поступили в монастырь Босоногих Кармелитских Монахинь в Lisieux, где и Тереза хотела служить Иисусу Христу. Когда ей исполнилось четырнадцать лет, она подала туда прошение; монахини хотели ее принять сразу, но Игуменья Delatroette, духовный настоятель монастыря, постановила, что Тереза войдет в Кармелитский Орден только в возрасте двадцати одного года. Тереза тогда обратилась с петицией к Епископу Hugonin, прося, чтобы ее приняли в монастырь до достижения этого возраста. В ожидании благосклонного ответа от Епископа, Тереза с отцом и сестрой Селиной совершила паломничество в Рим. Там ее представили папе Leo XIII и, несмотря на запрет говорить с Папой, она попросила его разрешения поступить в монастырь в возрасте шестнадцати лет. Папа ответил ей, что если на то будет воля Божья, то ее просьба будет удовлетворена.

9 апреля 1888 г. Тереза поступила послушницей в кармелитский монастырь, на улице de Livoret, где она вскоре надела рясу и провела последующие девять с половиной лет своей жизни, исполняя порученные ей обязанности и проводя остальное время в молитвах. Ее верность и близость к Богу поражали других монахинь и служили им хорошим примером. За восемнадцать месяцев до смерти у Терезы обнаружился туберкулезный процесс в легких, но она продолжала исполнять свои монастырские обязанности в течение всего последующего года. Затем ее поместили в монастырскую больницу, где она, мучимая физической болью, не раз подвергала сомнениям свою веру. Так, незадолго до смерти она с горечью сказала: "Я не думала, что можно так страдать". Ее последние слова, однако, были: "Боже мой, я люблю Тебя!"

Через год после смерти Терезы была опубликована ее автобиография и послана в другие кармелитские монастыри вместо традиционной формы некролога. В последующие пятнадцать лет автобиография была переведена на все языки мира. Тереза сначала не думала о написании автобиографии, но незадолго до смерти, решив, что у нее была миссия учить любви к Богу, она принялась за нее, заручившись обещанием других сестер помочь ей в редактировании окончательного текста. Автобиография Терезы написана с искренностью и полной открытостью сердца, которые глубоко тронули Гиппиус и Мережковского.

Жизнь ее была проста, без драм и без больших конфликтов, которые характерны для жизни многих других святых. Но в своей крайне простой и чистой жизни она достигла большой святости.[45] Святая Епархия, поэтому, разрешила канонизировать Терезу без должного периода ожидания — пятидесяти лет после ее смерти. Это произошло 17 мая 1925 г.

Задуманный как биография Терезы Лизьеской роман *Маленькая Те-*

реза включает в себя идеи Новой Вселенской Церкви и Человечества Третьего Завета, занимавшие Мережковского и Гиппиус с самого начала их творческого пути. Текст романа изобилует цитатами из Священного писания; тут также упоминаются Святая Тереза Испании, Иоанн Креста, Великий Инквизитор, Папа Римский и его кардиналы. О манере письма Мережковского Гиппиус писала: "Начиная с *Леонардо* — он [Д. С.] стремился, кроме книжного собирания источников, еще непременно быть там, где происходило действие, видеть и ощущать тот воздух и ту природу... Более всестороннего и тщательного исследования темы, будь то роман или не роман, — трудно было у кого-нибудь встретить".[46] В этой манере написан и роман о Терезе Лизьеской.

МЕТАФИЗИЧЕСКИЕ КОНЦЕПЦИИ МЕРЕЖКОВСКИХ

Метафизическая концепция любви-"влюбленности", связанная с образом Маленькой Терезы, — не случайная тема в творчестве Мережковских. Любовь стояла в центре философии Владимира Соловьева, Андрея Белого, Александра Блока и других русских писателей-символистов. В благодарность Гиппиус за ее "разрешение проблемы любви" Андрей Белый посвятил свою *Четвертую Симфонию: кубок метелей* русскому композитору Николаю Метнеру (1879—1951; большому поклоннику Гете, Вагнера и Ницше), "внушившему тему Симфонии, и моему дорогому другу Зинаиде Гиппиус, разрешившей эту тему". "В Симфонии", — пишет Андрей Белый в предисловии к *Кубку метелей,* — "я хотел изобразить всю гамму той особого рода любви, которую смутно предощущает наша эпоха, как предощущали ее и раньше Платон, Гете, Данте — священной любви. Если и возможно в будущем новое религиозное сознание, то путь к нему — только через любовь".[1]

Развивая тему любви в своем сочинении *Л. Толстой и Достоевский,* Мережковский также подчеркивает особые свойства любви: любить себя во имя Бога так же свято, — говорит он, — как любить других во имя Бога. Это "одна и та же любовь к Богу".[2] Гиппиус в строчке из ее стихотворения "Люблю себя как Бога", возмутившей скользивших по поверхности ее слов современников, имеет в виду ту же любовь. Это чувство включает в себя, в первую очередь, любовь к земле или, как говорит Мережковский: "Надо полюбить землю *до конца,* до последнего края земли — *до неба,* надо полюбить небо *до конца,* до последнего края — *до земли,* и тогда мы поймем, что это не две, а одна любовь, что небо сходит на землю, обвивает землю, как любящий обнимает любимую (две половины, два *пола* жизни) и земля отдается небу, открывается небу".[3] Эта же мысль выражена и в стихотворениях Гиппиус "Вся"[4] и "До дна".[5] Тема любви составляет основу всего ее художественного творчества и множества теоретических произведений. К последним относятся, например, ее статьи "Искусство и любовь",[6] "Арифметика любви",[7] "Влюбленность",[8] "Критика любви",[9] "Любовь и мысль",[10] "О любви",[11] "Вторая любовь",[12] и т. д. Как Владимир Соловьев, Гиппиус и Мережковский настаивали на существовании таинственной связи между любовью, бессмертием человеческой личности и постоянством настоящей, духовной жизни. Основание этой любви лежит в вечном "теперь". Настоящая любовь *одна,* она не повторяется, не изменяется. Она верна, вечна и постоянна. Настоящая любовь, по словам Гиппиус, это мост в вечность, "нетленность", "чудесность" и "неизменность". Любовь — это триумф над смертью, мистическое отражение вечности, "единости" и "нездешности", как говорит Гиппиус в стихотворении:

> Любовь, любовь... О, даже не ее —
> Слова любви любил я неуклонно.
> Иное в них я чуял бытие,
> Оно неуловимо и бездонно.
>
> Живут слова, пока душа жива.
> Они смешны — они необычайны.
> И я любил, люблю любви слова
> Пророческой овеянные тайной.[13]
>
> (декабрь 1912 г., Санкт-Петербург)

Стоящая неизмеримо выше человеческого сознания любовь освобождает личность от эгоизма и эгоцентризма, предоставляет человеку возможность, познав ценность других людей, познать и свою собственную ценность. В стихийной любви заложена великая жизнеутверждающая сила. Любовь это благостный дар Бога этически-религиозного значения: пройдя через хаос человеческих взаимоотношений, со всей их порочностью, пассивностью и ложью, она способна возвысить природу человека "до Бога, до Неба", ввести ее в "сияющий Божественный круг". На земле эта "действенность" любви может быть осуществлена только "мистическим агрегатом всех личностей",[14] только общими усилиями всех людей. Любовь, всегда и везде, сильнее смерти.

Мережковский, в мыслях о смерти, которая означала для него уничтожение индивидуума (совершенно неприемлемое для его концепции индивидуальности: "Ежели смерть есть, то все — ничто"[15]), твердо верил, что Иисус Христос, абсолютный индивидуум, восторжествовал над смертью Своею любовью. Как и Гиппиус, Мережковский придерживается мнения, что любовь побеждает смерть, потому что Бог — Бог любви. Любовь утверждает жизнь: "Любовь, которую заповедал Христос, потому и есть 'новая', что она не только любовь, но и свобода, не только путь *личного,* но и *общественного,* всечеловеческого, вселенского спасения. Эта любовь — бесконечная свобода и, вместе с тем, бесконечная власть, о которой сказано: 'Мне принадлежит всякая власть на земле и на небе' ".16 Любовь — святое чувство, необходимое для бессмертия индивидуума, здесь и везде. Любовь — это основание Царства Божия на земле: "Власть Христова — власть новой любви вселенской и есть единственное подлинное основание нового, по отношению ко всем прежним земным властям, безвластного, общественного строительства Царства Божьего на земле — теократии... Новая любовь, новая власть Христова все еще — неоткрывшаяся тайна, несовершившееся чудо... Надо полюбить, чтобы быть свободным. Не свобода прежде любви, а любовь прежде свободы... Познайте истину-любовь — и будете свободными — это истина Богочеловечества",17 — обещает нам Мережковский. Как и Гиппиус, он также верит в жизнеутверждающее начало любви:

> Для того, кто любит, нет смерти, потому что любовь есть абсолютное утверждение жизни. Абсолютным утверждением уничтожается абсолютное отрицание, любовью уничтожается смерть. Любовь есть жизнь; кто любит, тот жив, и поскольку любит, постольку жив, бессмертен — "воскрес из мертвых". Любовь не внешнее свойство, не сила души, а сама душа. Любовь не может не любить, душа не может не жить в любви не только будущею, загробною, но и теперешнею, здешнею вечною жизнью, которая есть не отвлеченное "бессмертие души", а реальное воскресение плоти и духа в совершенном единстве личности. Любовь не путь из этого мира в тот, а совершенное откровение того мира в этом — совершенное соединение двух миров. Любовь не есть познание Бога, любовь есть Бог.
> *Бог есть любовь, и пребывающий в любви пребывает в Боге, и Бог в нем.*18

Любовь выше всех других добродетелей в жизни на земле. Любовь — это постоянная верность, встреча и единство с другими. Любовь сильнее веры. В письме к журналисту в эмиграции Марку Вишняку от 7 января 1924 г. Гиппиус так излагает свои мысли о взаимоотношениях любви и верности: "Я не могу изменить никакой своей любви уже потому, что, как я писала сто лет тому назад и как доколе пишется на отдельных календарях — я никогда не изменяю, любовь одна, как смерть одна..."19 О взаимоотношениях любви и веры Гиппиус пишет: "Наше горе в том, что настоящая, корневая, навечная любовь не бывает в душе равна вере. Вера непременно слабее любви. По силе любовь оказывается равна — смерти. Даже у святых. Когда моя Тереза потеряла свою веру — любовь у нее осталась, и надежда (она включена в любовь, но не замена вере). И все это свилось — со смертью".[20] И дальше: "От неравенства любви и веры — страданье... Вера — всякая, даже не моя ничтожная, а большая — всегда слабее любви".[21] "Моя нежность осталась, но веры нет, а потому разлад души и некоторое недоуменное состояние... Господи, как мне хочется смириться, отдаться течению воли, не желать, а только верить, что другие больше тебя желают, не идти, — а только, чтоб тебя несли!"[22] — заносит Гиппиус в свой дневник *Contes d'amour.*

С другой стороны, как пишет Гиппиус Грете Герелль 20 октября 1938 г., можно верить в Бога, но не любить Его:

> Вы говорите мне, что не верите в святость... К счастью, вера не самое главное. *Любовь* — да. Любовь не происходит от веры. Можно верить даже в Бога, и не любить Его. Мы знаем нескольких людей такого рода. Я не могу вам сказать, что я всегда верю в маленькую Терезу, но я люблю ее, и если это правда — тогда вера несомненно существует; мы не замечаем ее, но она есть, и все заключается в этом. Вера существует во всякой любви. Правда никогда не лжет. Маленькая Тереза сама была в неведении относительно веры. Но она любила, и поэтому вера отсутствовала лишь в ее сознании.[23] [Перевод с французского Т. П.]

В обоих случаях Гиппиус приходит к выводу, что любовь не тождественна вере; любовь всегда сильнее ее. Отсутствие любви, поэтому, самое страшное испытание в жизни человека.

16 июля 1905 г. поэтесса сообщает Дмитрию Владимировичу Философову о своем согласии с мнением старца Зосимы, что ад — это неспособность человека любить. "Я ищу Бога, — пишет Гиппиус Философову, — Бога-Любви, ведь это и есть Путь к Истине, и Жизнь. *От Него, в Нем, к Нему* — тут начинается и кончается все мое понимание выхода и забвения. Достижение всяческой ко всему, и во всем — Любви, Солнца, чтоб растаяло озеро [ада]".[24] Ад, в представлении Гиппиус, это прежде всего "беспредельность", в которой нет ни любви, ни дружбы, ни забытья, ни даже смерти. Только метафизическая тошнота и "горестно-сердечная боль" ведомы его обитателям. Ад, бесконечный, темный и холодный океан, своими "кромешной тьмой" и холодом наказывает грешников за "нелюбовь" в их жизни на земле. Поэма "Последний круг"[25] представляет собою поэтическое резюме этических и религиозных взглядов Гиппиус: Любовь, высшая добродетель на земле, соединяет Землю и Небо в одно нераздельное целое. Любовь стирает все противоречия и уничтожает все препятствия. Путь к Божественной Любви лежит через "чашу испытаний", которую нужно испить до дна, и через

смиренное принятие на себя креста страдания. Любовь сильна, свята и необходима для бессмертия индивидуума.

Неустанные поиски идеальной любви, которая объемлет духовное и физическое в едином процессе восстановления божественного, бессмертного начала в человеческом облике, составляют главную особенность метафизики Мережковских. В афоризмах Владимира Соловьева они находят подтверждение своей идеалистической философии: "Торжество вечной жизни — вот окончательный смысл вселенной. Содержание этой жизни есть внутреннее единство всего, или — Любовь, ее форма — Красота, ее условие — Свобода".[26] Следуя за Владимиром Соловьевым, Мережковские также утверждают, что настоящая любовь может преобразить и возвысить грешную, чувственную плоть. Дух и плоть могут сосуществовать в органическом единстве. Божеский дар любви, эффективный особенно в плотском ее аспекте, требует освящения пола "новой, всеозаряющей святостью".[27] Одно из первых моральных обязательств современного человека заключается в "преображении пола": дух должен быть освящен плотью; плоть должна быть оправдана духом. Аскетизм Иисуса Христа, освятившего плоть, представляет собой *"преображение* пола, а не его отрицание".[28] Чтобы слиться со Христом и во Христе, стать неотделимым от Него, человек должен принять Христом освященную плоть. "Взаимоотношение Христа и плоти не ясно лишь тем, кому христианство еще заменяет Христа. И в этом неотвержении плоти — влюбленность так же проникает ко Христу, связана с Ним, неотделима от Него, как и во всем остальном. Только она одна, в области пола, со всей силой утверждает *личное* в человеке (и нераздельно слитое с ним *неличное*): только со Христом, после Христа, стала открываться человеку тайна о личном",[29] — уверяет нас Гиппиус. Половая жажда, по мысли Мережковского, это влечение к трансцендентному: "Пол есть единственно-возможное для человека кровнотелесное 'касание к мирам иным', к трансцендентным сущностям. Тут, в половой любви — рождение, и тут же — смерть, потому что умирает все, что рождается: смерть и рождение — два пути в одно место, или один путь туда и оттуда".[30] И дальше: "Половая любовь есть неконченный и нескончаемый путь к воскресению. Тщетно стремление двух половин к целому: соединяются и вновь распадаются; хотят и не могут воскреснуть — всегда рождают и всегда умирают. Половое наслаждение есть предвкушение воскресающей плоти, но сквозь горечь, стыд и страх смерти. Это противоречие — самое трансцендентное в поле: наслаждаясь и отвращаясь; то да не то, так да не так".[31]

В 1904 г. Гиппиус формулирует одно из центральных положений всей религиозной метафизики Мережковских: через Иисуса Христа Бог даровал человеку возможность любви в новом, органическом соединении духа и плоти. Возвышенная, озаренная любовь — "влюбленность" — вошла в диапазон жизненного опыта человека только после

Пришествия Христа. "До Него — ее не было, не могло и не должно было быть, тогда исполнялась еще тайна одной плоти, тайна рождения, и она была для тех времен последней тайной".[32] Новая, преображенная Иисусом Христом плоть берет свое начало во "влюбленности". Она связана с тайной мироздания, любовью и истиной. Влюбленность, со своим отблеском потустороннего, естественно сближена с "религиозностью". Путь человека на земле — непрерывное стремление к истине, праведности и Божеской Любви: "Искания правды, счастья, справедливости, Бога — влекут людей вперед, и люди не устают искать, хотя правда все более и более раскрывается, счастье только познается, Бог — только приближается",[33] — пишет Гиппиус в статье "Влюбленность". В своем непрерывном движении к Богу человек будет видеть "все яснее и озареннее тайну о мире, о Любви и Правде, — и тайну о Влюбленности".[34] Влюбленность превратит человеческую любовь в любовь "возвышенной плоти". Полное единение противоположных полов может произойти только во влюбленности, т. е. в более возвышенной форме любви. Влюбленность у Мережковского и Гиппиус была тесно связана с концепцией Вечной Женственности, о которой речь будет впереди.

Для Мережковских понятия "любовь" и "влюбленность" не равнозначны, хотя оба существенно отличаются от похоти. По словам Мережковского:

> В созерцании осуществляется красота, как искусство, эстетика; в действии, в трагедии, как любовь-влюбленность...
> Трагедия влюбленности заключается в том, что не может любовь, ослепленная похотью, достигнуть этой истинной, торжествующей, "прославленной" плоти. Предмет похоти, чувственное тело человека — не истинная плоть, а лишь органическая материя, мясо, будущая падаль...
> На самом деле, влюбленные любят не *это* тело, не труп, не падаль, а какое-то *другое*, какую-то нетленную "духовную плоть". О ней-то сказано: "Будут два одною плотью. Кто может вместить, да вместит".
> Но пока никто не вместил.
> Влюбленностью вскрывается человеческая двойственность — дух и материя, Бог и зверь. Сначала нежный человеческий шепот: люблю! люблю! — а потом "звериный крик, вой, рев" рожающей Китти, рожающей самки. Любовь — жестокость. Любовь — кровавое насилие. Любить — рождать. Любить — убивать. "Любовь крепка, как смерть". Смерть связана с любовью. Любовь-похоть — смерть личности.[35]

Концепция "святой плоти" Мережковских так же многозначна, как и их понятие любви-влюбленности: пол должен приобрести христианскую святость, чтобы в нем, "как в оскверненном храме", — говорит Мережковский, — не поселялась "всякая языческая 'нечисть' — старые боги, под видом новых демонов: священный козел Вакхова праздника — трагедии превращается в смрадного 'ночного козла', *hyrcus nocturnus* шабаша ведьм".[36] Из таинственных громовых сил мира, разжигающихся в поле, изгнан Бог святого зачатия и рождения, Бог-Отец: "Возникает новый древний Бог-Палач, омоченный кровью мщения: 'Мне отмщение, и Аз воздам' — являясь, как ужасный призрак, как чудовищное явление, как противоположный Бог-Дьявол, Бог-Зверь".[37] Новая святость пола, тайна пола преображенного, от которой зависит вся будущность христианства, представляет собою истину, незавершенную первым Пришествием. "Духу-Утешителю, ведущему нас от первого ко второму Пришествию, предстоит утешить нас от этой скорби, возвестить нам эту истину",[38] — уповает Мережковский. Новая плотская личность должна возникнуть в том будущем состоянии мира, когда человек поймет своим мистическим разумом и опытом одну из реальностей этого мира, "что *Слово стало плотью*', и что в этом воплощенном Слове Отец и Сын, Дух и Плоть — одно, а следовательно, личность плотская в своем окончательном, примерном значении равноценна личности духовной; бессмертие духовной личности, требуемое нашим мистическим разумом и опытом, требует, в свою очередь, и бессмертия личности плотской".[39] Тайна рождения, воплощения, представляет собою тайну воскресения: "Плоть воскресшего Христа — не привидение, не призрак, не бесплотный дух, а совершенно реальная 'духовная плоть' ".[40] Явление Воскресшей Плоти — это "единственно-реальное *явление,* единственная и окончательная, всепоглощающая, высшая, мистическая, то есть реальнейшая реальность, ибо здесь, как везде (и в этом главное отличие нашего приближения ко Христу от всего христианства *до нас*), не вера от чуда, а чудо от веры".[41] Чудо Второго Пришествия поэтому совершенно необходимо:

> Старое христианство превознесло дух над плотью, оторвало и отъединило дух от плоти; Слово не стало в нем Плотью, а, наоборот, — плоть стала словом: старое христианство превознесло духовную половину мира и человека над плотскою, приняло только воскресение духа и пренебрегло воскресением плоти, не столько даже сознательно умертвило, сколько просто забыло плоть. И плоть умерла. И вместе с плотью умер дух. От живой плоти, от живого духа остался лишь "тлетворный дух". Христос превратил воду в вино и вино в кровь, камень в хлеб и хлеб в плоть. Старое христианство обратно претворяет вино в воду и хлеб в камень, в воду слез, в камень догматов. Нужно, чтобы снова совершилось первое из чудес Христовых, чудо Каны Галилейской, претворение горькой слезной воды старого христианства в "вино новое, в вино радости новой" для того, чтобы совершилось и последнее чудо Христово, чудо второго воскресения, Второго Пришествия. Достоевский предсказал это неизбежное претворение старого, вечернего, западного, темного, монашеского, погребального

христианства в христианство новое, утреннее, восточное, солнечное, брачное, пиршественное: *"вон и вино несут новое, видишь, сосуды несут"*. У нас еще нет нового вина; но мы уже "несем сосуды".[42]

Новое религиозное *созерцание* возникнет в радостном видении воскресшей Плоти Христовой. Тогда наступит и пора нового религиозного *действа*.

Мережковский разрешает мистический вопрос о возможном соединении двух противоположных полюсов христианской святости — Святости Духа и Святости Пола, занимавший и Гиппиус в течение всей ее сознательной жизни, в следующей последовательности, употребляя при этом аргументацию *ad contrarium*:

> Историческое христианство усилило один из двух мистических полюсов святости в ущерб другому — именно полюс отрицательный в ущерб положительному — святость духа в ущерб святости плоти; дух был понят, как нечто не полярно противоположное плоти, и, следовательно, все-таки утверждающее, а как нечто совершенно отрицающее плоть, как *бесплотное*. Бесплотное и есть для исторического христианства духовное и, вместе с тем, "чистое", "доброе", "святое", "божеское", а плотское — "нечистое", "злое", "грешное", "дьявольское". Получилось бесконечное раздвоение, безвыходное противоречие между плотью и духом, то самое, от которого погиб и дохристианский мир, с тою лишь разницей, что там, в язычестве, религия пыталась выйти из этого противоречия утверждением плоти в ущерб духу, а здесь, в христианстве, наоборот — утверждением духа в ущерб плоти.
>
> Итак, я спрашиваю: не есть ли, по учению Христа, аскетизм, умерщвление плоти — только средство, цель которого — очищение, просветление и, наконец, воскресение плоти? Не подменило ли историческое христианство цель средством до такой степени, что, наконец, средство сделалось единственною, всепоглощающею и самодовлеющею целью? Воскресение плоти отодвинулось в недосягаемую, мистическую даль, почти ничем не связанную с реальною, земною, историческою и органическою действительностью христианства. Воскресение плоти, святость плоти приняты были отвлеченно, догматически, холодно и неподвижно; умерщвление — действенно, жизненно, пламенно, так что, в конце концов *умерщвление возобладало над воскресением*. Историческое христианство поставило как бы знак равенства между умерщвлением и воскресением плоти. В учении Христа этого знака равенства нет: там отрицание низшего состояния плоти, только будучи соединено с утверждением высшего состояния плоти, есть путь к воскресению: $a \times b = c$. В историческом христианстве $a = c$; умерщвление и есть воскресение, смерть есть жизнь, и жизнь есть смерть; смерть для смерти, и жизнь для смерти — ничего, кроме смерти. Отрицание жизни и есть бессмертие; отрицание плоти и

есть дух; отрицание для отрицания; одно чистое отрицание без всякого утверждения. Вместо живого диалектического развития, которое дано в учении Христа: тезис — плоть, антитезис — дух, синтез — "духовная плоть", в историческом христианстве получилось только мертвое логическое тождество — получилась бесплотная святость вместо святой плоти, бесплотная духовность вместо духовной плоти. В учении Христа все отдельные радужные цвета жизни, достигая высшей степени яркости, сливаются, наконец, в один белый цвет Воскресения, т. е. высшего утверждения плоти и духа; в историческом христианстве эти радужные цвета постепенно слабеют, потухают и, наконец, совсем уничтожаются в одном черном цвете смерти, умерщвления, последнего отрицания плоти и духа; пост, скорбь, боль, страх — вот постепенно сгущающиеся тени, которые сливаются в один сплошной черный монашеский цвет исторического христианства.[43]

Сам Иисус Христос, — продолжает Мережковский, — указал на потустороннее мистическое единство Духа и Плоти, на равноценность и равносвятость Духа и Плоти.

Ежели это так, то и дух есть "плоть" — иная, преображенная, высшая — но все еще "плоть", даже более "плоть", чем когда-либо; дух есть плоть плоти, самое мистическое во плоти — то, чем вся она крепнет и держится. *Дух есть не только отрицание низшего, но и утверждение высшего состояния плоти;* дух есть непрерывное движение, устремление плоти от низшего состояния к высшему — "от света к свету", до последнего белого света Преображения, Воскресения, в котором уже все отдельные радужные цвета жизни сливаются в один. Дух не есть бесплотная святость, а *Святая Плоть*. В самом деле, учение Христа, если не открывает до конца ("теперь вы еще не можете вместить"), то указывает с достаточною ясностью три пути к этому единству Святого духа и Святой Плоти в трех главных исчерпывающих моментах бытия: в моменте начала — через тайну Рождества, Воплощения — *"Слово стало Плотью";* в момент продолжения — через тайну приобщения, таинство Плоти и Крови; в моменте конца — через тайну Воскресения Плоти. Во всех трех моментах бытия указана не бесплотная святость, а Святая Плоть. Историческое христианство не отвергло этих трех сокровенных путей, но и не пошло по ним, по крайней мере жизненно, действенно; оно остановилось перед ними и замерло в отвлеченной догматике, в бездейственном таинстве; все три тайны о святой плоти остались именно только тайнами, т. е. нераскрытыми истинами, тогда как весь смысл таинства заключается в том, чтобы раскрывать нераскрытую истину, чтобы из таинства делать откровение. *"Слово Мое не вмещается в вас".* Всего менее вместилось в нас именно это слово Его о Святой Плоти. Слышали, но не услышали; сказали: "плоть святая", но не сделали ее святою, а сделали и делают именно так, как будто плоть никогда не может быть и не будет святою, как будто "бесплотное" значит духовное, а "плотское" — бездушное. На словах принимаем и благословляем, на деле проклинаем плоть, боимся, стыдимся, ненавидим, умерщвляем и не воскрешаем ее. Вся живая реальная плоть европейского человечества — вся его культура, искусство, наука, общественность — остается не святою, или не христианскою. Никогда еще плоть не была более грешною, грубою, бездушно-плотскою, чем в наше время, в переживаемое нами мгновение исторического христианства. Даже в язычестве она более реально святая, светлая, "духовная": не даром же все, от Рафаэля до Гете, кто не на словах, а на деле искал святой плоти, соскальзывали с христианства в язычество.[44]

Мережковский настаивал на необходимости дальнейшей эволюции исторического Христианства. Христианство, по его словам, должно было сначала оттолкнуться от язычества и от своего "одностороннего, всепоглощающего аскетизма, умерщвления плоти, бесплотной святости".[45] В настоящей фазе развития Христианства для человечества "почти кончилась сила отталкивания, отрицания, отвлечения от язычества, заключенная в Первом Пришествии, а противоположная сила притяжения, заключенная во Втором Пришествии, еще не началась".[46] Однако сила противоположного притяжения будет все время увеличиваться в непрерывно возрастающей прогрессии: "Кончится отрицание, умирание, умерщвление; начнется утверждение, оживание, воскресение".[47] Всемирная грядущая Церковь, не западная и не восточная, *в своем последнем, еще не раскрывшемся предназначении*,[48] будет Церковью Плоти Святой и Духа Святого.

По мнению Мережковского, два пути указаны Богом для дальнейшего развития церкви. Первый — путь Петра. Его церковь обращена лицом к прошлому — к Первому Пришествию. Другой путь — путь Иоанна. Его церковь обращена лицом к будущему — ко Второму Пришествию. Петр постиг тайну воплощения — Плоти рождающейся; Иоанн постиг тайну воскресения — Плоти воскрешающей. "В церкви Петра — тайны Плоти Святой; в церкви Иоанна — откровение Духа Святого. В церкви Петра — водное; в церкви Иоанна — огненное крещение. В церкви Петра — начало единого Пастыря; в церкви Иоанна начало *соборное*".[49] Церковь Петра — Западная; церковь Иоанна — Западно-Восточная; церковь Духа Святого и Второго Пришествия, церковь Третьего Завета.

Мережковский представляет себе возникновение церкви Иоанна следующим образом:

> Время близко; тайна уже открывается: когда начнет совершаться Второе Пришествие (а оно уже невидимо начало совершаться), когда сила отталкивания, отрицания, умерщвления плоти заменится силою притягивания, утверждения, воскресения плоти, тогда и *будущая* Церковь Западно-Восточная обретет, наконец, свое

всемирно-историческое имя и действие — явится как церковь Иоанна, рядом с церковью Петра и Павла; тогда-то кончится отступление Петра, и Петр соединится с Иоанном, и примирит Иоанн Петра с Павлом; православие — свобода Христова — в любви примирит католичество с протестанством — веру с разумом. В камень Петра, в скалу предания ударит молния откровения, и потечет из камня ключ воды живой. И в этом окончательном соединении церквей трех Верховных Апостолов — Петра, Павла, Иоанна — во единую соборную и апостольскую, уже, действительно, *вселенскую* Церковь Святой Софии, Премудрости Божьей, коей глава и первосвященник Сам Христос, совершатся последние судьбы христианского мира.[50]

Вера Мережковских в потустороннюю тайну плоти как единственно возможного контакта через пол с духовным миром, логически приводит их к толкованию телесного как отражения Святой Троицы в жизни человека на земле. Пол в их философии становится первичной связью плотью и кровью с Богом, Тремя в Одном; плотскую любовь они считают органической частью многостороннего переживания любви, главного действия в жизни, утверждения человеческого существования. Шадров, герой романа Гиппиус *Сумерки духа* (1901—1902), объявляет своей возлюбленной Маргарет взгляд на плотскую любовь как на откровение Божественной Троицы в человеческом теле, как на единственно возможный контакт с духовной реальностью: ''Я в тебе люблю Третьего... Прямо — мне любить Его не дано, а дано любить лишь через мне подобного. Ты — мое окно к этому Третьему... Через тебя одну — такова Его воля — я могу познать, почувствовать Его ближе... Ты можешь быть моим окном, и я могу отдать тебе все... для Третьего''.[51] В жизни через плотскую любовь человеку открыта возможность претворения истины и смысла бытия в реальность. Через плотскую любовь возможен переход от эмпирического и преходящего к духовному и вечному. Физический аспект любви Мережковские принимают только в свете влюбленности, красоты и свободы, т. е. ''в Третьем'', во Христе. В Третьем врожденное противоречие между духом и плотью исчезает. Плотская любовь, святое чувство во влюбленности, берет свое начало в Боге, проходит через Него и в Нем же находит свое завершение. ''Тайна двух'', единство двух в акте физической любви объемлет их душу, дух и плоть и делает их частью ''сияющего Божественного круга''.

Как Андрей Белый и Александр Блок, Гиппиус и Мережковский следовали за Вл. Соловьевым и в его концепции Вечноженственного как великого символа Вечной Красоты. Их Вечная женщина, однако, отличается существенно от Вечной женщины Вл. Соловьева: ''У Вл. Соловьева Вечная Женственность, хотя и 'сходит на землю', она все еще слишком неземная, потому что слишком христианская'',[52] — отмечает Мережковский. Вечная женщина Гиппиус и Мережковского, с другой стороны, соединяет в себе небо и землю. Для них Вечная Женственность была синонимом Вечного Материнства, — аспект, совершенно отсутствующий в концепции Вл. Соловьева. "На страшном суде Мать ходатайствует за них *воздыханиями неизреченными,* не есть ли то же *Вечное Материнство?* Первое явление Вечной Женственности — Матерь в Христианстве; последнее в Апокалипсисе — *Жена, облаченная в Солнце* — откровение Духа Святого, Плоти Святой, Церкви как Царства Богочеловека в Богочеловечестве",53 — читаем мы у Мережковского. Он связывает Матерь Божию с Матерью-сырой землей: " 'Мать-сыра земля' — 'земля Божья' — Матерь Божья".54 Поскольку земное и небесное, по мысли Мережковского, слились в одно целое, гармония между Богом Отцом и Богом Сыном могла осуществиться только через посредство Вечной Женственности-Материнства: "Христианство отделило прошлую вечность Отца от будущей вечности Сына, правду земную от правды небесной. Не соединяет ли их то, что за христианством, откровение Духа — Вечной Женственности, Вечного Материнства? Отца и Сына не примирит ли Мать?"55

Небесно-земная женщина представляла для Мережковских символ Церкви Второго Пришествия, и откровение Третьего Завета являлось для них разрешением тайны земли и неба, плоти и духа, в Святом Духе, как вечная женщина, содержащая в себе любовь-материнство (влюбленность-материнство) и любовь-девственность (влюбленность-девственность), слияние земного и небесного в одной Деве-Матери.56 В философии Мережковских, таким образом, Вечноженственное неразрывно связано с образом Святой Троицы, Вечной Девы-Матери, явившейся в начале и ожидаемой в конце, существовавшей до рождения и существующей после смерти.57 Дева-Мать предстанет в будущем перед человечеством как гармоническое единство Божественной Личности. Для встречи с Вечной Девой-Матерью Мережковские требуют от человека постижения следующей истины: Дева-Мать завершает Святую Троицу; Дева-Мать это откровение Святого Духа, Святой Плоти. Эту истину человек должен воспринять не как абстрактную богословскую доктрину, а как "живую, трепещущую правду". Художественную концепцию Вечной Девы-Матери мы находим в одном из лучших стихотворений Гиппиус:

Вечноженственное

Каким мне коснуться словом
  Белых одежд Ее?
С каким озарением новым
  Слить Ее бытие?
О, ведомы мне земные
  Все твои имена:

> Сольвейг, Тереза, Мария...
>   Все они — ты одна.
> Молюсь и люблю... Но мало
>   Любви, молитв к тебе.
> Твоим-твоей от начала
>   Хочу пребыть в себе.
> Чтоб сердце тебе отвечало —
>   Сердце — в себе самом,
> Чтоб нежная узнавала
>   Свой чистый образ в нем...
> И будут пути иные,
>   Иной любви пора.
> Сольвейг, Тереза, Мария,
>   Невеста-Мать-Сестра.[58]
>
>   1938 г.

Как же относится новый догмат Божественной духовной троичности — Отец, Сын и Дух — к древнему догмату божественной двуплотности — Отец и Мать в Боге? "Чтобы понять догмат Божественной Троицы, — отвечает Мережковский, — надо помнить, что между Матерью-Духом и Матерью Господа, Девой Марией, такое же расстояние, как между Богом и человеком, Творцом и тварью. Слишком часто забывалось это, если не в христианском догмате, то в христианском религиозном опыте, и Третье Лицо Божие, заслоненное лицом человеческим, оставалось невидимым, непознанным и бездейственным. Только Матерью-Духом завершается для нас или завершится когда-нибудь Троица".[59] Троичность в Боге начинается и завершается Матерью-Духом: "В мире тень Матери троична: в царстве Отца, Атлантиде-преистории — Синяя Мать, Вода; в царстве Сына, истории — Черная Мать, Земля; в царстве Духа, Апокалипсисе — Белая Мать, Огонь. Все Три в мире, так же как в Боге — Одна".[60] Сын в Отце рождает Себя от Духа-Матери: "Все три Лица Божественной Троицы соединяются, рождая друг друга и друг от друга рождаясь, в Матерне-Отче-Сыновней, несказанно-брачной любви".[61]

"Метафизика любви" Гиппиус и Мережковского включает в себя их раздумья о природе андрогина как существа, сочетающего мужское и женское начала и поэтому способного к переживанию "тайны двух" в акте половой любви в новой, освященной плоти. По мнению Мережковского, каждый человек, в утробной или небесной вечности, является андрогином. "Может быть, — замечает Мережковский в *Тайне Запада*, — это и есть наш 'первородный грех' — то, что за миг рождения, молния времени рассекает нас пополам, на мужчин и женщин... В единой мистерии, 'Перreligии' всего человечества... предсказан христианский догмат божественной троичности, потому что 'будут два одною плотью'; два в едином — только начало, а конец — три в Едином — Троица".62

Как Платон, Вл. Соловьев и Василий Розанов, Мережковский утверждает, что некогда было не два, а три пола: мужской от Солнца, Отца; женский от Земли, Матери; третий, мужеженский или женомужской, от Луны, причастной земному, материнскому естеству, и солнечному, отчему. Два пола уцелели, а третий исчез, но след его сохранился в однополой любви мужчин к мужчинам:

"Люди третьего пола" влекутся друг к другу, чтобы восстановить единство божественной личности, разрушенное в человеке половым делением. Мужчины любят мужчин, женщины — женщин, потому что для тех в мужском просвечивает женское, а для этих в женском — мужское; как бы золотая россыпь первичной двуполости — целого Человека, Андрогина, большего, чем нынешний человек, расколотый надвое, на мужчину и женщину, сверкает в темной руде двух раздельных полов.
Вот это-то возможно большее, первично-целое, совершенное, и пленяет "людей лунного света" в однополой любви.63

О соотношении мужского и женского в каждом человеке Мережковский указывает на следующее: "В каждом мужчине есть тайная женщина; в каждой женщине — тайный мужчина. Неземная прелесть мужчины — женственность; женщины — мужественность. Эмпирический пол противоположен трансцендентному".64 В другом месте Мережковский продолжает: "Там, где есть только мужское, еще нет пола; пол начинается там, где есть мужское и женское. В Бога включается пол только с Существом Женским. Мы этого не делаем, потому что пол для нас проклят, и половая символика кощунственна, т. е., была бы кощунственна, если бы мы еще могли кощунствовать. Но сказать: 'Отец родил Сына', не значит ли уже начать половую символику?"65 Третье лицо Пресвятой Троицы — Лицо Женское. В Боге всегда присутствует существо Женское.66 В целомудрии заключается целость пола, целость личности, т. е. жизнь. "В последнем пределе, вечная жизнь — Воскресение".67 Двуполость — это божественное состояние. Поскольку Бог создал Адама и Еву, мужчину и женщину, то Бог представляет Собою двух в одном: "Сам Бог — два Бога, Элогим, *Он* и *Она* — Мужеженщина".68 И в другом месте: "Два пола в одном существе — вот что значит 'Образ Божий' в человеке".69 Тут наблюдается и обратное положение: поскольку Бог создал Адама по Своему подобию, Адам является божественным существом, андрогином. Бог Отец — двуполое существо, поэтому и Бог Сын также двуполый, т. к. в божественном мироздании Отец и Сын — одно. И Мережковский заключает не без логической последовательности: "Царствие Божие наступит тогда, когда два будут одно... мужское будет, как женское, и не будет ни мужского, ни женского".⁷⁰ Сын освящает религию Матери, Новый Завет соединяет с Ветхим, и так завершается догмат о Троице: Отец, Сын и Матерь Дух,⁷¹ т. е. принцип троичности.

На принципе троичности в мироздании зиждется вся метафизическая мысль Мережковского, и пол для него "есть божественная в человеческом теле Троичность, двуострый меч Господень в сердце нашем, Тайна Двух. Пол есть первое, изначальное, кровно-телесное осязание Бога Триединого. Вот почему и в Завете Отчем, в язычестве все начинается с Пола. Полом облечен, как девственною пленкою цветочной завязи, еще нераспустившийся цветок Божественного Трилистника".⁷²

Концепция Мережковского об андрогине как совершенном существе играет большую роль в его философии. Святой Дух — это Вечная Женщина-Мать, которая спасает мир. Первой и последней мыслью человечества была мысль о Матери: "Мать-Земля древнее Отца Небесного".⁷³ Бог Мать является в глазах Мережковского такой же органической частью Христианства, как и всех других религий, потому что Бог Отец не мог родить Сына без женского божественного существа. Придавая большое значение земной матери Христа, Мережковский видит в ней земной символ, указывающий на небесную Мать, которая только и могла завершить Троицу: "Троичность в Боге начинается и завершается Матерью-Духом".⁷⁴ Основой веры Мережковского в Святой Дух как Вечную Мать являются слова Христа: "Матерь моя — Дух Святой",⁷⁵ найденные им в апокрифических писаниях. Поэтому Бог, Отец и Мать, мужчина и женщина, это двуполое высшее существо. Отсюда и крайний интерес Мережковского и Гиппиус к андрогину.

Мережковские, находя следы андрогина в современном человечестве, отрицали, однако, физическую манифестацию однополой любви, Содома, дьявольского извращения божественной двуполости *(insana et furialis libido ex utroque sexu nata)*, которую Мережковский видел в Европе,⁷⁶ и конец которой он предсказал в *Тайне Трех*. Европа, второе человечество, погибнет так же, как и породившая Европу Атлантида, первое человечество. Атлантиде и Европе Мережковский противопоставляет веру Апокалипсиса, Третье Человечество. В *Данте*, напечатанном в 1939 г., накануне Второй мировй войны, Мережковский еще раз выражает свое убеждение, что спасение человечества возможно лишь в Третьем Завете — в Царстве Святого Духа.⁷⁷ Подтверждение своего предположения Мережковский находит в Евангелии:

> Если миф о потопе, "Атлантиде", — конец первого человечества, религиозно, а, может быть, и исторически значителен, то "второй Адам", Иисус, говорит второму человечеству на языке первого.
>
> В XI веке до Христа, арамейский язык — такой же всемирный, каким будет, через тысячу лет, простонародный, *Общий* — *Koinê,* эллинистический язык Александра Великого и самого

Бога Диониса — тени Солнца, Сына Грядущего. Евангелие, переведенное на этот язык с арамейского, соединяет обе всемирности в одну, оба человечества в одно: второе и первое — в одно. И здесь опять тезис и антитезис и синтез, Отец, Сын и Дух: тою же музыкой Троичной звучит Евангелие, как раковина шумом волн морских.[78]

Зинаида Гиппиус, в своем толковании явления андрогина, следовала скорее за Otto Weininger. Она считала, что живое "душетелесное человеческое существо никогда не бывает только мужчиной или только женщиной. Оба начала, мужское и женское (М и Ж по Вейнингеру), в нем сопутствуют. Но необходимо утвердить и следующее, — продолжает Гиппиус, — в каждом реальном человеке которое-нибудь из двух начал, М или Ж — *преобладает*. Человек, таким образом, существо или мужеженственное или женомужское".[79] Эти два начала сосуществуют в человеке в несовершенном, иногда даже в искаженном, соединении. М — это воля к всеутверждению и героичность; Ж — это воля к всеотданию и жертвенность. В идеальном гармоническом соединении М и Ж сосуществуют только в Боге и во Христе в том же нераздельном единстве, в котором Бог Отец и Бог Сын образуют один союз, одно целое в Божественном и совершенном порядке мироздания. Бог, по мысли Гиппиус, это высшее двуполое существо, Отец и Мать в Одном. По контрасту с Богом Отцом и Богом Сыном, Дева-Мать в произведениях Мережковского и Гиппиус выступает как воплощение чисто женского принципа "Высшей Женственности". Девственность и материнство в Ней слиты с теми же совершенством и гармонией, как М и Ж в Боге и во Христе.

В человеке такое органическое соединение немыслимо. Разъединение и неравномерное распределение М и Ж в человеке ведет к конфликтам и столкновениям. Сплетение в нем двух начал, М и Ж, "*лично*, т. е. единственно и неповторимо, как сама личность. ...Абсолюта обратности (полярности) *двух*, дающего абсолют любви, нет, конечно, в безабсолютном мире. Но в нем есть возможность неограниченного приближения к абсолюту... Чем полнее душетелесная обратность, тем совершеннее любовь, ближе к вечножеланной, непременно 'одной' и 'навсегда'. За нее мы и боремся, и все знаем, что борьба за любовь — это борьба со смертью",[80] — заключает Гиппиус.

Андрогинная природа человека, таким образом, была для Мережковских необходимой предпосылкой к идеальной близости "двух" на пути их продвижения к любви в Третьем. Несмотря на оптимистическую веру в это продвижение, их вывод о возможности настоящей любви на свете звучит глубоко пессимистически: поскольку настоящая любовь не терпит борьбы и конфликтов и поскольку ее основание — гармония, равновесие и мера — немыслимы в жизненной реальности, истинная любовь является лишь возывшающей человеческую личность идеей, недостижимым идеалом на земле.

В заключение следует отметить оригинальную точку зрения Гиппиус на связь, существующую между андрогинной природой человека, любовью и художественным творчеством. Творчество, в философии Гиппиус, это взаимодействие Божественных Начал. ''И это творчество, в каких бы областях его человек ни проявлял, возможно лишь потому, что *в нем* сосуществуют два начала, притом в неповторимой, как личность, таинственной связи'',[81] т. е. М и Ж в нераздельном единстве. Акт любви и творческий акт связаны так же тесно, как и религия и творчество или творчество и жизнь. Художественное вдохновение проистекает из религиозного прозрения и мистической экзальтации. Бог, Творец духа и любви, создал мир из Своей любви и человека по Своему подобию. Художник, также творец, принимает участие в Божеском творении посредством своей художественной интуиции и способности видеть отражение последней, духовной реальности. Он также наделен способностью передать видение реальной дествительности как активную, действенную силу непосвященным. Художник, таким образом, возвращает в полной мере Творцу любовь, из которой он был создан в Божеском, андрогинном подобии; своим творчеством он ''платит'' в полной мере Творцу за дарованный ему талант и метафизическую интуицию.

НОВОЕ РЕЛИГИОЗНОЕ СОЗНАНИЕ И ЧЕЛОВЕЧЕСТВО ТРЕТЬЕГО ЗАВЕТА

В течение двух первых десятилетий этого века Д. С. Мережковский, вместе с З. Н. Гиппиус и Д. В. Философовым, пытался пробудить ''новое религиозное сознание'' у современников. Конечной целью в своей религиозной деятельности они поставили создание единого человеческого общества в соборной церкви как основание будущего Царства Божьего на земле.

Религиозную направленность произведений Мережковского Гиппиус объясняет следующим образом:

> Наши путешествия, Италия, все работы Д. С., отчасти эстетическое возрождение культурного слоя России, новые люди, которые входили в наш круг, а с другой стороны — плоский мате-

риализм старой "интеллигенции" (невольно и меня толкавший к воспоминанию о детской религиозности), все это вместе взятое, да конечно с тем зерном, которое лежало в самой природе Д. С., — не могло не привести его к религии и к христианству. Даже, вернее, не к "христианству" прежде всего, — а ко Христу, к Иисусу из Назарета, образ которого мог и должен пленять, думаю, всякого, кто пожелал бы, или сумел, взглянуть на него пристальнее. Вот это "пленение", а вовсе не убеждение в подлинности христианской морали, или что-нибудь в таком роде, оно одно и есть настоящая отправная точка по пути к христианству. Последние годы века мы жили в постоянных разговорах с Д. С. о Евангелии, о тех или других словах Иисуса, о том, как они были поняты, как понимаются сейчас и где, или совсем не понимаются или забыты.[1]

Между философией Вл. Соловьева и идеями Мережковского существовали интересные совпадения, хотя "Д. С. никогда не читал его пристально",[2] — продолжает Гиппиус:

Я упоминаю об этом замечательном русском философе для того, чтобы подчеркнуть: его идея Вселенской Церкви не была у него заимствована Д. С-чем, она к последнему пришла совершенно самостоятельно, и даже не вполне с соловьевской совпадала. Соловьевская брошюра, изданная заграницей (в России цензура ее бы не пропустила [В. С. Соловьев, *Россия и вселенская церковь,* 2-ое издание, Краков, 1908 г.]), нам была тогда неизвестна, а кому известна — понята превратно: римская церковь, считающая себя Вселенской, как бы приняла Соловьева в свое лоно, да и в России держался миф, что Соловьев "перешел в католичество". Как будто в идею о церкви Вселенской включалась возможность перехода из одной церкви в другую![3]

Говоря о совпадении во взглядах Мережковского и Соловьева, Гиппиус имела в виду основание Вселенской Церкви на единении Католичества, Протестанства и Православия, которое было важным для обоих писателей. По контрасту с Соловьевым, однако, который видел это объединение как союз трех равных Церквей под эгидой Папы Римского — первого среди равных, Мережковский отрицал это равенство. Для него Православие не только указывало путь к будущей Вселенской Церкви, но и играло главную роль в единении трех Церквей. Позже Мережковский отказался от этой мысли, о чем будет сказано ниже.

Идея "тройственного устройства мира", о котором шла речь в предыдущей главе, зародилась у Гиппиус в начале века и немедленно была воспринята "подкожно" Мережковским:

Я перескочила в какую-то глубь, и моя *idée fixe* была "тройственное устройство мира". Я не понимала, как можно не понимать такую явную, в глаза бросающуюся, вещь, такую реальную, притом отраженную всегда и в нашем мышлении, во всех наших действиях, от больших — до повседневных, в наших чувствах и — в нас самих. Мы тогда так и говорили: 1, 2, 3. Не символически, но конкретно. 1 — не есть ли единство нашей личности, нашего "я"? А наша любовь человеческая к другому "я", так что они, эти "я" — уже 2, а не один. (Причем единственность каждого не теряется). И далее — выход во "множественность" (3), где не теряются, в долженствовании, ни 1, ни 2...

Так вот, преследовавшую меня идею об "один — два — три", — он так понял подкожно, изнутри, что ясно: она, конечно, и была уже в нем, еще не доходя пока до сознания. Он дал ей всю полноту, преобразил ее в самой глубине сердца и ума, сделав из нее религиозную идею всей своей жизни и веры — идею Троицы, пришествия Духа и Третьего Царства или Завета. Все его работы последних десятилетий имеют эту — и только эту — главную подоснову, главную ведущую идею.[4]

Мистическое число три становится основой концепций Христианства, принятого Мережковскими. "Матери-Духа",[5] "Тайны Трех", Трех Ипостасей, Трех Заветов. Мережковские видят теперь многообразные проявления в мироздании мистического числа "три": Святая Троица, троичность человеческой личности-любви-общества, троичность духовного мира-человека-материального мира и т. д. Все эти "единства трех в одном", представляющие собою одновременно и неповторимость, единственность отдельных частей одного целого, отражаются, по мысли Мережковских, во всех аспектах человеческой жизни. Даже в эволюции религии Дмитрий Мережковский видел три стадии диалектического развития, что он излагает, с большими подробностями, в книге *Л. Толстой и Достоевский*:

> Тройственности мистического познания соответствует тройственность познания метафизического в трех моментах, осуществляемых законом диалектического развития, в которых раскрывается глубочайшая, доступная человеческому разуму, сущность бытия: первый, низший синтез, бессознательное единство бытия и сознания — я есть я — раздвояется на тезис и антитезис, субъект и объект, я и не-я, внутренний и внешний мир, для того, чтобы завершиться последним, созидательным соединением, которое требуется метафизическим и осуществляется мистическим познанием. От первого единства через раздвоение к последнему соединению, от единого в едином через два в едином к единому в трех — таковы три момента диалектического развития.[6]

Три стадии в религиозном развитии человечества — "Три Ипостаси — три Завета"[7] — соответствуют трем Заветам: Бога Отца, Бога Сына и Бога Святого Духа, соединяясь с проблемой плоти и духа. Человеческая жертва в этом процессе, являющаяся символом единства Бога Одного в Одном, имела место во всех религиях: "Остаток этих человеческих жертв, в которых выражалась некогда глубочайшая метафизика всех объективных религий, сохранился в обрезании плоти — таинства Первого Завета, первого единства Творца с тварью, Духа с плотью. Предельной символизацией для человеческого сознания является осязаемая внешняя плотность, как плоть самого человека — тело его, так и космическая плоть-материя. Вот почему первая ступень религиозной эволюции и есть, по преимуществу, религия плоти".[8] Бог Отец, представлявший реальность плоти, указал на первый тезис. Вторая фраза, явившая Сына как вторую ипостась, разъединила первое, низшее единство в два высших элемента — дух и плоть. Так возникла религия Двух в Одном, в которой через воскресение Иисуса Христа человечество обрело возможность абсолютной жизни в познании и переживании Божеского Бытия. За нею следует религия Трех в Одном. Одна она и интересовала Мережковского и Гиппиус с самого начала двадцатого века.

Мережковские также различали три фазы в истории человечества прошлого, настоящего и будущего. Три фазы представляют собою три различных царства: Царство Бога Отца, Создателя — Царство Ветхого Завета; Царство Бога Сына, Иисуса Христа — Царство Нового Завета, настоящая фаза в религиозной эволюции человечества; и Царство Святого Духа, Вечной Женщины-Матери — Царство Третьего Завета, которое откроется человечеству будущего. В Царстве Старого Завета произошло откровение силы и власти как истины; в Царстве Нового Завета произошло откровение любви как истины; Царство Третьего Завета проявит себя в любви как свобода. Третье и последнее Царство, Царство Третьего Человечества, разрешит все существующие антитезы: пол и аскетизм, индивидуализм и общественность, рабство и свободу, атеизм и религиозность, ненависть и любовь. Эти антиномии исчезнут в синтезе единого Царства, Царства апокалиптического Христианства, таинственного и чудесного слияния Неба и Земли. Тайна Земли и Неба, плоти и духа, найдет свое разрешение в Святом Духе — союзе Земного и Небесного, воплощенном Девой-Богоматерью. Святой Дух принесет искупление миру, открыв перед человечеством новую жизнь в мире, гармонии и любви. Трое в Одном претворятся в реальность, и Христианство найдет в этом претворении свое завершение. Бог Отец и Бог Сын соединятся в Святом Духе, в Вечной Женственности-Материнстве. Дух, соединив Отца и Сына, соединит Небо и Землю.

Отрицая, таким образом, историческое Христианство, Мережковский ищет "революционно мистическое христианство" Третьего Завета. В сочинении *Не мир, но меч* он изображает этот процесс в следующей последовательности:

> Первый завет — религия Бога в мире.
> Второй завет Сына — религия Бога в человеке — Богочеловека.
> Третий завет — религия Бога в человечестве — Богочеловечества.
> Отец воплощается в Космосе.
> Сын — в Логосе.
> Дух — в последнем соединении Логоса с Космосом, в едином соборном вселенском Существе — Богочеловечестве.
> Для того, чтобы вступить в третий момент, *мир должен* окончательно выйти из второго момента; для того, чтобы *вступить в религию Духа, мир должен окончательно выйти из религии Сына — из христианства:* в настоящее время, в кажущемся отречении от Христа это необходимое выхождение и совершается (Х, 155).

Мережковский так определяет единство трех в Одном, которое откроется будущему религиозному сознанию: борьба и согласие двух половин, двух полюсов, двух полов мира сольются в одно — Два,

> которые будут Одно, которые суть Одно в тайне Триединства *("Я и Отец Одно",* Сын, Отец, Дух — Три Одно); вот ступени космической *полярности,* которая, более или менее, всегда была открыта религиозному сознанию человечества, но с окончательною ясностью открывается только нашему современному или, точнее, будущему религиозному, сознанию. Мы теперь более, чем когда-либо предчувствуем, что —
> > Концы соприкоснутся,
> > Проснутся "да" и "нет",
> > И "да" и "нет" сольются,
> > И смерть их будет свет —[9]
>
> именно свет нашей религии, свет последнего соединения — искра, которая вспыхивает только между "концами", между полюсами последнего раздвоения; — Свет, о котором сказано, что Он "во тьме светит, и тьма не объяла Его" (Иоанна I, 5).[10]

В своей критике исторического Христианства, которое, по словам Гиппиус, не может открыть связь, существующую "между первой книгой Библии — книгой Бытия — и последней — Апокалипсисом", она писала: "Конец и Начало, Ветхий и Новый Завет, древо познания и древо жизни должны явиться нам в последнем и современном соединении".[11] Вечная Мать, Которая явилась в Начале и Которая придет после смерти, должна принять обличье "абсолютного соединения" Божественной Личности. Человек должен "понять тайну непорочного зачатия, девственного материнства, тайну пола до конца — до конца мира — и не теоретически, не отвлеченно, богословски, — а пламенно, девственно, жизненно. Историческое христианство не разрешает, а лишь упраздняет этот вопрос — отсечением плоти, всепоглощающим, односторонним аскетизмом. Те, кто не могут заглушить в себе этот вопрос и не имеют силы искать новых решений — попадают на старые, дохристианские пути".[12] Человек должен понять, что девственное материнство, вечная женственность, Небесная Мать завершает Святую Троицу. Человек должен постигнуть Богоматерь как проявление Святого Духа, Святой Плоти, всем своим разумом, всем своим существом. В своем сочинении-дневнике *Выбор?*[13] Гиппиус отдает дань христианским Церквам за продолжение ими дела Христа на земле: они открывают для каждого индивидуума "путь к Истине", который был показан Иисусом Христом всем, кто хочет идти по этому пути. Христианские Церкви, однако, не открывают этих дверей для всего мира в целом. Поглощенные мыслью о судьбе каждого отдельного человека, они предлагают ему искать свой "путь к Истине" индивидуально. Неся образ Иисуса Христа, все они говорят о пути спасения "едином верном, все указывают на выбор, все зовут обратиться [лицом к страданию]. В церкви открывается *каждому* этот путь и свобода подхождения к счастью".[14] Церкви зовут на этот путь каждого человека в отдельности, но они не предоставляют возможности спасения всему миру в целом, ибо они еще не раскрыли принятого ими от Христа сокровища — "Божественную Троичность".[15] Это сокровище еще "запечатано семью замками". "Единственно, что у нас есть — догмат, — пишет Гиппиус, — Это сокровище. Но иметь сокровище, которого не видишь, не осязаешь, за семью замками запертое, — почти все равно, что не иметь".[16] Задача будущей Церкви — открыть тайну Святой Троицы "пламенно, девственно, жизненно". Сам Спаситель должен явиться, чтобы открыть нам истину, которую мы еще не в состоянии осознать. Человек, поставленный лицом перед "безжизненным догматом" исторической Церкви, не может воспринять Святую Троицу интуицией или сердцем. Утратив веру в Бога, он не может Его вновь найти, несмотря на все свои усилия. Не принимая ни религии аскетизма, ни своего одиночества и отчуждения от ближних, он жаждет обрести Бога и ощутить полноту своего собственного существования посредством любви и веры в Него. Человек жаждет новой религии, которая даст ему возможность принять жизнь во всем ее многообразии, религии единства Всего во имя Одного.

Иисус Христос, а через Него вопрос Христианства и христианского спасения, неразрывно связан в философской системе Мережковских с этической проблемой страдания и с человеческой трагедией. Всякая дорога, в их глазах, и всякий путь без Христа ведут к поражению и гибели. Путь же через Христа всегда ведет к победе и спасению. Путь этот существовал и без Христа, он "есть и без Христа", но Христос снимает завесу с него; не указывает на него, а заливает таким сияньем от всего Своего существа, что уже никто, имеющий глаза, не может им не плениться. Христос пришел дать именно тот путь спасения, который "через Него люди *увидели,* который действительно есть путь спасения", и к которому они с самого начала мира слепо тянутся. Увидев через Христа именно этот путь, каждый человек должен принять его как истину; он должен принять Самого Христа как *этот* "Путь" и *эту* "Истину". Первым условием именно такого отношения к Иисусу Христу является изменение человеком своего взгляда на страдание. Человек не должен бежать от страдания, а "повернуться лицом" к нему. "А повернувшись — двинуться к нему; а подойдя — прикоснуться к нему; а прикоснувшись — проникнуть в него, в самую глубь или толщу, чтобы пройти, *сквозь* и *через,* туда, где находится победное оружие".[17]

Страдание в философии Мережковских, в свою очередь, связано с концепцией счастья: "Страдание усиливает счастие любви".[18] Любовь непобедима, т. к. она уже восторжествовала над страданием. Любовь, как проявление высшей реальности, нетленна, неуязвима. Любовь — это "свет немеркнущий, перед которым свет солнца — не естественный, а темный".[19] Люди в страдании близки к спасению, "т. е. они скорее могут увидеть путь спасения от страдания, победы над ним верной и окончательной".[20] Царство Божие близко, оно находится в самом человеке, как утверждают и "смиренные" герои Достоевского по контрасту с его "бунтовщиками". Людям нужно лишь обернуться, "измениться (покаяться) — и увидите его, — обещает Гиппиус в *Выборе?,* — а увидев — захотите *сами* отдать за него все, что имели, а захотев — получите его: непременно почувствуете, что оно — ваше".[21] Христианство дает человеку высочайшую свободу: "Христос не зовет на свой 'путь' — Он его открывает. Открытый — он не может, он должен *пленять.* Основное начало христианства и есть свободное *пленение,* иначе — любовь".[22]

Страдание, любовь, духовная свобода примыкают к понятию вечности. Учение Христа не только величайшее самоотрицание, но и величайшее самоутверждение; не только вечная Голгофа, или распятие, но и вечный Бетлехем, или рождение — Воскресение Личности. Физическая смерть — не конец человеческого существования; за смертью открывается жизнь, потому что Христос жил, умер и воскрес. "Полнота победы над страданием и смертью — это и есть *вечное* воскресенье... Не так ли воскрес Спаситель, не так ли, следуя по пути спасения, воскреснем и мы?"[23] Христианская Церковь должна содействовать продвижению человека по этому пути. Но великая миссия открытия последней истины принадлежит Единой Церкви будущего.

Мережковские мечтали о религиозной революции, о духовной метаморфозе человека во имя Третьего Царства. В этом процессе человек прежде всего должен узнать сердцем, что Бог это Отец и Мать, что Богоматерь это Святой Дух и Святая Плоть и что Иисус Христос одновременно Отец и Святой Дух, Трое в Одном. Гиппиус и Мережковский упрекали человека в том, что он не обращает достаточного внимания на слова Христа "Я и Отец Одно". Человек, поэтому, не видит живой связи между Ними. Христианские Церкви, по мнению Мережковских, существуют до сих пор, опираясь исключительно на учение Христа и упоминая Бога Отца и Святого Духа только в обрядах. Все молитвы, весь религиозный экстаз и сердца всех христианских верующих целиком посвящены Христу. Но Иисус Христос Один "лишь правда, жизнь и путь к Церкви".[24] Индивидуальная вера в Христа — лишь гарантия, незаменимое условие для всеобщей веры в Бога. Настоящая религия не может быть основана только на личной вере в Иисуса Христа. Настоящая Церковь не может "начинаться и кончаться Христом", т. к. Христос может быть только с Богом Отцом и Святым Духом вместе в одном тесном союзе, в едином завершении. "Настоящая [апокалиптическая] Церковь — церковь такого завершения". "Церковь, союз всех отдельных верующих, может быть реализован только через Пришествие Святого Духа, Который будет послан к нам Сыном, и Который откроет нам наше будущее".[25]

Иисус Христос, чья плоть была освящена Его воскресением и победой над адом, сделал возможным приближение Царства Святого Духа. Цель всего исторического развития вселенной это конец человечества и мира в их прежней форме через Второе Пришествие Христа как Трое в Одном. Мережковские надеялись, что конец этот близок. Настанет пора религии последнего величайшего синтеза, великого Символа, религии Второго Пришествия, не скрытого и тайного как Первое, но явного по силе и величию — религии Конца. Иисус грядет как внутреннее переживание человека в том же духовном облике, в котором Он возник перед Святым Павлом. Но, несмотря на то, что Христос, соединив Себя с землей после Своего воскресения, находится меж нами всюду и везде, мы не чувствуем Его. Святой Павел был одним из первых, увидевших Его, поэтому он и мог написать часть Нового Завета. Святой Павел поэтому занял исключительное место в религиозной философии Мережковских: они были убеждены, что как только человечество разделит его "внутреннее переживание", оно полностью постигнет духовную реальность Христа. В этот момент человек поймет, что Христос находится в нем все время и что Он объединит человечество в любви и гармонии, как одну семью. В духовной эволюции человечества наступит время для апокалиптической Церкви не как храм, а как новое переживание Бога в человеческом сознании и в человеческой душе. Во имя ускорения этого процесса церковь трех апостолов — Петра, Павла и Иоанна — должна соединиться для "оживления" существующей Церкви. Новая, живая и жизнеспособная Церковь, в основании которой будет находиться внутреннее ощущение человеком Христа, будет единственной, настоящей, всеобщей Церковью.

Путь Христианства, таким образом, это не путь отказа от чего бы то ни было, а путь получения "положительных ценностей",[26] путь, обещающий огромное, новое счастье Любви — не в загробной жизни, а на земле. Мережковские видели доказательство тому, что это счастье дается не "потом", а "теперь", в жизни святых, в частности св. Терезы Лизьеской, которые "уже были там, будучи здесь".[27] "Здесь дается им все, на здесь пролегающем пути: победа над всяким страданием, — новое, несравнимое счастие любви и света".[28] Путь к этому счастью открыт для каждого, и первая обязанность Церкви это — открытие человеку глаз на этот путь, "чтобы каждый услышал, увидел, что путь открыт, обратился — и спасся".[29] "Вот дело Церкви и ее святых в мире, дело, которое они и делают",[30] заканчивает свои размышления Зинаида Гиппиус.

Мережковские не принимали Христианство как окончательную форму религии главным образом потому, что оно не преодолело противопоставления духа и плоти и завершилось не синтезом, а поглощением тезиса антитезисом, т. е. плоти духом. Это поглощение, по мнению Мережковского, лежит в основе двойственности, мучительной для человечества: "Религиозная проблема духа и плоти, полярности бездн, двойственности рождается не из онтологического дуализма человеческой природы, а из величайшей для нас тайны разделения Бога на два Лика и отношения этого разделения к эманирующему из Бога, множественному миру, и религиозно разрешается эта проблема, двойственность замирается в Третьем Лике Бога".[31] Аскетизм исторического Христианства, отрицание им красоты и радости жизни и внутренней свободы человека; наказание за его первородный грех; разделение земли и неба, плоти и духа; принятие только Божественного Лика Иисуса Христа и игнорирование Его человеческого обличия — это учение христианской Церкви сталкивалось с убеждением Мережковского, что суть Христианства заключается в ощущении красоты — Бога — и в радостном переживании ее — в Боге. По мнению Мережковского, Христианство отрицало жизнь на земле, и в этом отрицании он видел самое великое преступление Христианской Церкви.

Мережковский и Гиппиус, однако, усматривали в историческом Христианстве необходимую фазу в эволюции религии в направлении религии Святой Троицы. Евангелие было бы утрачено, как были утрачены и заповеди Христа, если бы не было исторической Церкви. Второе Пришествие Христа не может осуществиться без Первого Его Пришествия. Церковь Второго Пришествия Христа, или апокалиптическое Христианство, воспримет в себя Церковь Первого Пришествия, или историческое Христианство. Историческое Христианство станет неотъемлемой частью общечеловеческой Церкви как частичное воплощение ее истины; оно будет тесно связано с апокалиптическим Христианством. Апокалиптическое же Христианство, в свою очередь, завершит историческое Христианство. Догма Святой Троицы должна стать связующим звеном между историческим и апокалиптическим христианством. Будущий Иисус Христос может появиться только после Пришедшего Христа, потому что Пришедший Христос и Грядущий Христос составляют сущность Единого Иисуса Христа.³²

Мережковский придерживался парадоксального мнения, что братская любовь не является фундаментом Христианства: "Христианство основано вовсе не на любви к ближнему, как обыкновенно думают — эта любовь есть и в законе Моисеевом и у всех древних учителей мудрости, от Сократа до Марка Аврелия, от Конфуция до Бодисатвы — не на праведной жизни и крестной смерти Христа, а на неотразимо доказанной опытом реальной возможности физического воскресения".³³ Именно воскресение плоти было первой и основной предпосылкой в восприятии мира Мережковским. Воскресение плоти — это третья и последняя стадия в религиозной эволюции человечества, Царстве Святого Духа, где тезис и антитезис, плоть и дух, сольются в синтезе и где Трое в Одном претворятся в жизни:

> Христос воскрес из мертвых. И со Христом — все умершие. Все отдельные существа получают абсолютное бытие в Божественной сущности. *Я и Отец — едино.* Два в Едином. Ветхий Завет есть откровение Единого в Едином; Новый — Двух в Едином.
>
> Третья ступень — откровение Божьей ипостаси будет окончательным синтезом тезиса и антитезиса, объекта и субъекта, плоти и духа, последним соединением Первого Царства Отчего и Второго Сыновнего — в Третьем Царстве Духа Святого, Плоти Святой, Третий Завет будет откровением Трех в Едином.
>
> Ныне религиозное сознание человечества и восходит на эту ступень. Христианство кончается, потому что оно до конца "исполнилось", подобно тому, как закон и пророки окончились с пришествием Христа. Христос *не нарушил,* а *исполнил* Закон. И Дух *не нарушит,* а *исполнит* Христианство.³⁴

Эти убеждения, вместе с верой Мережковского во вселенское человечество, легли в основу многих его произведений: *Рождение богов: Тутанкамон на Крите* (1925), *Мессия* (1925); религиозной трилогии: *Тайна Трех: Египет и Вавилон* (1925), *Тайна Запада: Атлантида-Европа* (1930) и *Иисус Неизвестный* (1931); целого ряда биографий замечательных людей, таких, как *Наполеон* (1929), *Павел, Августин* (1936), *Франциск Ассизский* (1938), *Жанна д'Арк* (1938) и *Данте* (1939), а также произведений: "Св. Тереза Иисуса" (*Возрождение,* 1959, № 92 и 93) и "Св. Иоанн Креста" (*Новый журнал,* 1961, № 64 и 65; 1962, № 69), вышедших посмертно в публикации Владимира Злобина.

Гиппиус, со своей стороны, дает еще более широкое определение концепции Христианства в статье "Великий путь" (1914): историческая христианская религия представляет собою только одну часть истинного Христианства; настоящее, общечеловеческое Христианство органически связано со Святой Троицей в Одном.³⁵ Христианство начинается, развивается и завершается в процессе течения промежутков времени, которые связаны друг с другом и следуют один за другим в логическом порядке. Эта духовная эволюция приведет в конце концов к "абсолютно окончательному" утверждению новых ценностей, которые были открыты во время постепенного накопления и усваивания новых концепций и новых откровений. Старые ценности не должны отвергаться в этом процессе; они должны быть преображены в новые ценности — новые по времени и по содержанию. Свободная воля человека играет исключительную роль в эволюции ценностей; человек должен "сознательно и свободно", по своей воле, сделать выбор между этими ценностями. Выбор этот чрезвычайно труден, это почти трагедия, борьба, жертва, но страдание, вызванное этой жертвой — во имя нового и возвышающего человека утверждения его личности — искупается приносимыми им радостью и экстазом религиозного чувства. Выбор должен быть абсолютно свободным, потому что с позиций общечеловеческого Христианства нет ни воли Провидения, ни судьбы, ни закона. Есть откровение — не предопределение — главного русла человеческой истории. Исторический процесс предсказан, но не предопределен. Бог даровал человечеству свободу выбора — погибнуть или спастись. Завершится ли этот процесс абсолютным отрицанием — ничто, или достижением высшей ступени человеческого Бытия — абсолютным утверждением, зависит всецело от силы и интенсивности человеческой воли и от ее связи со всеобщей, Божественной волей. Каждый человек стремится всем своим существом достигнуть своей окончательной цели, т. е. спастись от своей погибели.

Несмотря на то, что Иисус Христос открыл человеку "возвышенную истину о Божественной Личности", в настоящей стадии человеческой эволюции эта истина не способна еще соединить нации в "единую новую плоть", в единую новую семью. Христос только указал на путь, который может привести к союзу людей: путь этот дает им возможность познать себя и Божественную Личность. Христианство представляет собою лишь путь к Церкви; это средство для глубокого проникновения в веру отдельного индивидуума. История честно служила делу Христа, благодаря верности истине в течение двадцати столетий. Верность эта нашла свое выражение в воплощении истины в каждой отдельной верующей душе.

Гиппиус и Мережковский постоянно подчеркивали необычайное значение свободы для следования по пути, открытому человеку Христом. У человека есть возможность спасения, потому что путь, ведущий к индивидуальному спасению, открыт для каждого. Обязанность Церкви и святых Мережковский и Гиппиус видели не только в этом открытии ими пути для человека, но и в создании ясной перспективы возможности его спасения. Воля, связанная с общечеловеческим "не хочу!" входит органическим компонентом в путь выбора. Человек всегда носит в себе "волевое отношение ко всей совокупности бытия: хочу, чтоб было так, не хочу, чтоб было вот так",[36] — пишет Гиппиус в *Выборе?* Как и Подпольный человек Достоевского, Гиппиус тут утверждает, что проявление индивидуального человеческого "не хочу!" выше всех соображений выгоды, покоя и довольства. У Гиппиус "не хочу!" имеет и другой, чисто религиозный смысл: отрицая принятие Христа и Его учения, Святой Троицы, Гармонии, Вечности, Единой Церкви будущего и пути к Истине, человек не хочет признать все эти высшие нравственные ценности за Истину. Его отказ поверить в нее объясняется следующей аргументацией: если он примет Истину, то он осудит "мир сей", т. к. при таком принятии Истины и пути к Христу наш мир "тут" "оставляется, отставляется, обрекается, как безнадежно-непоправимый",[37] сознательно или бессознательно. "Под выбором всегда лежит проклятие этому миру". Проклятие "мира сего" означает, таким образом, его волевое, преждевременное уничтожение, что, в свою очередь, нарушает таинственную связь между "тем" и "этим" мирами — "одного в одном". Человеческая мысль не может мириться с таким ходом вещей, как она не может согласиться и с тем, что при выборе пути спасения от страданий спасаются лишь отдельные индивидуумы. Все же остальные, не услышав зова Христа и не сумев поэтому сделать выбора, отставляются вместе с "миром сим" и тем обрекаются "на уже безысходные (проклятые) страдания".[38] Лучшая часть в человеческом существе не хочет и не может примириться с этой несомненной гибелью всего и всех, кто "не имеет ушей, чтобы слышать", и "очей, чтобы видеть" путь, открытый для спасения. Но Иисус Христос не должен страдать *за* человека во имя его спасения. "Мы в нашем последнем ничтожестве и недостоинстве, Он в своем несказанном величии, — тут как бы одно. В любви мы приникаем к Нему".[39] Ради уяснения "коренной сущности" христианского учения Гиппиус, отказываясь в *Выборе?* от привычных концепций и "от всего, незаметно внедренного и усвоенного", отрицает вечную идею жертвы за другого для его спасения. "Да, я *не хочу,* чтоб *за* меня кто-нибудь страдал, а любимый — совсем не хочу, не могу вытерпеть. Чем совершеннее любовь, тем это невыносимее. Уж лучше самому страдать *за*".[40] Из глубины этого "лучше" появляется "страсть ко кресту", "если не за Него, то хоть ради Него, ради приближения, уподобления Ему". Таковы постулаты Любви и выбора пути к Истине. Путь лежит через страдание ко Христу, к уподоблению Ему в любви и в "страсти к страданию". По определению Гиппиус, человеческое "не хочу!" это *"вечный, неразумный бунт против Истины...* Бунт вспыхнет, а затем явится мудрость, с нею покорность и — счастье спасенья. Опять и опять великий *опыт* христианства, пути Христова".[41]

Троичность Христианства, которую человечество прожило во времени, таким образом, должна открыться во Христе, еще закрытом от человеческого взора; она должна перечувствоваться с той же глубиной и силой реального, жизненного опыта, с которой человек проник в сущность Христа, проповедуемого исторической Церковью. Живая Церковь, Церковь Третьего Завета на земле, тогда откроет человеку и сокровище, находящееся в исторической Церкви пока еще за семью замками — тайну Святой Троицы, Трех в Одном. В выборе пути к Истине человек, всем своим жизненным опытом, должен осознать полноту того, что ему дается "взамен" при выборе. Человеческое "не хочу!" только "доказательство слепоты, неведения и недостаточного *пленения*"[42] светом и любовью в сиянии Христа, как Трех в Одном.

Как мы видим, *Выбор?* вскрывает противоречия, лежащие, по мнению Мережковских в основе исторического Христианства, и указывает читателю на путь, который может привести человечеству к Царству Третьего Завета на земле. Эта мысль может звучать почти историческим анахронизмом в перспективе нашего мира экзистенциализма. Тем не менее, *Выбор?* имеет большую внутреннюю ценность, как и религиозная система Достоевского, для современной западной "теологии кризиса", в частности швейцарских протестанских мыслителей Karl Barth[43] и Eduard Thurneysen.[44] Вместе с ними Гиппиус и Мережковский отдают должное религиозной философии Достоевского в его интерпретации Нового Завета, христианской эсхатологии, веры, свободы и дальнейшей эволюции исторического Христианства. Как и Достоевский, они твердо верят в единство "того" и "сего" миров и в потенциальную возможность Царства Божия на земле. Если их и можно было порою упрекнуть, судя по воспоминаниям К. Вендзяголького, адъютанта Пилсудского, в несвободе "от великодержавной русской мании величия",[45] нужно отметить, что религиозная философия Мережковских целиком основана на учении Христа о всеобъемлющей любви, на стремлении к гармонии, мере, Истине.

Побуждаемые желанием вызвать духовную революцию, Мережковский и Гиппиус также пересмотрели традиционную интерпретацию идеи Бога и учения Христа. Они отвергали концепцию Бога в историческом Христианстве как Бога гнева и мести. Такой Бог оскорбляет человека и его чувство гордости, превращая его в тварь, дрожащую в страхе перед своим властным и жаждущим мести повелителем. Бог мщения "лишает человека всякого достоинства, низводит на степень животного, ставит в самые унизительные положения человеческую душу и тело".[46] Христианство не победило языческий и ветхозаветный, дохристианский страх человека перед мщением Бога. "В христианстве, — говорит Мережковский, — 'Бог есть любовь': совершенная любовь изгоняет страх', но ведь вот все-таки и после Христа, 'страшно попасть в руки Бога живого'. И после Христа, Бог не только любовь, но и ужас".[47] Бог гнева унижает человеческие дух и плоть. В апокалиптическом же Христианстве Бог это любовь, тишина и покой. "Бог в тишине",[48] — говорит Вальцев, герой рассказа "Луна". В прощальном письме к своему возлюбленному Яну Раиса в рассказе "Зеркало" пишет об отсутствии в ее душе тишины и возвышенной мысли, которые по ее мнению и составляют сущность веры в Бога: "Нет вашей тишины в [моем] сердце. Прощайте".[49]

Как было сказано выше, для Мережковских было неприемлемо принятие историческим Христианством исключительно святости Христа при полном отрицании плоти, "грешной и нечистой". Они утверждали необходимость соединения христианской и языческой святости в одно целое во имя достижения истинной, последней религии. В подсознательных глубинах язычества они ясно видели начало будущего пути к Христианству. Религиозное язычество было для них, поэтому, "христианством до Иисуса Христа": "Религиозное язычество есть не что иное, как не просветленное, не сознанное христианство, не пройденный путь ко Христу, откровение Отца, которое предшествует откровению Сына, Ветхий Завет, как чаяние Нового; религиозное язычество на своих предельных высших точках есть 'христианство до Христа' ".[50] Язычество привлекало их потому, что оно провозглашало святость целого человека. Языческий эготизм и христианское смирение соединялись в синтезе двух элементов, необходимых для создания новой, Вселенской Церкви. Смерть и умерщвление плоти в историческом Христианстве, перестав существовать, уступят место жизни и воскресению в истинном Христианстве, "Церкви Святой Плоти и Святого Духа". Святая Плоть и Святой Дух не противоположны друг другу — они являются двумя полюсами одной и той же истины; не язычество и Христианство, а две равные части Христианства. И в основу новой Церкви Мережковские хотели положить органическое соединение "святой плоти" язычества и "святого духа" Христианства как одну истину, а не две половины ее. Мережковский был уверен, что Христос говорил о равносильной святости духа и пола:

> Не утверждает ли Христос *равноценности, равносвятости* Духа и Плоти? Ежели это так, то и дух есть "плоть" — иная, преображенная, вечная — но все еще плоть, даже более "плоть", чем когда-либо; дух есть плоть плоти, самое твердое, нетленное, реальное и, вместе с тем, самое мистическое во плоти — то, чем вся она крепнет и держится. *Дух есть не только отрицание низшего, но и утверждение высшего состояния плоти;* дух есть непрерывное движение, устремление плоти от низшего состояния к высшему — "от света к свету", до последнего белого света Преображения, Воскресения, в котором уже все отдельные радужные цвета жизни сливаются в один. Дух не есть бесплотная святость, а *Святая Плоть.*[51]

Поскольку Иисус Христос показал путь к единению святого духа и святой плоти в следующие три момента бытия — рождении; продолжении — посредством таинства Причастия, таинства Плоти и Крови; конце — таинства Воскреснения Плоти, Мережковский видел в Церкви Святой Плоти и Святого Духа возможность воссоединения трех стадий бытия и, таким образом, возрождение Христианства, органической частью которого являются язычество и историческое Христианство. Он находил их соединение в прошлом в Личности Христа: "Богочеловек и Человекобог — уже не два, а одно, с того мгновения, как сказано: 'Я и Отец одно'" (От Иоанна, 10:30).[52] Иисус Христос соединяет в Себе плоть и дух, землю и небо. В Нем Одном воплощается не только совершенная, но и постоянно растущая истина, которой не может быть вне Его. Этому новому убеждению Мережковский остался верным до конца своей жизни.

Так как плоть, по мнению Мережковского, является частью христианской святости, он стремился разрешить тайну пола в своей философии. Бог освятил пол, утверждал писатель, потому что Он создал его. Воскресение плоти — необычайно важное положение для всего мировоззрения Мережковского — было возможно, он считал, только в религии Второго Пришествия, начала истинной религии после окончания истории. "Если пол — самая огненная точка, самое реальное, и в то же время *мистическое утверждение бытия в Боге,* то отрицание пола есть вместе с тем самое реальное, и в то же время мистическое отрицание бытия мира сего", — продолжает Мережковский в *Не мир, но меч* (X, 73). Святая плоть и ее трансцендентная тайна включают в себя пол как Божественную Троицу внутри человеческого тела: если "Пол есть первое, изначальное, кровно-телесное осязание Бога Триединого",[53] то обрезание это главное проявление святости пола; "Обрезание есть жениховство человека Богу, кровное, плотское. Завет брачный, брачный союз, половое совокупление человека с Богом... Кольцо обрезания — кольцо обручальное".[54] Обрезание — это брак Бога с человечеством. Христос — Жених; Церковь — невеста, и пол для Их слияния совершенно необходим, ибо "Тайна любви — Воскресение".[55] Воскресение Иисуса Христа — это чудо любви, потому что первый человек, увидевший Христа воскресшего, был "не *он,* а *она,* не Петр, не Иоанн, а Мария. Рядом с Иисусом — Мария",[56] из которой Господь изгнал семь бесов и которая, сделавшись Его ученицей, "служила Ему именем своим" (Лк. 8, 2—3). Любовь Марии ко Христу была сильнее смерти. "Целомудрие — целость пола, целость личности — есть жизнь и, в последнем пределе, вечная жизнь — Воскресение",[57] — таков вывод Мережковского. Отсюда его уверенность, что для постижения этих глубоких истин человеку необходимо "новое религиозное сознание", за которое Мережковские и боролись всю жизнь.

Гиппиус видела в любви Бога и в своем личном ее ощущении основание "нового религиозного сознания", которое она вместе с Мережковским и Философовым стремилась создать в первую очередь у близких им по духу новых "Диогенов". "В этом огромном задании, — обещала она Философову, — мы перестанем быть тремя разъединенными людьми [Гиппиус, Мережковский и Философов]. Мы станем союзом трех личностей, сгармонированных в своей мысли, которые соединились для молитв, работы и чтения больше о вещах, важных для нашего образа мысли, для наших общих надежд и ожиданий будущего".[58] Гиппиус назвала этот союз и их деятельность по созданию "нового религиозного сознания" — Главным.

"История" Главного началась в 1899 году, когда мысль о новой русской Церкви возникла почти одновременно у нее и у Мережковского в селе Орлино. Летом 1899 г., когда Гиппиус, на даче в Орлино, писала о "плоти и крови" в евангельских словах Христа, Мережковский неожиданно сказал ей: "Конечно, настоящая церковь Христа должна быть единая и вселенская".[59] Основой Царства Божьего на земле, они решили, должна быть "Церковь — не старая, историческая, всегда подчиняемая государству или превращаемая в государство — а новая, вечная, истинная вселенская церковь".[60] Убедив себя, что *Церковь нужна, как лик религии евангельской, христианской, религии Плоти и Крови*", они начали действовать сразу по возвращении в Петербург. Гиппиус написала об этих планах Философову, В. Розанову, П. П. Перцову, поклоннику философии Вл. Соловьева, А. Н. Бенуа, Владимиру Гиппиус, троюродному брату поэтессы, В. Ф. Нувелю, Льву Баксту и Сергею Дягилеву, с которыми она познакомилась на "средах" *Мира искусства*.[61] Как следует из записи Гиппиус в ее дневнике *Contes d'amour* от 7 февраля 1901 г., она решила действовать немедленно: "Я сделана для выдерживания огненных жал, а не слепого, тупого, упорного душения... Я должна действовать... Малодушно, изменно, не нравится мне закрывание глаз, самоослабление для Главного. Этот вопрос — быть ли Главному, и вопрос мой, потому что — быть 'ему' или не быть — в моих руках, *это знаю*".[62] Другая запись в *Contes d'amour* также проливает свет на концепцию Новой Церкви Гиппиус:

> Люди хотят Бога для оправдания существующего, а я хочу Бога для искания еще несуществующего (вероятно). Людям совсем бы хорошо было с их страстью, в их формах, с их любовниками; да только беспокойно — не грех ли? Они зовут Бога, чтобы Он пришел к ним, где они, и сказал: "Нет, не грех; а коли и грех — прощу, за то, что вспомнили Меня и позвали. Не беспокойтесь". А мне некуда звать Бога, я в путешествии. Нет подходящего мне дома, в котором хотела бы *вечно* жить; я сама хочу идти к Богу; там, впереди, ближе к Нему, есть, верю, лучшие дома, — их хочу. И оправдания мне ни для чего не нужно. И это абсурд — оправдание. Оправдания настоящему хочешь только когда намерен длить его, неизменно; значит — оправдания стоянию? Его не может быть. А оправдание прошлому — уже есть, если есть хотенье

движения к изменности. Но это — как бы "прощение". Значит, оправдания вообще никакого нет, и слова этого нет.63

"Во мне много ясных сил, действенных, и много влюбленности в 'другое' [Главное и связанная с ним деятельность]. Теперь много сил...",64 — отмечает Гиппиус в *Contes d'amour* 13 марта 1901 г. Временами, однако, она боится своей слабости для этого большого задания — приготовления пути и перехода к Христианству Третьего Завета. Ее также тревожит мысль, что она не найдет таких людей, "которые бы в жизнь, а не в смерть глядели... Не в свое бы имя, человечье, жизнь устраивали, а во имя Того, Кто их повыше",65 как говорит Верочка, героиня рассказа "Сумасшедшая".

Главное было также связано с некоторыми событиями в начале двадцатого века, о которых Гиппиус пишет в *Contes d'amour* 16 февраля 1904 г.:

> В самом начале 1902 года в моей жизни (во всей) случилось нечто, — внутреннее, хотя фактическое и извне пришедшее — что меня, в одно и то же время, и опустило, — и подтянуло, — но и выбросило куда-то к людям, в толпу (вот как трудно говорить, когда надо быть узкой!). А еще раньше этого я очутилась среди людей новой среды, к которым присматривалась все время с моей новой точки зрения (до чего далекой от "любвей"! И очень близкой к... любви; ну, просто *нет, я вижу,* слов). Короче, реальнее, у́же. — К нам в дом стали приходить священники, лавриты, профессора Духовной Академии, и между ними два, молодые, чаще других. Антон Карташев и Василий Успенский.66

В поискха соратников для Главного Гиппиус привлекла к себе Карташева и Успенского, беседуя с ними о русской культурной традиции, о русской литературе, об эстетике. "Я баловала их, — вспоминает Гиппиус в *Contes d'amour* 16 февраля 1904 г. — Я пыталась показать им *настоящее* красивое и заботливо создавала для них массу *подлинных* внешних мелочей, от густых деревьев ромашки в моей комнате до стихов Пушкина и Лермонтова,.. которые я им сама с любовью читала поздними вечерами. Я хотела и мечтала создать Карташеву такой новый мир, который был бы для его растущей души дождем, и она, не смятая, расцвела бы для... *всего* будущего, моего".67 Гиппиус также рассказывала Карташеву и Успенскому о Новой Церкви, в которой "Небесное" должно образовать нераздельное целое с "Земным" и которая должна существовать вне всякой зависимости от государства. Церковь, отделенная от государства, должна проповедовать любовь, "всеобъемлющую реальность", созданную из союза духа и плоти. Только Христос, по мысли Гиппиус и Мережковского, есть истинный и законный представитель власти на Небе и на Земле. Власть Иисуса Христа это власть новой, всеобщей любви; любовь эта — основа нового, анархического общественного устройства Царства Божьего на земле, теократии. Гиппиус говорила им, что новая любовь, новая власть Христа продолжает оставаться великой тайной, все еще скрытой от понимания человека; Его власть продолжает оставаться чудом, которое еще не совершилось.

Гиппиус и Мережковский не имели в то время ясного представления о том, какими средствами создать Новую Церковь. Желая отойти от официальной Православной Церкви, они не хотели оказаться вне ее. Традиция Русской Церкви, с ее эстетической и эмоциональной жизнью, была для них необходимостью. Поскольку другие участники религиозных дискуссий в доме Мережковских — Бердяев, Федор Сологуб, Николай Минский, Поликсена Соловьева (литературный псевдоним *Allegro*), В. В. Розанов, А. Н. Бенуа, В. Ф. Нувель, Лев Бакст, П. П. Перцов и Владимир Гиппиус не умели им помочь в создании более ясной перспективы, их разговоры становились все более и более отвлеченными. У Гиппиус тогда зародилась новая мысль о создании центрального кружка, более цельного по мысли и действию. Выбор ее пал на Философова, который разделял многие мысли Мережковского о религии, о Новой Церкви, о Человечестве Третьего Завета. "Для начала нашего Главного, — писала Гиппиус Философову, — должно быть трое, которые впоследствии станут тремя в одном. Должно быть переживание настоящей и символической тайны 'одного', 'двух' и 'трех' в одном кружке. Будем надеяться, что по крайней мере один из нас сможет вступить в это Начало, в это новое 'три'. Я боюсь, что двое из нас останутся вне Начала; может быть, даже все мы останемся [вне Начала, так как без тайны 'двух' не может быть тайны 'трех']... Я боюсь, что вместо тайны будут только мои усилия, которых я сейчас даже не предполагаю".[68] Таким образом был создан тайный и тесный кружок Гиппиус, Мережковского и Философова, который продолжал свою деятельность на квартире Мережковских в Петербурге. Основой их организации были следующие два положения: 1) *внешнее* разделение с существующей Церковью, 2) *внутренний* союз с нею. Православная Церковь продолжала привлекать "трио", т. к. Евхаристия, таинство общения с Богом, по их мнению, может иметь место только в Православной Церкви. Евхаристия была главной причиной, предотвратившей внутреннее отделение кружка Мережковских и Философова от Церкви. В "устав" кружка входила моральная ответственность каждого из членов центрального "трио" за других двух членов. Уповая на то, что они втроем смогут перебороть в себе страх перед Христом через их любовь к Нему, они утешали себя мыслью, что если Главное окажется ересью или грехом, они смогут предаться Христу вместе со своим грехом. Во Христе же не может быть греха. Воспринимая свою деятельность как моральный долг перед современниками и последующими поколениями, Гиппиус решила вести дневник, записывая шаг за шагом "историю" Главного в специальной тетради под заглавием *О Бывшем*.[69] Подверженная частым сомнениям и страхам по поводу правильности избранного пути, Гиппиус решила записывать в своем дневнике только реальные события — их действия, совместные молитвы, встречи и расхождения. Она стремилась к наибольшей объективности.

Мережковские и Философов постановили иметь свое собственное богослужение дома, в квартире Мережковских. Так как Евхаристия составляла в их глазах центр жизни во Христе и Его Церкви, причастие к Его Плоти и Крови, они ввели Евхаристию в свою "агапу". По мнению "трио", в Евхаристии человек не только отдается Богу, но и активно идет Ему навстречу, непосредственно принимает участие в Его воле. Человек, утверждало "трио", должен участвовать в Евхаристии всем своим существом и всей своей верой в Бога.

Дневник *О Бывшем* повествует о действиях центрального кружка, об усилиях Гиппиус продвинуть их работу, поддержать часто падающее настроение Философова, нередко сомневавшегося в правильности их действий, и побороть собственные сомнения и страхи. Дневник также повествует о создании Религиозно-философских собраний и о журнале *Новый путь,* мысли о которых также зародились впервые у Гиппиус и были немедленно поддержаны Мережковским и Философовым.

Проект Религиозно-философских собраний возник у Гиппиус осенью 1901 г., и она немедленно начала обсуждать план Собраний с В. А. Тернавцевым, убежденным сторонником Православия и позже Секретарем Святейшего Синода; с В. В. Розановым, В. С. Миролюбовым, редактором *Журнала для всех,* и другими. Все они одобрили проект Гиппиус как возможность начала открытых дебатов на религиозные, философские и культурные темы. Делегация в составе Мережковского, Философова, Тернавцева и Миролюбова отправилась к К. П. Победоносцеву, Обер-прокурору Святейшего Синода, и Митрополиту Антонию, известному своими либеральными взглядами, для получения официального разрешения на открытие Собраний. Официальное разрешение было получено, и духовенство Петербурга согласилось принимать участие в дебатах.[70] Первое собрание состоялось 19 ноября 1901 г., в Зале Географического общества. Епископ Сергий (Финляндский), ректор Духовной Академии в Петербурге, был назначен президентом; епископ Сергий, ректор Духовной Семинарии — вице-президентом. Направо от президента сидели духовные лица, налево от него — представители русской интеллигенции, между последними Гиппиус, Мережковский, Тернавцев, поэт Николай Минский, художник А. Н. Бенуа, П. П. Перцов ("человек большой культуры и эрудиции", по словам Гиппиус), Розанов, Е. В. Дягилева (мачеха С. П. Дягилева) и профессора Духовной Академии: А. В. Карташев, Василий Успенский и другие. Русская интеллигенция хотела встретиться лицом к лицу с исторической Церковью и услышать ее голос. Ее представители не сомневались в святости и исконности исторической христианской Церкви. Они лишь хотели ознакомиться со взглядами русского духовенства на прошлое, настоящее и будущее Церкви в ее движении к соборности. Русская интеллигенция хотела нового религиозного восприятия вселенной.

Духовенство, с другой стороны, смотрело на эти собеседования как на религиозную пропаганду, как на "миссию среди интеллигенции". В. М. Скворцов, помощник Победоносцева и редактор журнала *Миссионерское обозрение,* был одним из тех, кто придерживался этих взглядов. Тернавцев же возражал против такого восприятия Собраний. Президент, епископ Сергий, который искренно желал создания более глубокого взаимопонимания между духовенством и интеллигенцией и образования между ними прочного союза, открыл первое собрание речью к интеллигенции. Тернавцев ответил речью к духовенству.

Тернавцев, взгляды которого были близки к взглядам Мережковских, утверждал, что возрождение России возможно только на религиозной основе. Сам Господь Бог начнет духовную революцию в России, потому что Церковь слаба, недейственна и лишена того религиозного рвения, которое необходимо для пришествия Царства Святого Духа. Для Русской Церкви, — продолжал Тернавцев, — самодержавие было проявлением Божеского закона на земле. Церковь отошла от "новой России", а Христианство, с его аскетическим удалением от многообразных проявлений бытия, воздерживалось от утверждения жизни на земле. Это положение внутри Церкви, по мнению Тернавцева, означало удаление Христа из мира и удаление мира от Христа. Только одна интеллигенция обладает необходимой силой для совершения "гражданской созидательной работы" во имя великой идеи возрождения России. Окончательная цель русской интеллигенции — создание на земле нового "возвышенного общества" и нового "возвышенного порядка вещей". Церковь должна проповедовать новое религиозное учение о спасении государства и общества во Христе: "Небесное" и "Земное" должны соединиться во Христе. Такой союз будет началом религиозного и общественного возрождения России. Церковь должна проповедовать общественную миссию Христианства; Церковь должна удовлетворять современное общество в его религиозных исканиях. Тернавцев звал к соборности. Розанов обратил свою речь к духовенству с призывом устранить барьер, разделяющий духовенство от мира, и войти активно в жизнь человечества для создания идеального земного существования. Он также призывал к всеобщей религии, которая должна включать в себя веру каждой отдельной нации.

Другим важным вопросом в программе Религиозно-философских собраний, выдвинутым интеллигенцией, был вопрос о взаимоотношении Православной Церкви и самодержавия, подчинения Церкви государству. Е. А. Егоров, убежденный православный и секретарь Собраний, Тернавцев, Скворцов, епископ Сергий и Карташев принимали живое участие в полемике по этому вопросу. Тернавцев и Карташев выражали мнение, что Церковь и государство должны существовать независимо друг от друга. Они провозглашали полную свободу Церкви и пересмотр устаревших концепций и запретов, которые государство наложило на Церковь со времен Петра Великого. Дискуссии на эти темы продолжались в резиденции епископа Сергия и митрополита Антония в Александро-Невской Лавре. Гиппиус, в сопровождении Мережковского, Философова и Розанова, также принимала живое участие в этих дискуссиях.

Описывая в *Дмитрии Мережковском* первое Религиозно-философское собрание, Гиппиус отмечает, что в докладе В. Тернавцева была выражена "одна из главнейших идей Мережковского" — "о христианстве, а именно — воплощении христианства, об охристианении земной плоти мира, как бы постоянном сведении неба на землю, — по слову псалма — 'истина приникнет с небес, правда возникнет с земли'. Мережковский утверждал, — пишет далее Гиппиус, — что эта идея уже заключена в догматах, которые не суть застывшие формулы, какими считают их все исторические Церкви, но подлежат раскрытию соответственно росту и развитию человечества".71 А именно:

> Положение русского благочестия (т. е. Церкви) в настоящее время чрезвычайно: для всего Христианства наступает пора не только словом, в учении, но и делом показать, что в Церкви заключается не один лишь загробный идеал. Наступает время открыть сокровенную в Христианстве ПРАВДУ О ЗЕМЛЕ.
> Религиозное учение о государстве, о светской власти, общественное спасение во Христе — вот о чем свидетельствовать теперь наступило время.
> Это должно совершиться "во исполнение времен", дабы, по слову Апостола, *все небесное и земное соединить под главою Христа.*
> Этот первый доклад на первом Собрании и поставил целиком ту единую тему, которая, далее, с разных сторон, и была предметом обсуждения на всех последующих заседаниях. Это — вопрос о "всехристианстве" (вопрос и Вл. Соловьева) — объемлющем, в долженствовании, мир, *жизнь* человека и жизнь человеческого общества. И это также вопрос о Церкви. О единой, вселенской, о которой говорил и Соловьев, но и о реальных, ныне существующих христианских церквах. Могут ли они при своих, отъединенных от земного, идеалах исполнить "новую великую задачу", встающую перед ними, ответить на всечеловеческие вопросы, послужив к религиозному объединению человечества?..
> Доклад Тернавцева, который, по моему выражению, был в "наших" идеях, точнее — совпадал с одной из главных тогда идей Д. С-ча, — о Христианстве, включающем "плоть мира", и во многих частях совпадал с идеями Вл. Соловьева, встретил со стороны

представителей Церкви не то, что отпор, а совершенное непонимание ни его сути, ни главного вопроса, ни попутных. Он был точно не услышан, или услышаны были не те слова, которые Тернавцев произносил. Обсуждению доклада были посвящены два вечера.[72]

Как сообщает дальше Гиппиус, Тернавцев на этом собрании выразил еще одно убеждение Мережковского по поводу Русской Церкви и Патриаршества:

> ...Если не исходить из понимания Церкви как священнического авторитета, — что религиозно мертво и бесплодно, — патриаршество совершенно не нужно. "Оно, — вернее, обгоревшие остатки его, — и теперь существует на Востоке. Но что дают они там? Сообщают ли церквам своим царственное величие исполняющейся истины? Что дают они всему Христианству? Ищут ли путей для его объединения, углубления? То же было бы и у нас... Патриаршество отменено не по прихоти Петра I. Оно перед своей отменой сделалось центром реакции... (Мое примечание: вот чего не досмотрели наши деятели первой, февральско-мартовской, революции, тотчас же принявшись за церковные дела, учредив патриаршество). Кроме того, докончил Тернавцев, и учреждено было патриаршество светской властью, совершенно так же, как нынешний Синод". (Мое 2-ое прим.: Как учредил его ныне Сталин, в лице Сергия, учредив ранее и свой Синод).[73]

Мережковский и Гиппиус пошли гораздо дальше в своей критике исторического Христианства и, в частности, Русской Православной Церкви, чем другие участники Религиозно-философских собраний.

Всего было двадцать два заседания Религиозно-философских собраний. 5 апреля 1903 г. они были запрещены по приказу Победоносцева. Собрания сыграли большую роль в жизни петербургской интеллигенции, т. к. они предоставили возможность ей и духовенству открыто обсуждать свои взгляды и идеи. Они также способствовали созданию более тесной связи между искусством и религией, между художественной интуицией и тайной духа. Собрания стимулировали у русских художников и писателей чувство "Божественного содержания и смысла красоты". Они призывали к созданию союза между западно-европейской культурой и христианской традицией Востока. В этом смысле Религиозно-философские собрания оправдали чаяния Мережковских.

Профессор С. А. Зеньковский дает высокую оценку роли Собраний Мережковских в развитии русского религиозного Возрождения:

> Религиозно-философские собрания продолжались до апреля 1903 г. и сыграли очень большую, м. б. даже основную роль как в пробуждении русской религиозной мысли, так и в возвращении лучшей части русской интеллигенции к церкви. В этом движении,

в организации этих собраний, в самой постановке религиозной проблемы перед умами русского культурного общества, Мережковскому несомненно принадлежала инициатива и этой инициативой он бесспорно заслужил видное место в истории русской духовной жизни.[74]

Летом 1902 г. у Гиппиус зародилась еще одна новая мысль — создание литературного журнала. Эта мысль была также восторженно одобрена Мережковским. Так возник *Новый путь,* помещавший на своих страницах произведения писателей-символистов и доклады о заседаниях Религиозно-философских собраний. Несколько молодых поэтов и прозаиков печатались впервые в журнале Мережковских: Блок со своими ранними стихами, поэт Владимир А. Пестовский, позднее печатавшийся под псевдонимом Владимир Пяст, Леонид Д. Семенов, приятель Андрея Белого, писатель-мистик и один из ранних участников Религиозно-философских собраний. Сергей Сергеев-Ценский, писатель Орнаментализма; критик Евгений Г. Лундберг, о. Павел Флоренский и Николай Минский принадлежали также к сотрудникам журнала. Карташев и Успенский помещали в нем свои религиозные статьи. Блок помогал Гиппиус в отделе литературной критики и писал статьи о произведениях Вячеслава Иванова, Владимира Соловьева, Розанова и других. Семенов и Пяст готовили рецензии, доклады и комментарии к текстам. Розанов помещал в *Новом пути* свои религиозные произведения; Мережковский — свой роман *Петр и Алексей,* а Федор Сологуб радовал читателей журнала своей поэзией. *Новый путь* ставил своей целью соединение культурных членов русского православного духовенства с религиозной частью русской интеллигенции. Все доклады религиозного и философского значения в программе Религиозно-философских собраний печатались под редакцией Гиппиус и Тернавцева. Перцов был назначен главным редактором, Е. А. Егоров — секретарем редакции. В январе 1903 г. первый номер *Нового пути* вышел из печати в Петербурге. Журнал, как и Собрания, способствуя перемене атмосферы в русской интеллектуальной жизни, привлек к себе множество читателей. Гиппиус и Мережковский принимали самое непосредственное участие в издании *Нового пути.* Последний номер журнала вышел в декабре 1904 г. Начиная с января 1905 г., он выходил под названием *Вопросы жизни,* под редакцией С. Н. Булгакова, Н. А. Бердяева, Г. Н. Штильмана и В. В. Водовозова. Мережковские почти полностью отошли от сотрудничества в новом, "марксистском" журнале.

Начиная с осени 1903 г., "трио" вступило в тесные духовные отношения с младшими сестрами Гиппиус, Татьяной и Натальей, с Бердяевым, Н. Кузнецовым (другом Натальи Николаевны, адвокатом и автором многих трудов по вопросу церковной реформы), Карташевым, Серафимой Павловной Ремизовой (женой писателя Алексея Ремизова) и Андреем Белым. Белый часто присоединялся к частным молитвам

Мережковских по четвергам. К группе Мережковских в это время принадлежали также Мариэтта Шагинян, позже выдающаяся советская писательница, автор нескольких романов, и Зинаида Венгерова, писавшая в *Северном вестнике, Образовании* и других литературных журналах. А. С. Глинка-Волжский и А. В. Руманов, критики, журналисты и "люди вкуса и культуры", по выражению Гиппиус, также входили в религиозную группу Мережковских. Блок, Пяст, Лундберг и Тернавцев принимали участие в некоторых из собеседований. Литургия, однако, как и раньше, происходила без посторонних, с цветами, вином, виноградом и свечами, в доме Мережковских. В это время начались новые раздумья Гиппиус над тайной "одного", "двух" и "трех", теперь рассматриваемых ею не только в религиозном, но и в общественном плане: "Я все думала об одной мысли, которую стала подкожно понимать; что все в том, что 1, 2 и 3. Все в этом и везде. Так же и: Личность, Пол и Общественность. На этом я все вертелась, и только это в меня проникало", — заносит она в один из своих многочисленных дневников. В центре метафизики Гиппиус теперь стояло общественное устройство в принципе троичности, т. е. проблема общественности, которую она раньше не умела связать с религией, мистикой и "метафизическими аргументами". В философской системе Гиппиус число "один" теперь представляло единство и гармонию человеческой личности, или человеческое "я". Любовь индивидуума по отношению к другому обозначало "два". Все "два", представляющие собою единственность и единство составных частей, входили во множественность других "один" и "два". "Три" воплощало эту множественность, сохранявшую одновременно и цельность отдельных "один" и "два".75 "Три", таким образом, обозначало общественность. "Вот за это 3, за общественную идею, у нас и началась борьба с Дм. С. Меня поддерживал Ф[илософов] со своей стороны, общую мою идею не отрицавший", — писала Гиппиус в книге *Дмитрий Мережковский*.76 "В конце концов он [Д. С.] с нами согласился и сказал: 'Да, самодержавие — от Антихриста!' Я ж, чтоб он помнил, тотчас вернувшись, записала это на крышке шоколадной коробки. Но торопиться записывать не было нужды: Д. С. этого не забыл уж больше никогда".77

Мережковские еще не включили идею революции в свою философию (это произошло позже), но, начиная с 1905 г., они начали проявлять большой интерес к социальным и политическим вопросам. Мережковский смотрел на них с религиозной точки зрения: Церковь находится в порабощении государством, самодержавие ущербляет человеческую личность, пресекая возможность развития в ней свободы и потенциальностей человека. Раньше же Мережковский придерживался мнения, что царь не только возглавляет государство, но является и главой Русской Православной Церкви и, таким образом, представителем Иисуса Христа на земле. Философов же всегда отрицал самодержавие как режим, ущемляющий общественную и политическую жизнь страны. Самодержавие, по мнению Философова, было виновником войн, забастовок, манифестаций и демонстраций. Гиппиус разделяла отрицательное отношение Философова к самодержавию, но не могла еще примириться с его "стихийным 'отдаванием' стихии революции". Русский император и русское самодержавие теперь рассматривались ими как религия от дьявола (как и всякая другая форма власти человека на земле). Русский император становится преемником власти Римского Цезаря, правящим государством в ореоле земного бога, как в дохристианском мире. Поэтому самодержавие, в их глазах, не только развивается в движении к царству Антихриста, но происходит от самого Антихриста.

В это время Бердяев разделял некоторые политические и религиозные мысли Мережковских. Его собственные мысли о свободе, как и его толкование человеческой личности в духовном плане и признание мистического опыта, всегда вызывали большой интерес у Гиппиус, Мережковского и Философова и пробуждали в них желание вовлечь его в их деятельность по созданию всеобщей Церкви будущего человечества. "Бердяев в мыслях очень сходился, слушал. А только не 'верил', — писала Гиппиус в *О Бывшем.* — Качался, как маятник, между 'идеалом мадонны и идеалом содомским' ".[78] Бердяев часто посещал религиозные собрания Мережковских в Петербурге и во Франции, куда Мережковские уехали в 1906 г. Но они так и не смогли вовлечь Бердяева полностью в их Главное.

Параллельно все возрастающему интересу Мережковских к общественным и политическим вопросам Зинаида Гиппиус не прекращала своей деятельности по созданию "внутренней Церкви". В течение нескольких лет она настаивала на необходимости поездки "трио" заграницу в поисках новых соратников для Главного. В Париже, куда они приехали в 1906 г., они встретили многих из своих прежних знакомых: Бенуа, Минского, Бальмонта, А. М. Аничкову, писавшую под псевдонимом "Иван Странник", и Андрея Белого. Мережковские особенно сблизились с Борисом Савинковым и И. Бунаковым-Фондаминским (оба были эсерами) и с женой Фондаминского, Амалией. Их встречи происходили в Париже и на Ривьере. В результате длинных и оживленных разговоров между Мережковскими, Бунаковым-Фондаминским и Савинковым последний написал роман *Конь бледный,* опубликованный несколько позже Гиппиус в *Русской мысли* П. Б. Струве в Москве под псевдонимом "В. Ропшин". "Я роман Савинкова цензурила и заглавие к нему выдумала, — вспоминает Гиппиус в *О Бывшем* в записи от 14 марта 1911 г. — Написан он, конечно, от наших совместных разговоров".[79] В Савинкове и Бунакове-Фондаминском Мережковские видели возможных участников Главного, но целиком они еще им не открыли своей заветной мысли о Новой Церкви.

Гиппиус так определяет три главных интереса Мережковского в те годы:

> Во-первых, католичество и модернизм (о нем мы смутно слышали в России), во-вторых, Европейская политическая жизнь, французы у себя дома. И наконец — серьезная русская политическая эмиграция, революционная и партийная. Эти интересы были у нас общие, то естественно, что Дм. С-ча больше интересовала первая область, меня — русские революционеры, а Д. Философов увлекся политическим синдикализмом, ради которого ездил однажды в Амьен; бывал он и в Палате Депутатов.
>
> Но так как все три области интересовали и нас троих, то мы большею частью виделись с людьми этих разнообразных кругов все трое.[80]

В Париже Мережковские общались с католическим духовенством, в частности, с Abbé Portal, ректором Парижской Семинарии, и Abbé Loisy, принадлежавшими к движению, которое Гиппиус обозначала как "борьбу за христианство с исторической церковью", с такими представителями модернистского движения, как Père Labertonnière, и его секретарем Louis Canet, оба из *Annales de philosophie chrétienne,* и с Бергсоном. Анатоль Франс был другим собеседником Мережковских в Париже. Религиозные вопросы и идеи обсуждались при встречах с представителями католического духовенства и модернистского движения во Франции, но и тут Гиппиус и Мережковскому не удалось приобрести новых сподвижников для Главного. Убедившись, что Православная Церковь была гораздо свободнее внутренно, чем французские нео-католики, они приходят к выводу, что Католичество и Русское Православие не могут еще соединиться и что, если бы даже они и могли соединиться, их союз не был бы в состоянии создать новое религиозное сознание, необходимое для рождения новой, всеобщей Церкви.

По мнению Мережковского, Католическая и Православная Церкви были различны по структуре и содержанию: "Существенное и главное отличие этих двух формул — католической: 'церковь превращается в государство', и православной: 'государство превращается в церковь' — вытекает не из идеи государства, содержание которой в обеих одинаково — языческое — и даже не из внешнего отношения государства к церкви, а лишь из внутреннего мистического содержания идеи самой церкви, из противоположности двух Ликов Христовых, лежащих будто бы в основе обеих церквей, Восточной и Западной".[81] Мережковский был убежден, что Римское Католичество идет по неправильному пути, стремясь превратиться в государство и в этом стремлении все больше отодвигаясь от небесного к земному царству, от духа к плоти, к тайне воплощения плоти рождающейся. Как же могли бы Католическая и Православня Церкви соединиться? Постигшее Мережковских в Париже разочарование Гиппиус описывает в книге *Дмитрий Мережковский:* "Доступ в круги католические, куда стремился Д. С., особенно же доступ в круг модернистского движенья, был очень не легок. Однако и то, что мы понемногу узнавали, было для нас ново и чрезвычайно интересно. Напоминаю, что в эти годы (1906—1907—1908) движенье еще далеко не закончилось: за дальнейшим его развитием мы следили уже издали, не переставая удивляться равнодушию французов и Франции к явлению такому значительному и важному для ее судеб".[82]

Тем не менее, самым активным периодом Главного были два с половиной года, проведенные Мережковскими и Философовым именно во Франции в 1906—1908 г.г. Этот период включал в себя и "трудные и страшные дни" для них: "Мы эти два года были нерадивы, так часто, по отношению к Главному. Не дали меры наших сил, — признается Гиппиус. — Я была хуже всех. Лжива, тупа и слаба. Я знаю! Знаю! И самый ужас мой — ужасен, ибо он страх не вечной гибели, а божеских несчастий... Господи! Надо ли отказаться? Это сейчас легче. Но как без помощи [без новых соратников] вернуться в Россию!.. Я хочу, чтоб все мы сделали по воле не нашей. Отдаться в Его волю".[83] Однако они продолжали молиться вместе, устраивали свои литургии; Бердяев молился с ними в первый раз в Вербное Воскресенье 1907 г.; до этого он приходил к ним на молитву только по четвергам. Но вскоре и он разочаровал "трио" — своим возвращением в официальную Русскую Церковь. Он укорял Мережковских теперь в том, что они боролись против Церкви, и предлагал им последовать его примеру. "Как будто мы когда-нибудь 'выходили' из нее, как будто Д. С. боролся с церковью, а не *за* церковь!! Кроме этой неприятности, Д. С-ча ждала и другая: его *Павел I*, тотчас по напечатании, был конфискован. А это могло грозить и худшими последствиями",[84] — писала Гиппиус с горечью в своих воспоминаниях много лет спустя. В письмах к Бердяеву, написанных уже в 1926 г., Гиппиус также подчеркивала, что ни она сама, ни Мережковский никогда не выходили из Церкви.[85]

Литургии "трио" продолжались в течение всего их пребывания во Франции. 11 июля 1908 г. они вернулись в Петербург после почти трехлетнего отсутствия. Татьяна и Наталья встретили их с восторгом, т. к. кружок Татьяны, организованный ею по предложению ее знаменитой сестры и состоявший из Натальи и Карташева, должен был расширить и углубить религиозную деятельность Мережковских. Карташев в это время ссорился и мирился с Мережковскими, т. к. он не соглашался с "абстрактностью их идей" и их "аристократическим удалением от других". Он "угрожал" Мережковским, что по примеру Бердяева он тоже "вернется" в Церковь, и обвинял "трио" в ереси. Потеряв Бердяева, Гиппиус и Мережковский опасались, что Карташев также может оставить Главное или открыто противостоять их взглядам на революцию, религиозную общественность и Третье Человечество. На "трио" произвела отталкивающее впечатление и общая атмосфера в столице со стремлением молодежи разрушить все прошлые культурные ценности, не создав ничего положительного взамен. Они с ужасом смотрели на хаос в интеллектуальной жизни Петербурга, на вакуум, который стремительно заполнялся модернистскими идеями, мистикой, пессимизмом и анти-общественными настроениями.

Мережковские стали свидетелями Религиозно-философского общества, основанного Бердяевым и разрешенного правительством. Они и Философов не замедлили присоединиться к этому Обществу, пытаясь повысить его общий идеологический уровень, сделать его похожим на свои собственные Религиозно-философские собрания начала века. Вскоре, однако, они потеряли интерес к Обществу, т. к. оно не способствовало встречам духовенства и русской интеллигенции. Духовенство полностью отсутствовало на собраниях нового Религиозно-философского общества. По их мнению, на этих собраниях русская интеллигенция занималась вопросами нео-народничества, богоискательства и богостроительства.

На собраниях Общества Мережковские познакомились с А. А. Мейером, культурным и сведующим человеком в вопросах религии и метафизической философии, профессором Народного университета в Петербурге. Мейер вскоре стал их близким другом, преданным их религиозной системе. Гиппиус, Мережковский и Философов надеялись найти в нем помощника в Главном. Пасху 1909 г. кружок Гиппиус отметил "агапой" совместно с кружком Татьяны, хотя при этом и были некоторые расхождения Мережковских с Философовым и Карташевым. После пасхальной "агапы" Мережковские и Философов опять уехали заграницу, для дальнейших собеседований с Савинковым и Бунаковым-Фондаминским, в которых они продолжали видеть будущих соратников в Главном, созидателей апокалиптического Христианства. Пасху 1910 года они праздновали в Лугано вместе с членами кружка Татьяны, воссоединившимся с центральным кружком для пасхальной литургии. Союз этих двух кружков во время их богослужений очень радовал Гиппиус, все время стремившуюся к росту и углублению Главного.

Осенью 1911 и зимой 1912 г. Гиппиус решила сформулировать главные тезисы их "profession de foi", которые должны были представлять собою краткое, но точное описание их мыслей о религиозной общественности, самодержавии и революции. Их деятельность в Главном также должна была найти себе детальное переложение в словах "profession de foi". Философов был против этих записей; Татьяна одобряла "программу" с некоторыми несущественными оговорками; Савинков и Мейер соглашались с Гиппиус — они в это время были уже посвящены в Главное. Гиппиус, Татьяна и Мейер общими усилиями составили "программу", которую Гиппиус рассматривала, как новое действие, новую обязанность,[86] несмотря на узость и недостаточность ее формулировки. Зиму 1913 г. и январь 1914 г. Мережковские и Философов провели в Петербурге. Эти месяцы были очень важны для Главного, т. к. деятельность Религиозно-философского общества в это время способствовала Главному: Карташев деятельно помогал Мережковским в реализации их религиозной общественности. В их новой, религиозной "теократии" идеал Богочеловечества мог осуществиться только во Вселенской Церкви. Современная Церковь провозглашала только Царство Божье на небе, но не на земле. Она принимала только Бога, без человека. Мережковские же настаивали на движении от Богочеловека по пути, открытому Иисусом Христом, к Богочеловечеству, в Его органическом соединении любви к Богу с любовью к человеку. В этом заключается центральная догма Мережковского — должно любить Бога только в человеке; должно любить человека только в Боге; любовь ко Христу, Богочеловеку, представляет собою окончательное соединение любви к Богу с любовью к человеку. Религиозная общественность, теократия Мережковских, должна была осуществиться русской интеллигенцией, о роли которой в этом великом задании говорил Тернавцев на первом заседании Религиозно-философских собраний.

В феврале 1914 г. "трио" опять отправилось в Париж и на пасхальной литургии 1914 г. они были в Русской Церкви на рю Дарю в сопровождении Бунакова-Фондаминского и Савинкова. После литургии все поехали на квартиру Мережковских для совместного чтения Евангелия. Дневник *О Бывшем* кончается оптимистической записью о значении их пребывания в Париже весной 1914 г. для Главного. Летом 1914 г., после начала Первой мировой войны, центральный кружок вернулся в Петербург. Оптимизм и патриотизм владели умом и сердцем Мережковских в этот роковой для их родины момент. Затем, спустя много лет, печальная приписка рукой Гиппиус в *О Бывшем*:

> "КОНЕЦ
> все умерли.
> Я — духовно пока.
>   Сочельник 1943 г.
>   Париж".[87]

Философов умер в 1940 г., Мережковский в 1941, и Гиппиус в 1945. Главное перестало существовать сразу после революции 1917 г.

Для Мережковских годы 1900—1917, годы Главного, были самыми значительными во всей их творческой жизни. После революции они перестали отрицательно относиться к Русской Церкви. Эта перемена в их отношении произошла в тот момент, когда Церковь превратилась в "страдающую" Церковь всех русских и стала жертвой преследований советским правительством. Гиппиус сравнивала их новое отношение к Церкви с отношением к Церкви всех русских православных, которые были вынуждены остаться в России. "Я с ними в моих мыслях, — писала она в 1922 г. — Я совершаю Евхаристию вместе с ними в моих мыслях. Я знаю, что они сохраняют свою верность, как я сохраняю свою веру".[88] В 1930 г. Гиппиус записала в одном из дневников, что она не отказывается от своей прошлой деятельности во имя Главного. "Я горжусь всею своею душою моей верности Главному, как может гордиться человек последним своим сокровищем..."[89] Мережковские продолжали и в годы эмиграции подчеркивать, что воплощение Главного в словах, а особенно в действиях, необходимо для будущего. Это воплощение, по словам Гиппиус, произойдет в будущем: "Воплощение этого миросозерцания в словах и, главное, в жизни — необходимо, и оно будет. Не под силу нам — сделают другие. Это все равно, — лишь бы было".[90]

Суммируя предыдущие положения, нужно отметить, что в ожидании Третьего Царства на земле Мережковские не ограничивались выражением своих мыслей и чаяний только в литературных произведениях. Они создали Главное, Религиозно-философские собрания и журнал *Новый путь,* которые сыграли исключительную роль в духовной и художественной жизни русской столицы в начале века. Для распространения своих взглядов на истинно христианскую мировую культуру Мережковские привлекли к себе представителей русского духовенства, знаменитых художников и писателей, философов и политических и религиозных мыслителей. Епископ Сергий и митрополит Антоний из Александро-Невской Лавры, Карташев и Успенский из Духовной Академии, Философов, Минский, Волынский, Андрей Белый, Блок, Перцов, Нувель, Бакст и Бенуа разделяли многие из их взглядов. Бердяев, Тернавцев и Розанов примыкали к некоторым религиозным мыслям "трио". Их политически мыслящие друзья включали Савинкова, Бунакова-Фондаминского и Г. В. Плеханова. Гиппиус и Мережковский пытались выйти за пределы русских кругов в стремлении найти себе сподвижников в Главном среди французского католического духовенства, представителей модернистского движения. Уверенная в значении Главного для Человечества Третьего Завета, Гиппиус вела дневники всех собраний и событий в религиозной жизни членов центрального кружка. *О Бывшем* представлет собою "историю" Главного с самого его начала, через "Золотой век" (1906—1908) и его "смерть", до личного примирения Мережковских с преследуемой в Советском Союзе Православной Церковью.

Концепция религиозной эволюции в философской системе Мережковских отразилась и на их восприятии исторического процесса в развитии России. История России представляла для них последовательную смену трех периодов. Первая Россия, основанная на самодержавной власти и догмах исторической Церкви; вторая Россия, советская, основанная на безбожной религии и культе личности — Ленина — как божества. Третья Россия, Россия грядущего, будет основана на любви Иисуса Христа как абсолютной свободе индивидуума. Третья Россия, преодолев безбожный большевизм и вступив в новый, тесный союз с новой, Третьей Европой, также возрожденной в свете открывшейся миру любви Христа после Его Второго Пришествия, спасет человечество от гибели. Человечество создаст новое общество, основа которого будет в "новой религиозной общественности", понимаемой в свете религиозной этики как Свобода, Равенство и Братство. Это и будет начало Царства Третьего Завета, как его представляли себе Гиппиус и Мережковский.

Общественная, политическая и религиозная программа Мережковских, лежащая в основе всей их метафизической философии, нашла, таким образом, свое завершение в концепции Третьей, возрожденной, России в неразрывном союзе с Третьей, возрожденной, Европой.

Героическая борьба Мережковских против большевизма, с его попранием духовной свободы, человеческой личности и русской культурной традиции, была, конечно, обречена на неудачу перед сонмищем их противника — "Царством Антихриста" в советской России и благодушной косностью в Западной Европе. Но, сознавая все трудности на пути к созданию Царства Третьего Завета, Мережковские отказывались сдать свои позиции в трагическом поединке с ненавистными им "советским Антихристом" и европейским "дьяволом косности".

В свете всех этих предварительных замечаний и следует читать *Маленькую Терезу* Мережковского, вобравшую в себя все его главные религиозные и метафизические воззрения.

Темира Пахмусс

University of Illinois

МАЛЕНЬКАЯ ТЕРЕЗА

РОМАН

СМЕРТЬ ОТЦА

Как прошел шестнадцатый год жизни ее — последний год ожидания Кармеля, об этом не вспоминает Тереза в "Истории одной души", а может быть, не помнила уже и тогда, когда этот год проходил. Если бы стрела, пущенная из лука в цель, могла чувствовать то, что с ней происходит между двумя мигами — тем, когда она слетела с тетивы, и тем, когда вонзилась в цель, то чувствовала бы то же, что Тереза в этом году.

Вместе вспоминает она о своем вступлении в Кармель и о начале смертельной болезни отца, может быть, потому, что эти два события не только одновременны, но и внутренне для нее связаны, как причина и следствие.

Точно говоря, было не одно, а четыре вступления в Кармель, четыре двери, в которые надо ей было войти, чтобы вступить в Кармель окончательно, заживо для мира и для отца умереть: через первую дверь входит она при вступлении в послушницы 9 апреля 1888 года; через вторую — при облачении в рясу, prise d'habit, 10 января 1890 года; через третью — давая обет 8 сентября 1890 года; и, наконец, через четвертую — при пострижении в монашество 24 сентября 1890 года. Входя в каждую из этих четырех дверей, надо ей переступать через лежащее на пороге тело убиваемого ею отца; каждый раз думает она, что он уже умер, и видит, с возрастающим ужасом, что все еще жив и, почти труп, влачится за ней от двери к двери. И это длится три года.

"Эти три года кажутся мне самыми счастливыми и плодотворными в жизни моей". Страшное слово!

1

Что такое чудо святости, этого люди наших дней не знают или не хотят знать, а между тем чудо это в жизни св. Терезы Лизьеской совершилось перед нами и будет совершаться воочию, потому что эта жизнь бесконечна, по своим последствиям, не только для христиан, но и для отказавшихся от Христа людей нашего времени. "Будут еще святые увенчаны венком святости в Русской Церкви, но уже не будут в миру", — предсказывал Реноне, как раз накануне тех дней, когда Тереза Лизьеская увенчана была венком святости не только в Церкви, но и в миру, и даже раньше в миру, чем в Церкви (Ghéon, *Ste Thérèse de Lisieux,* 1934, стр. 74).

Что такое святость? Отсутствие зла? Нет, бесконечно растущая победа над бесконечно растущим злом. Это мы знаем, может быть, лучше святых, потому что нет у них такого страшного сознания, как у нас, такого направленного в самую глубину сердца, ослепительного прожектора. Кажется, глубже нельзя заглянуть в звездное небо, чем заглядываются люди наших дней; но вот оказывается можно: чем больше скрывается от человеческого взгляда вечная тайна мира, тем бесстрашнее и неутолимее человеческая жажда знания. Если бы великий ученый оказался на другой планете, то делал бы на каждом шагу удивительные и ужасные открытия, а Маленькая Тереза делает их на нашей старой, бедной и скучной земле. Ни Канта, ни Эйнштейна, ни Лобачевского не знает она, но есть у нее тончайшие познавательные приборы и точнейший химический анализ, чем у них.

"Будьте, как боги", в этом дерзновении человечество, в лице Маленькой Терезы, зашло так далеко, что уже нельзя ему вернуться назад, можно только идти вперед, чтобы погибнуть или спастись. Чем спастись, могли бы узнать по религиозному опыту Маленькой Терезы, если бы мы поняли его, как следует. В мир послав ее, Бог был к миру так милосерд, как только мог. Вот почему для нас нужнее всех святых она, и, узнав ее, мы не можем не полюбить ее, как родную.

Святость есть мудрость и знание, а грех — безумие и неведение. Но вот что удивительно: грешные люди знают иногда то, чего не знают святые, — что высшая точка христианства есть "согласование противоположностей", *accorder les contraires,* по слову Паскаля, соединение двух Божественных начал в Третьем — Отца и Сына в Духе; знают грешные люди, чего не знают святые, — что ни одна из Церквей, ни католическая, ни православная, ни протестантская, все еще не Церковь Вселенская, спасение человечества, и что Церковь эта может явиться только под знаком Трех — Отца, Сына и Духа: вот почему только Трое — св. Тереза Испанская, св. Иоанн Креста и св. Тереза Лизьеская — введут человечество в Церковь Трех.

"9 апреля 1888 года был день, назначенный для моего вступления в Кармель послушницей. В этот день праздновалось отложенное из-за костра благовещание... Утром, взглянув в последний раз на Бьюссонский дом, милое гнездо детских дней моих, я пошла в обитель Кармеля, где стояла у обедни с родными. Когда Иисус сходил в сердце мое, я слышала только рыдание близких моих и, хотя сама не плакала, но когда шла, впереди всех, к воротам обители, сердце мое билось так, что мне казалось, что я умираю. О, как я страдала! Это надо пережить, чтобы понять. Я обняла моих родных и стала на колени перед отцом, чтобы он меня благословил. Он тоже стал на колени и благословил меня, плача... И двери Кармеля закрылись за мной навсегда'', — писала Тереза позже в своей книге. Вел ее отец в обитель Кармеля, как невесту на брачное ложе и как жертву на заклание.

12 февраля 1889 г., через месяц после того, как Тереза приняла обет, узнала она, что отец ее тяжело заболел: с ним сделался удар и начался паралич. ''Кажется, нельзя было больше за отца страдать, чем я страдала. Выразить это не могли бы никакие слова, и я не буду об этом говорить. А между тем три года смертельной болезни отца моего кажутся мне самыми счастливыми и плодотворными в жизни моей. Я не променяла бы их ни на какой экстаз'' (Б. К., 118; Ghéon, 134). Так же, как Иоанн Креста счастлив во тьме кромешной в аду, как в раю, ''без всякого утешения земного и небесного''.

Надо очень любить ее и очень верить в нее, чтобы, прочитав эти слова, не бежать от нее в ужасе. Но ведь и ученикам Иисуса надо было любить Его и очень верить в Него, чтобы, услышав из уст Его, может быть, самое страшное, когда-либо людям сказанное слово о ненависти любящих к любимым, не бежать от Него в таком ужасе, как все готовы бежать от Терезы.

В страшном и святом поединке Маленькой Терезы, кто из них больше страдал, умирал, хотел и не мог умереть, — убиваемый отец или убивающая дочь, святой или святая, — этого они и сами не знали; знали только: один и тот же меч прошел им душу обоим. Две стороны одного режущего лезвия — два вопроса без ответа: хорошо ли мы делаем, что убиваем друг друга? Страшен этот сказанный вопрос, но еще страшнее немой: ''Хорошо ли сделал Тот, Кто велел любящим убивать любимых?'' ''Иго мое благо, и бремя легко'', — это же Он сказал. Но кто возлагает на людей злейшее иго и тягчайшее бремя, чем это? ''Чти, благословляй, люби Отца своего'', — говорит Отец. ''Проклинай, ненавидь, убей Отца своего'', — говорит Сын. Сын против Отца; Отец против Сына? Этого не говорили они и даже не думали, но где-то, ''в самой, самой глубине, в самом сердце души'' (по чудному слову Терезы Испанской), это было, как начало смертельной болезни. Когда она говорит: ''О, как я страдала. Надо самому пережить, чтобы понять'', — это не пустые слова. Сам Иисус в Гефсиманскую ночь *блаженствовал* на лоне Пресвятой Троицы, но это не облегчало смертных мук Его.

Не удивительно, что ужаса этих вопросов не вынес и умер в полубезумии отец Терезы; удивительно то, что сама она выжила и осталась разумною. Что́ лучше — такая жизнь или такая смерть — трудно решить.

8 сентября 1890 года, в ночь перед самым произнесением обета, среди горячих молитв и экстазов, вдруг великое искушение постигло ее. "Вместо утешения испытывала я только сухость души и богоотвержение. Это была сильнейшая буря за всю мою жизнь. В самом конце обета, во время ночной молитвы, обыкновенно столь сладостной, вдруг показалось мне мое пострижение безумной и невозможной мечтой. Диавол — потому что это был он — внушил мне уверенность, что Кармель не для меня, что я обманываю всех [старших], вступая на путь, на который вовсе не призвана. Ночь моя — (это "Тема Ночи Духа", то же, что у св. Иоанна Креста) — ночь моя сделалась такою черною, что я почувствовала только, что должна вернуться в мир. Как выразить тогдашнюю муку мою? Я не знала, что мне делать, и наконец решила исповедаться игуменье в искушении моем и, вызвав ее, призналась ей во всем. К счастью, увидела она душу яснее, чем я сама, над моим признанием только посмеялась, и тотчас же диавол бежал от меня; он только хотел помешать мне и этим завлечь меня в западню, но не он, а я его поймала. Чтобы до конца унизиться, я призналась игуменье во всем, и утешительный ответ ее рассеял все мои сомнения окончательно. Утром 8 сентября воды мира нахлынули в душу мою так, что в мире том, который 'превыше всякого ума', я произнесла мой обет". "Я призналась игуменье во всем", — вспоминает Тереза. Но, может быть, о главной причине ее искушения — о муках ее за отца — здесь все-таки умолчано; две стороны одного режущего лезвия, два вопроса без ответа — хорошо ли делают они, что убивают друг друга? И хорошо ли сделал Тот, Кто велел им друг друга убивать?

2

Очень знаменательно, что Папа Лев 13, который угадал так пророчески в четырнадцатилетней девочке Терезе то же опасное для Римской Церкви, потому что возможно "еретическое", что угадал и в св. Терезе Испанской тот инквизитор, который предсказывал, что, если бы прожила она дольше, то была бы отлучена от Церкви за "ересь" (это же мог бы предсказать и о св. Иоанне Креста), — очень знаменательно, что этот именно папа оказался христианским социалистом. Трудно поверить, что такой умный человек и проницательный политик, как Лев 13, мог соблазниться таким грубым соблазном, как христианский социализм, что такая большая рыба могла быть поймана такой маленькой удочкой, и что сразу не понял он, что христианский социализм есть прежде и больше всего немудрая для Церкви политика, покушение с негодными средствами, обращение в христианство, из-за грубой выгоды того, кому столько же дела до Христа, сколько до прошлогоднего снега; трудно поверить, что такой умный человек сразу не понял, что в христианском социализме он сделается маленьким "Великим Инквизитором", как в "Легенде" Ивана Карамазова.

В противоестественном соединении социализма с христианством происходит нечто подобное тому, что шабаш ведьм, где "жида с лягушкою венчают", потому что душа христианства есть воля к "Царству Человеческому", сначала без Бога, а потом и против Бога. Тот же и здесь свойственный всему 19 в. дурной вкус — дурной запах: древнюю тиару Верховного Первосвященника не побрезгал Папа Лев 13 заменить новым котелком социалиста Жореса или даже коммуниста Ленина.

"Я хотела бы, чтобы Бог принудил всех людей спастись, — ведь Он это может", — скажет Маленькая Тереза накануне смерти.* Если может спасти, то почему же не спасает? Знает она, конечно, ответ: потому что "принудительным" спасением отнял бы Он у людей свой божественный дар, Свободу.

> Истина сделает нас свободными... Если Сын освободит вас, то истинно свободны будете (*Ио.*, 8, 32—36).

Вот, кажется, из всех слов Господних самое непонятное сейчас не только для мира, но и для Церкви, православной, католической и протестантской, одинаково, потому что для них для всех несомненно, что свобода значит "мятеж", а мятеж значит "отпадение от Церкви и отступление от Христа", а что Церковь может быть меньше Христа, потому что не Он — от нее, а она — от Него, этого давно уже никто не помнит, не знает или не хочет знать ни в миру, ни в Церкви. Первая, после Паскаля, вспомнила о том, что такое свобода со Христом, св. Тереза Лизьеская. "Руки мои я простираю ко Христу Освободителю", — могла бы сказать и она, как Паскаль.

3

Жизнью св. Терезы Лизьеской в 19 веке, — как в 16-ом жизнью св. Иоанна Креста и св. Терезы Испанской, во внешней Реформе, поставлен вопрос, от которого зависят последние судьбы человечества:

---

* H. Ghéon, *Sainte Thérèse de Lisieux*, 1934, стр. 74.

как относится нынешняя Русская Церковь к будущей Церкви Вселенской? Этого вопроса не поняла бы св. Тереза Лизьеская так же, как не поняли бы его св. Тереза Испанская и св. Иоанн Креста. Но, сами того не желая и не сознавая, каждым движением и каждым биением сердца ставили они все трое этот вопрос и отвечали на него: будущее — Церковь Вселенская — всемирно-историческое действие Трех, Отца, Сына и Духа, начнется только тогда, когда кончится настоящая Римская Церковь — всемирно-историческое действие Двух, Отца и Сына. Здесь, на земле, эти трое — св. Иоанн Креста, св. Тереза Испанская и св. Тереза Лизьеская — только потому, что там, на небе, те Трое — Отец, Сын и Дух. Путь. Путь от настоящей Римской Церкви к будущей Вселенской Церкви проходит только через этих трех на земле так же, как через тех Трех на небе.

Первые две Реформы, внешняя, протестантская, и внутренняя, католическая, отделены от второй, той, которую начинает, сама того не зная и не желая, св. Тереза Лизьеская будущей, уже не протестантской и не католической, а вселенской Церкви, являются одним из величайших событий всемирной истории, Великой Французской Революции и всем, что родилось от нее, за последние четыре века до наших дней, хотя уже под другим знаком, но с тем же вечным смыслом.

Кажется, души отдельных людей и собирательная душа человечества никогда еще, после Рождения Христа, не были таким расплавленным металлом или бушующим хаосом, как в наши дни, и никогда еще так не требовал хаос этот порядка, отливки этот металл. Формы для отливки не может быть иной или, по крайней мере, люди формы иной не хотят, кроме социальной революции. Равенству жертвуют они свободой и братством в трехчленной заповеди Великой Революции: Свобода, Равенство и Братство. Опыт русского коммунизма, который привел к тягчайшему, за память человечества, рабству и к братоубийственнейшей бойне, не убедил никого, что жертва эта может быть и убийственна для человечества, потому что жажда Равенства в людях наших дней так неутолима, а страх Свободы так силен, что никакие опыты не могут их в этом убедить.

Как ни уединена была Маленькая Тереза в уединении Кармеля от всего, что происходило за стенами его, кое-чего не могла она не знать о величайшей попытке человечества устроиться на земле без Бога, о социализме; не могла она не знать об этом тем более, что и в самом Братстве Кармеля, так же как во всех монашеских Братствах, продолжалось, пусть неудачно, но с бесконечной и, может быть, ненапрасной надеждой, что будет и удача когда-нибудь, то, что люди наших дней называют ''социальной революцией'', и что началось еще, хотя и в совсем противоположном смысле, за две тысячи лет назад, уже в перво-христианских общинах:

> все же верующие были вместе, и имели все общее, и продавали имения, и разделяли всем, смотря по нужде каждого (*Д. А.*, 2, 42—44).

В первый раз уже совершилось это великое чудо Свободы, Равенства и Братства в Насыщении Хлебами:

> взял хлеб, и две рыбы, воззрев на небо, благословил и преломил хлебы, и дал ученикам Своим, чтобы они разделили им; и две рыбы разделил на всех. И ели все и насытились. И набрали кусков хлеба и остатков от рыб двенадцать полных коробов. Было же евших хлеб около пяти тысяч человек (*Мк.*, 6, 41—44).

То же великое чудо повторяется, вот уже две тысячи лет, каждый день, в Церкви, в таинстве Евхаристии, как немолчное пророчество о том, что когда-нибудь совершится не только в Церкви, но и в мире, то, что люди наших дней называют так неверно и недостаточно, потому что безбожно, "социальной революцией". Каждый день, во всем христианском человечестве повторяется это пророчество, но никто не понимает его, не видит и не слышит.

> Еще ли не понимаете и не разумеете? Еще ли окаменено у вас сердце? Имея очи, не видите? Имея уши, не слышите? И не помните? (*Мк.*, 8, 7—18).

Люди все меньше помнили об этом, все больше забывали и, наконец, за последние четыре века социальной революции, забыли так, как еще никогда. Маленькая Тереза вспомнила об этом первая и поняла, что мир сейчас погибает, потому что об этом забыл, и не спасется, пока не вспомнит; первая поняла она, что голода человеческого никто не насытит, жажды не утолит; того, что люди наших дней называют "проблемой социального неравенства", никто не разрешит, кроме Того, Кто сказал, две тысячи лет назад, и сейчас говорит каждый день, в таинстве Плоти и Крови:

> Я хлеб живой, сошедший с небес; ядущий хлеб свой будет жить вовек; хлеб же, который Я дам, есть плоть Моя, которую Я отдам за жизнь мира... Ядущий плоть Мою и пьющий кровь Мою имеет жизнь вечную, и Я воскрешу его в последний день (*Ио.*, 6, 51—54).

Что это значит, поняла св. Тереза Лизьеская первая, как, может быть, за две тысячи лет христианства, не понял никто; вспомнила об этом первая, и можно сказать, что все дело ее не только во времени, но и в вечности есть ничто иное, как напоминание миру, сейчас погибающему так, как он еще никогда не погибал, что нет для него иного пути спасения, кроме этого. Вот почему людям наших дней, может быть, ближе она и нужнее, чем кто-либо из святых, кроме св. Терезы Испанской и св. Иоанна Креста, которые делали то же во времени и делают в вечности, что и она.

4

Маленькая Тереза, когда ей было 14 лет, горячо молилась о великом злодее Пранцини, осужденном на смертную казнь. Так же нераскаянно все человечество наших дней, как нераскаян был этот злодей, когда всходил на эшафот, где уже сверкал нож гильотины и ждал его палач, а священник подал ему распятие, он посмотрел с таким презрением, как будто плюнуть на него хотел, но, в последнюю минуту, по горячей молитве маленькой, никому неизвестной девочки, будущей великой святой Терезы Лизьеской, совершилось чудо Божие: вдруг схватил несчастный распятие, прижал его к побелевшим губам и услышал: "Будешь со Мною сегодня же в раю!" Тем же чудом Божиим, по той же молитве Маленькой Терезы, спасется, может быть, и все человечество наших дней.

"Маленькая — великая, грешная — святая Тереза, — молится, сам того не зная, один из неверующих людей нашего времени, — мы уже не боимся тебя, и насколько ярче озаряет нас свет лица твоего теперь, когда мы вдруг увидели, что ты, в муках своих и сомнениях, так похожа на нас! Как мужество твое, без всякой помощи Свыше, делает и нас более мужественными. К самым горячим молитвам твоим были мы равнодушны, потому что это был для нас чужой, непонятный язык. Но ты сошла к нам с неба на землю, за руку взяла нас молча, и мы вдруг увидели, что ты и сама плачешь так же, как мы, и слезы твои нас утешили" (L. Delarue-Madrus, *Sainte Thérèse de Lisieux, 1920*, стр. 7). Так никто никому из святых не молился, за две тысячи лет христианства, а только такая молитва и может спасти человечество наших дней.

"Мама моя умерла; Маленькая Тереза, защити меня, как мама!" — молился какой-то погибавший и чудом спасшийся летчик в первой Великой Войне, и сколько подобных ему! Так же могло бы молиться и все человечество наших дней. "Мама" его умершая — нынешняя

Церковь, православная, протестантская или католическая, а Мама Живая, та́, кого оно зовет, само того еще не зная, есть Будущая Церковь Вселенская.

5

Запертый в недавно изобретенной для страшной пытки, если не самим дьяволом, то русскими коммунистами, пробковой комнате, человек задыхается, медленно (в этой-то медленности и главный ужас пытки), медленно отравляясь тем углеродом, который содержится в его же собственном дыхании. То же происходит и в обыкновенных, плохо проветриваемых комнатах, где собирается много людей: каждый из них медленно отравляется сам и отравляет других дыханием своим. Так страшно и жалко человеческое тело устроено, что исполнением необходимейшего для жизни условия, дыханием, человек убивает себя и других. То же и в порядке духовном: зло — такое же начало смерти для души, как углерод дыхания для тела.

Но если так для всех людей, то для Маленькой Терезы иначе, потому что все духовное существо ее так совершенно устроено, что начало первородного греха как будто не имеет над ним власти. Свежая-свежая вся, как ночной росой еще освеженная, но утренним солнцем уже прогретая внутренность белой лилии. Чисто все существо ее от зла, как от углерода дыхание Ангелов. Что-нибудь, подобное дурному вкусу, — дурному запаху, может ли прикоснуться к такой почти неземной чистоте? Может, увы! Кажется даже, что начало первородного греха еще неодолимее в святых, чем в грешных людях. Вкус дурной — дурной запах в нарушениях законов духовной красоты — есть как бы вкус и запах первородного греха даже у великих святых! Сказывается это и в дурном вкусе Маленькой Терезы. К счастью, зараза эта не проникает в душу ее, а остается на ее поверхности, как сметаемая малейшим дуновением ветра пыль на одежде. Но все-таки где-то очень близко от Маленькой Терезы чувствуется это дурной вкус — дурной запах. "К небу вознесут меня руки Твои, Иисус, как подъемная машина!" — в этой молитве ее, во всяком случае, нехороший вкус, и не лучший, а, может быть, и худший в руках Иисуса, этих несказанно страшных и возлюбленных руках, "полных рождественских конфет" для маленьких девочек, Кармельских сирот (Mardrus, 8 — *Ste Thérèse de l'Enfant Jésus*, ed. Office de Lisieux, 474).

Лучше всего можно судить о неодолимой силе этого дурного вкуса по тому, что люди сделали и продолжают делать, чтобы увековечить память Маленькой Терезы в нормандском городке Лизье, где провела она почти всю жизнь и скончалась. Здесь, в ее часовне, лежит, как в музее восковых фигур, в стеклянном ящике, под ярким светом электрических лампочек, на голубых, с золотым кружевом, бархатных подушках, мраморная кукла ее в театральной позе Сары Бернар. Тут же вспыхивают, в виде световых реклам, воззвания к верующим следовать путем святой, а против часовни, на огромных афишах восхваляется новый ликер Терезетта. Здесь же основано ловкими евреями и католиками Акционерное Общество для издания книги Маленькой Терезы, *История одной души.* Это, может быть, страшнее Инквизиции, которая едва не сожгла книгу св. Терезы Испанской, *Моя душа,* а в других, изданных тем же О-вом, благочестивых книжках объявлены предполагаемо-достаточные цены за "чудесные, молитвами св. Терезы, исцеления".

"Все это уже не для нас!" — жалуются бедные нормандские крестьяне-паломники, земляки Святой (Mardrus, 18, 39, 28).

Есть анекдот: два человека молились Маленькой Терезе, нищий, может быть, второй св. Франциск Ассизский, и банкир, может быть, из Лизьеского Акционерного Общества имени св. Терезы. Нищий молился о хлебе насущном, а банкир — о процветании Акцион. О-ва, и одна молитва мешала другой. Долго терпел банкир, но, наконец, не выдержал, обернулся к нищему, сунул ему в руку пять франков и сказал:

"Не надоедайте Маленькой Терезе, ступайте прочь, и чтобы духу вашего здесь больше не было!"

Кажется, люди, в том числе и добрые католики, сделали все, что от них зависело, чтобы превратить святость Маленькой Терезы в кощунство, и славу ее в позор. Если китайским или готтентотским поклонникам своим кажется она творящей чудеса, могучей и страшной колдуньей, а летчики обеих Великих Войн посвящают ей авионы с бомбометами, то от этого мало ей радости, и если все еще сделала она для мира бесконечно меньше, чем могла бы сделать, то, может быть, потому, что ее отделяет от мира неодолимая преграда Церкви, подобная тому стеклянному ящику, в котором лежит ее кощунственная кукла. Лужа грязной воды, в которой люди утопили ее, может быть, хуже, чем костер, на котором сожгли они св. Жанну д'Арк. Каким дьявольским чудом это святое место, Лизье, сделалось величайшим уродством в христианском искусстве двух последних веков? Почему *Бог* попускает такое кощунство? Почему попускает его и св. Тереза? (Ghéon, 19). Этот вопрос, который задают себе множество поклонников ее, связан с другим, более глубоким и страшным вопросом, который почти никто себе не задает: как относятся друг к другу св. Тереза и Русская Церковь?

"О, если бы Святой Престол основал комитет для борьбы с дурным вкусом в Церкви!" — мечтает одна усердная, хотя и неверующая поклонница Маленькой Терезы (Mardrus, 43). Но, увы, никакие комитеты тут не помогут, потому что и сама католическая Церковь, вот уже более четырех веков, заражена тем же дурным вкусом: реял уже в 15-м веке, над главным алтарем св. Петра, кощунственный, из желтого стекла, голубь Духа Святого, и на главных улицах Рима уже красовались банки того же имени. Лютер мог их видеть, и этого одного было достаточно, чтобы оправдать и освятить великое дело его, Реформу.

6

Маленькая Тереза продолжит в 19 в. дело Реформы, начатое за четыре века назад св. Терезой Испанской и св. Иоанном Креста, выход из настоящей Римской Церкви в будущую Церковь Вселенскую. Чтобы увидеть и понять, что выход этот, хотя им самим еще не видим и непонятен, но уже действителен, стоит только пристальней вглядеться в эти три лица, уже озаренные новым, никогда еще людьми не виданным, розовеющим светом восходящего великого Солнца — Третьего Царства Трех.

Между этими тремя на земле — св. Терезой Испанской, св. Иоанном Креста и св. Терезой Лизьеской — такое же "противоположное согласное", *antixon sympheron*, по слову Гераклита, как и между Теми Тремя на небе, Отцом, Сыном и Духом. Главную силу св. Иоанна Креста, созерцанием, Маленькая Тереза соединяет с главною силой св. Терезы Испанской, действием, как Отца и Сына соединяет Дух. Но так — в последнем пределе, в вечности, а в земных путях, во времени, Маленькая Тереза ближе все-таки к св. Иоанну Креста, чем к св. Терезе Испанской, может быть потому, что разум и вера, уже у того соединенные, еще разделены у этой.

"О, каким светом озарило меня учение св. Иоанна Креста! — вспоминает Маленькая Тереза в *Истории одной души*. — Не было у меня, от семнадцати до восемнадцати лет, другого чтения. Но впоследствии все духовные учителя ничего не рождали в душе моей, кроме сухости... Так уж и теперь: если я читаю и прекраснейшую книгу, сердце у меня сжимается, и я читаю бессмысленно, а если даже кое-что и понимаю, то все-таки бросаю книгу, чтобы созерцать и молиться... Только в одном Евангелии нахожу я все, что нужно для бедной, маленькой души моей... Чтобы человеческие души учить и спасать, не нуждается Христос ни в каких учителях и книгах: сам Он учит, без слов. Я никогда не слышала (в видениях), как Он говорит, но знаю, что Он во мне, и что Он всегда ведет меня за руку. Вижу я Его именно в эту минуту, когда нуждаюсь в Нем больше всего, и вижу всегда в новом, от Него идущем свете. Чаще всего озаряет меня этот свет не во время молитвы в церкви, а в самых простых, повседневных делах" (*Б. К.,* 146). — "Я не ищу молитв в церковных книгах: только голова болит у меня от этих молитв... Я, как маленькие дети, которые еще не умеют читать, говорю Богу все, что мне хочется, и Он меня понимает" (Laborda, 68). — "Путь, которым я шла, был так ясен и прям, что я не чувствовала нужды ни в каком посреднике, кроме Иисуса... Сам Он, казалось мне, действует на меня, без всяких посредников" (Mardrus, 100). Здесь уже начало такого же выхождения из католической Церкви, такой же "ереси", как у Лютера и Кальвина, хотя и под совсем иным, противоположным знаком — не Разделения, а Соединения Церкви. Если эту линию продолжить, то будет повторение того, что уже сделал св. Бернард Клервосский и сделает Паскаль, — обращение от суда Римской Церкви к суду Господню: "К Твоему суду взываю, Господи! *ad Tuum, Domine, tribunal appello!*" Будет и ответ Жанны д'Арк на вопрос судей-палачей: "Власть св. Матери нашей, Церкви, готовы ли вы признать, Жанна?" — "Да, готова, но Богу послуживши первому!" Будут и слова Лютера на Вормса Соборе: "Я здесь стою; Бог да поможет мне; я не могу иначе! Аминь".

Но ближе и роднее всего Маленькая Тереза к св. Иоанну Креста в том, что он называет "преисподним опытом", *experientia abismal,* и что пугало в нем св. Терезу Испанскую так, что это ей казалось иногда "искушением дьявола", — действительно страшной и небывалой ни у кого из святых, воле к потере веры. В опыте этом та же у обоих, у св. Иоанна Креста и Маленькой Терезы, безграничная отвага.

"Сколько раз говорила я Богу... что ни откровений, ни видений, ни чудес я здесь, на земле, не хочу!" (*Б. К.,* 371). "Бога не видеть и не верить в Него я больше хотела, чем другие хотят все видеть и все понимать", — признается она почти накануне смерти. Если вдуматься, как следует, в эти слова: "В Бога я хотела не верить", — то кружится голова, как над самым краем зияющей пропасти. Но в этой-то именно вольной потере веры Маленькой Терезы, может быть, нужнее всех святых людям наших дней в той же потере, но уже невольной, — большое значение.

Кто-то из монахинь, чтобы утешить ее, тоже почти накануне смерти, говорил ей, что "душу ее вознесут на небо прекраснейшие, с лучезарнейшими лицами Ангелы". "Все эти образы мне не нужны; я хочу одной только истины, — ответила она. — Бог и Ангелы — чистейшие

Духи: плотскими очами никто не может их видеть. Вот почему видений земных я никогда не желала; лучше я дождусь Видения вечного" (*Б. К.*, 300). "Вещие видения, откровения?.. Если бы вы только знали, как мало их у меня! Я ничего не знаю... знаю только то, что вижу и чувствую, но душа моя, и в этом случае неведения, совершенно спокойна" (*N. V.*, 185). Но под этим наружным спокойствием скрывает она, чтобы не соблазнить верующих, то, что происходит у нее внутри.

"Я была, как в буре утлая ладья без кормчего. Я знаю, что спавший в ладье Иисус был и тогда со мной, но как могла бы я увидеть Его в такой темной ночи?.. О, если бы блеснула хоть молния... я бы Его увидела, моего Возлюбленного! Но и молнии не было, а была только черная-черная тьма, совершенная богоотверженность, безнадежная смерть. Чувствовала я себя такой же одинокой, как Иисус в Гефсиманской ночи, и так же, как Он, не находила себе утешения ни на земле, ни на небе" (*Б. К.*, 85).

Теми же почти словами, как и св. Иоанн Креста о Темной Ночи Духа, *Noche Oscura del Espíritu*, говорит здесь и Маленькая Тереза.

"Господи, Ты знаешь, что я всегда хотела одной только истины". — "Рук я никогда не умывала, как Пилат, но всегда говорила: 'Господи, скажи мне, что есть истина!'" (*N. V.*, 86). "Пусть же идут ко мне лишь те, кто хочет знать истину" (*Б. К.*, 297), — говорит она уже после потери веры; после той же потери мог бы это сказать и св. Иоанн Креста, сделавший для критики чистой мистики то же, что сделал Кант для критики чистого разума. Но если бы даже математически было доказано, что Христос ошибался, то Маленькая Тереза и св. Иоанн Креста были бы все-таки с Ним; в этом их коренное отличие от Канта.

7

"Кто такой Иоанн Креста? Довольно плохой монах!" — говорили о св. Иоанне Креста. "Это больше всего поразило меня в его житии", — вспоминает Маленькая Тереза, тоже накануне смерти и тоже после потери веры, может быть, думая, что и о ней самой могли бы сказать: "Кто такая Маленькая Тереза Младенца Иисуса? Довольно плохая монахиня, да и католичка иногда довольно сомнительная!" (*N. V.*, 122).

"Бог не нуждается в наших добрых делах" (*N. V., 356*). "Хочет Бог спасти нас даром" (*Б. К.*, 356). Кто это говорит? "Я хочу не верить в Бога". "В наших добрых делах не нуждается Бог". — Лютер или Кальвин? Нет, св. Тереза Лизьеская.

Меньшего было бы достаточно, чтобы в 19-ом веке отлучить ее от

Церкви, а в 16-ом сжечь на костре, как св. Терезу Испанскую и св. Иоанна Креста. Римской Церкви надо было сделать выбор для Маленькой Терезы: или отлучить ее, или увенчать венцом святости. Если Церковь выбрала последнее, то, может быть, только потому, что к этому ее принудил погибающий мир, который понял, или когда-нибудь поймет, что *без* Маленькой Терезы ему не спастись.

Вот что, может быть, угадал папа Лев 13, пристально вглядываясь пронзительно-острыми глазами в страшное и чудесное лицо четырнадцатилетней девочки, будущей великой Святой, которая целовала ему туфлю на аудиенции; вот почему принял он, в этом лице, может быть, за багровый свет адского пламени розовеющий свет восходящего солнца Трех.

Мучилась она от невидимого ей самой и непонятного выхождения из Церкви так, что от этой муки и умерла или, по крайней мере, больше всего умерла от нее.

Самое страшное в муке этой было то, что умирающая сама не знала, вышла ли она из Церкви, и если вышла, то в какую тьму кромешную, к дьяволу, или в какой свет лучезарный, к Богу. Этого не знала она до последнего вздоха во времени, но узнала в вечности, когда начала спасать души отдельных людей и душу всего человечества так, как, может быть, не спасал их никто после Христа. Если когда-нибудь люди выйдут в Церковь Вселенскую, начало Царства Божия здесь уже, на земле, то потому, что Маленькая Тереза приняла эту муку за них и за Церковь. Бо́льшую муку, может быть, принял только один Человек на земле, Тот, Кто в Гефсиманской ночи был в смертном борении до кровавого пота.

Но чтобы понять и пережить (потому что иначе понять нельзя), как и за что Маленькая Тереза умирала, надо сначала узнать, как и для чего она жила.

8

Жизнь свою, от самого раннего детства до предсмертной болезни, рассказала она в книге, озаглавленной *История одной души*. Книгу эту могла бы она озаглавить и так, как св. Тереза Испанская озаглавила свою: *Моя Душа, Mi Alma.* Это она почти и сделает, когда, накануне смерти, скажет: "То, что в этих тетрадях записано, есть, воистину, *моя душа*" (*N. V.*, 108).

Как-то раз, во время уставного отдыха, тихо беседуя с двумя своими младшими сестрами, вспоминала она детские годы свои так хорошо, что одна из любимых подруг ее, сестра Мария-Св. Сердца, восхитилась и, обращаясь к одной из двух сестер ее, Полине, в монашестве Агнессе, бывшей тогда игуменьей, воскликнула:

"Вам бы следовало, матерь моя, приказать, чтобы она записала все это!"

Так и сделала Агнесса. Нехотя, только по долгу святого послушания, согласилась на это Тереза, может быть потому, что чувствовала в этих воспоминаниях о далеком прошлом те искушения, которых все еще не победила.

Каждую ночь, в ледяной, нетопленой келье своей садилась она на скамейку у соломенной койки, ставила себе на колени старенький аналойчик, клала на него школьную тетрадку и мелким, четким, бисерным почерком начинала писать воспоминания свои очень быстро, почти без помарок.

Это продолжалось в течение целого года. Кончив писать, в последние дни 1894 года, отдала она тетрадки игуменье Агнессе, а та, передавая их новой игуменье Марии Гонзанага, при этом сказала:

"Это очень мило, но многого отсюда извлечь нельзя!" (S. p. n., 166: "C'est gentil, mais vous ne pourrez pas grand'-chose!")

Этому поверила Гонзанага и за два года не удосужилась прочесть тетрадки, так что книга эта, одна из величайших и нужнейших человечеству книг, могла бы истлеть где-нибудь в сыром углу монашеской кельи, если бы однажды ночью, в 1897 г., не вспомнила о ней Агнесса-Полина, не испугалась, что книга пропадет, потому ли, что пожалела столько "милого" в ней, или потому, что лучше поняла ее, за эти два года; если бы от этого страха не вскочила с постели, не побежала, несмотря на неурочный час, к матери игуменье, не напомнила и ей о книге и не сказала, кстати, какая будет потеря, если останется она неконченной, потому что Тереза довела воспоминания свои только до пострига, главная же часть жизни ее, в Братстве Кармеля, осталась незаписанной.

Матерь игуменья, на следующее же утро, велела Терезе продолжать воспоминания, что было для той теперь, может быть, тяжелее, чем прежде, не только потому, что она была тогда уже смертельно больна, но и потому, что те искушения, которых боялась она в прошлой жизни своей, теперь усилились у нее так, как еще никогда. Но опять, по обету святого послушания, принялась она писать, лежа в постели, сначала пером, а когда уже не имела сил макать перо в чернильницу, карандашом. Так написала страниц пятьдесят, пока, наконец, и карандаш из ослабевших рук ее не выпал (Faure-Biguet, 17, 88—89). Но кажется, если бы и могла дописать книгу физически, то не могла бы нравственно, по той же причине, по какой не могли быть дописаны три книги, внешне очень далекие от этой, но внутренне ближайшие к ней: Книга Иова (конченная не теми, кто начал ее), *Темная ночь* св. Иоанна Креста и *Мысли* Паскаля; по той же причине, по которой, может быть, самые глубокие и нужные людям книги — неоконченные, бесконечные.

"Книгу эту люди будут читать пока есть у них глаза" — верно заметил кто-то об *Истории одной души* (Faure-Biguet, 88). Кажется, в самом деле книга эта, после Евангелия, наиболее читаемая сейчас на всех языках и во всех странах, от Нормандии до Внутренней Африки, и оказывающая на души человеческие наибольшее действие.

9

Книга — бездонно-ясная, бездонно-темная, как звездное небо: чем глубже заглядываешь в нее, тем она бездоннее. Детски-ангельски-просто и райски-невинно, райски-блаженно все на поверхности, а в глубине — ужас "преисподнего опыта", такой же, или даже еще бо́льший, чем в Терезе Испанской и св. Иоанне Креста главный невыносимейший, душу человеческую уничтожающий ужас этого опыта в противоречии того, чем жизнь начинается, — идущей от Отца радости, благословения земли, бесконечного и того, чем жизнь кончается, — от Сына идущей скорби, такого же, той же земли проклятия бесконечного, как будто Сын против Отца, и Отец против Сына, — как будто, *или* действительно, — в этом "или" незримое и ядовитейшее жало книги. Этими-то именно согласнейшими противоположностями, противоположнейшими согласиями, *или* (опять "или" — жало смерти опять) несогласуемыми противоречиями, сердце человеческое раздирающими антиномиями, книга эта ближе всего к темной половине Евангелия, к Распятию до Воскресения и к Гефсиманской ночи особенно, к неисполненной, *или* неисполнимой Отцом, молитве Сына: "Да идет чаша сия мимо Меня", к смертному борению Сына — с кем? — только ли с самим Собою, *или* также с Отцом? Между этими "или-или" бесконечными душа человека и всего человечества, как на исполинских Божеских *или* дьявольских качелях, качается; с каждым размахом все выше и выше, до самого неба, взлетает, все ниже и ниже, до самого неба падает. "Чем же это кончится и где, — с ужасом думает качающийся, — на небе или в аду, у Бога или у дьявола?" Эту муку раздвоения знают более или менее все люди, но святые — больше всех; чем больше святость, тем и мука эта больше. Именно о ней-то и говорит Чорт Ивана Карамазова на подлом и как будто плоском, а на самом деле, страшно глубоком языке своем:

"Весь мир и миры забудешь, а к одному этакому (святому) прилепишься, потому что бриллиант-то уж очень драгоценен; ведь сто́ит иной раз одна такая душа целого созвездия — у нас ведь своя арифметика... И ведь иные из них, ей-Богу, не ниже тебя по развитию, хоть ты этому и не поверишь: такие бездны веры и безверия могут созерцать в один и тот же момент, что, право, иной раз кажется, только бы еще один волосок — и полетит человек 'вверх тормашки', как говорит актер Горбунов" (Достоевский. *Братья Карамазовы,* кн. XI, гл. IX, "Чорт. Кошмар Ивана Федоровича").

Вот какие пропасти зияют в этой книге Маленькой Терезы, как будто простейшей и наивнейшей, а на самом деле одной из глубочайших и неразгаданнейших, когда-либо рукой человеческой написанных книг. Если прочесть ее, как следует, то, может быть, не в уме, а где-то в самой темной глубине сердца зашевелится безумный и невыносимо-кощунственный, но незаглушимый вопрос: а что если грешная-святая Тереза Неизвестная — отравительница колодцев? И вопрос, еще более безумный и кощунственный, — такой, что, может быть, и произносить его нельзя? Нет, можно и должно, потому что такое Существо, как Иисус, кем бы ни было Оно, всей Божеской и человеческой правды достойно, — зашевелится еще более кощунственный, душу человеческую уничтожающий вопрос: что если и Он, и Он, Иисус Неизвестный, — тоже Отравитель колодцев? "Боже мой! Боже мой! Для чего Ты меня оставил?" — этот вечный вопрос без ответа, в устах Человека и Человечества Распятого, слишком понятен. Можно сказать, что вся жизнь и еще более смерть Маленькой Терезы есть не что иное, как повторение этого вопроса, с таким отчаянием и с такой надеждой, которая, кажется, все-таки больше отчаяния, что будет ответ, как еще никогда.

"Право, я не знаю, что можно будет сказать о ней после смерти ее, потому что она ничего не сделала, о чем бы стоило вспомнить", — эти слова одной из сестер, сказанные в соседней комнате, услышала Маленькая Тереза с больничной койки за несколько дней до смерти, и обрадовалась им так же, как тому, что люди говорили о "довольно плохом монахе" св. Иоанне Креста (*Б. К.,* 234).

Внешняя жизнь ее, в самом деле, так коротка и проста, что сводится к двум-трем строкам: маленькая девочка из благочестивой мещанской семьи, любившая отца, мать и сестер, в пятнадцать лет постригается в монахини и через девять лет умирает от чахотки, — затворилась за нею дверь обители, как внешняя жизнь ее кончилась, и началась внутренняя; та — кратчайшая, а эта — бесконечная.

"Было мне только тогда хорошо, если никто не видел и не слышал меня", — вспоминает она о самом начале жизни своей, и в день пострижения молится: "Сделай так, Иисус, чтобы я была людьми забыта, как песчинка пыли!" И в самом конце жизни скажет: "Я хотела одного, чтобы лицо мое, так же как лицо Иисуса, скрыто было от всех человеческих глаз, и чтобы никто в мире не знал обо мне; я жаждала забвения" (R. Zeller, *L'Evangeliste de Lisieux,* 1937, p. 13, 33. Mardrus, 33).

Жажда эта утолится, но не так, как, может быть, думала она, — не в глубочайшем мраке забвения, а в ярчайшем свете славы. "Маленький Цветок" — лицо ее — увеется такою бурею славы, что его самого уже совсем не видно будет; будет видно только, чем оно казалось людям, но не чем было для нее самой и для Бога. Тайна Терезы Неизвестной так же неразгадана, как и тайна Иисуса Неизвестного, Неузнанного:

в мире был, и мир через Него начал быть, и мир Его не узнал (*Ио.,* I, 10).

"Многие страницы этой книги останутся здесь, на земле, навсегда неизвестными". Вспоминая эти слова Маленькой Терезы, сестра ее, Полина-Агнесса, объясняет их так: "Есть у святых такие страдания, которых не должно людям открывать здесь, на земле, потому что Бог хранит их в тайне, чтобы открыть только тогда, когда все тайны будут открыты" (*Б. К.,* 233). Но только ли самые святые страницы книги этой остались неизвестными? Не самые ли грешные тоже? Кажется, уже и в те дни, когда книга писалась, тот же страх удерживал писавшую от последних признаний, как и в предсмертные дни: "Все, что я говорю о моих искушениях, слишком слабо, по сравнению с тем, что я чувствую, но я не хочу больше говорить; я боюсь, что и так я слишком много сказала; *я боюсь кощунства".* Кажется, "кощунство" это связано все с тем же невыносимым, душу человеческую уничтожающим ужасом: что́ если Иисус не Утолитель всех жажд, а Отравитель всех колодцев; не Врач всех болезней, а сам — Больной, Прокаженный? "Некогда божественное Лицо Твое сделалось для меня теперь как лицо прокаженного" (N. V., 201—1), — молится Маленькая Тереза Тому, о ком сказано:

был обезображен больше всякого человека лик Его, и вид Его — больше сынов человеческих (*Ис.,* 52, 14).

Но и в этом ужасе она не помнит Его: если Он — Отравитель колодцев, то и она; если Он — Прокаженный, то и она. Только такая бесконечная, такой ужас преодолевающая отвага любви достойна Возлюбившего нас так, что "сделался Он за нас с проклятием", потому что "проклят Висящий на древе", Распятый (*Гл.,* 3, 13). Будет до конца Маленькая Тереза с Ним, Иисусом Проклятым, Прокаженным, Отравителем колодцев, потому что больше, чем верит, — знает она, или узнает, если не в жизни, во времени, то в вечности, что мнимое проклятие Его — Благословение, мнимая проказа Его — исцеление, — "язвами Его мы исцелились (*Ис.,* 53, 5), мнимая отрава — противоядие от сильнейшего из всех ядов — смерти".

Если этот религиозный опыт свой могла она сообщить в тех ненаписанных, может быть, не самых святых, а самых грешных страницах книги своей, то это вознаградима́я потеря для нас, все еще погибающих от того, от чего она уже спаслась. Но, может быть, умолчанное ею здесь, на земле, во времени, она говорит нам из вечности, и, если бы мы ее только услышали, то могли бы спастись так же и тем же, как и чем она спаслась.

* * *

Так же, как в спектральном анализе по лучу бесконечно от нас далекой звезды мы узнаем ее химический состав, но возможная на ней органическая и тем более духовная жизнь ее обитателей остаются для нас неизвестными, так по словам и делам Маленькой Терезы мы узнаем, чем была святость ее во времени, но что́ она такое в вечности, этого мы никогда не узнаем.

Чувственно люди живут во времени, а о вечности лишь отвлеченно мыслят. Но Маленькая Тереза в этом совсем иное, на людей непохожее, двуестественное существо, амфибия, живущая в воде и в воздухе — во времени и в вечности. Вот почему самые близкие к ней люди — отец, мать, сестры — так же далеки от нее, как обитатели другой планеты: видят и слышат ее, но не понимают и не чувствуют; она проходит сквозь них, как дух сквозь вещество (стену); между нею и ними такая же непереступная черта, как между тем миром и этим. Вот почему и внутренняя жизнь ее непонятна для нас; мы ее не видим, не слышим и только иногда осязаем, как движущееся тело сквозь ткань. В славе своей величайшей остается она не только для мира, но и для Церкви, вечною тайною, которая, может быть, откроется людям только в будущей Церкви Вселенской.

10

Предки Маленькой Терезы вышли из того благополучного и благочестивого мещанства, которые были всегда непоколебимым оплотом

Церкви и государства во Франции. Дед ее с отцовской стороны, капитан Наполеоновской армии, Франсуа Мартэн, доблестно участвовал во всех походах императора и сыну своему, Луи, отцу Терезы, завещал пламенную веру и преданность католической Церкви. Так же благочестив был и дед ее, со стороны матерней, Исидор Герен, сначала тоже солдат Наполеоновской армии, а потом жандармский офицер *(Archives de la famille Guêren,* d'après Laveille, 3—9; 449. Chéon, 26—28).

Луи Мартэн, часовщик и ювелир, имевший в Алонсоне доходную лавку, на двадцатом году захотел принять иноческий чин в Августинской обители, затерянной среди ледников Сэн-Бернара, и только по незнанию требуемого уставом Братства латинского языка не был пострижен, но и в миру жил, как монах до тридцати пяти лет, когда случайно увидел в г. Алонсоне, на улице, молодую девушку, дочь отставного жандармского офицера, Зелию Герен, которая тоже хотела постричься, тоже не могла этого сделать и жила в миру, как монахиня, занимаясь плетением кружев. Встретившись случайно на улице, — раньше никогда друг друга не видели, — светский монах-часовщик и кружевница, светская монахиня, обменялись только взглядами, но и этого было достаточно, чтобы он узнал в ней жену богоданную, а она в нем мужа богоданного. Очень скоро женились они, но первый год супружества прожили, по обоюдному согласию, как брат и сестра, в совершенном девстве. Можно было бы в этом усомниться, потому что такое девство в браке напоминает жития святых, если бы не было оно доказано непреложными историческими свидетельствами (Ghéon, 31. Laveille, 11).

Девство нарушили только потому, что сделаться матерью великого святого было такою страстною мечтою Зелии Герен, что она и мужа ею заразила. Девять человек детей родилось у них. Двое мальчиков и две девочки умерли до шестилетнего возраста; все же пять оставшихся в живых дочерей постригутся в монашество, захотят быть святыми, но будет ею только одна последняя, Тереза, родившаяся 2 января 1873 г. (Ghéon, 32).

Будущей великой святой отец — часовщик, а мать кружевница. Точная механика часов требует такой же тончайшей работы, как и плетение драгоценных алонсонских кружев. Этой внешней утонченности плоти соответствует у обоих и внутренняя утонченность духа. Более тонкой работы, чем Тереза Мартэн, никогда еще не выходило из рук Великого Мастера, строящего механику человеческих тел и плетущего кружево человеческих душ.

Слабой и больной родилась Тереза. Врач настаивал, чтобы отдали ее испытанной на других детях кормилице, нормандской крестьянке Розе

Тайэ. Но мать, как это часто бывает, ревнуя дитя свое к другой женщине, захотела ее сама кормить и этим едва не погубила. Когда, видя, что ребенку плохо, пригласила, наконец, кормилицу, та, взяв девочку на руки и, вглядевшись в лицо ее, только покачала головой так безнадежно, как будто хотела сказать: ''поздно!'', и положила ее к себе на колени, где лежала она с закрытыми глазами и с таким помертвелым лицом, что обе женщины с минуты на минуту ждали конца. Мать, уже не смея молиться о жизни ее, только благодарила Бога за то, что девочка тихо умрет. Но, когда, кончив молитву, взглянула на нее, то увидела, что она, открыв глаза, улыбается, и, по этой улыбке поняв, что она спасена, обрадовалась так, как будто уже знала, чем Тереза будет для мира.

В тот же день Роза Тайэ, у которой были собственные дети, так что она не могла остаться в доме Мартэнов, унесла девочку к себе на ферму, находившуюся в двух-трех километрах от Алонсона. Ферма эта, как большинство нижне-нормандских ферм, была довольно большою, под соломенной крышей, мазанкой, с одной комнатой-кухней, столовой и спальнею вместе, где пахло печеным хлебом, подвешенными к стропилам потолка копчеными окороками и лавандой из бельевых шкапов, а больше всего навозом с находившегося под самыми окнами скотного двора. Маленькую Терезу брала кормилица, вместе со своими четырьмя детьми, на полевые работы и клала на землю, в прозрачно-золотистой тени от высоких пшеничных и ячменных колосьев. Тепло-медвяный запах, в котором слышится как бы запах сладчайшего, с неба на землю текущего меда-солнца, пропитывал не только пеленки, но и самое тельце Терезы. Запах этот, оставшись на ней и под черной монашеской рясой, будет слышен и сквозь запах церковного ладана.

''Маленькую Терезу привезла к нам кормилица, но девочка не хочет оставаться с нами и, только что не видит ее, пронзительно кричит и плачет; когда же увидит опять, затихает и смеется'', — вспоминает мать, может быть, с мучительной ревностью к Розе Тайэ, но и с благодарностью за то, что она спасла дитя ее от смерти (Laveille, 29—34. Chéon, 35).

Если бы надо было определить духовное существо Терезы одной из тех математически-точных формул, которые так любит Паскаль, то можно бы свести ее к четырем словам: *небесная любовь к земле.* Сколько бы ни восходила св. Тереза на небо, будет спускаться к земле; будет любить и родную землю не меньше, чем родное небо. Вот чему научилась она на груди нормандской крестьянки и на лоне Матери Земли.

11

Через год вернулась девочка домой и, хотя все еще тосковала о кормилице, но уже меньше, чем прежде, как будто только теперь полюбила отца и мать.

Выздоровела и пополнела, так что весила четырнадцать фунтов. "Долго держать ее на руках я не могу, такая она тяжелая", — радовалась мать (Laveille, 35). На пятнадцатом месяце могла уже ходить, держась за стул. "Что-то все лепечет с утра до вечера, и даже напевает песенки, но надо к ним привыкнуть, чтобы их понимать". "Все улыбается, и в этой улыбке — Предназначение", — радуются оба, отец и мать, потому что все больше надеются, что заветная мечта их исполнится, хотя и не совсем так, как думали они сначала: будет не сын их великим святым, а дочь — великой святой. "Маленькой королевой" называл ее отец, потому что в лице ее было свойственное иногда маленьким детям царственное величие, как бы упавший на их лица в вечности и еще не успевший сойти с них во времени отблеск Величества Божия *(Б. К., 39)*.

Каждая мелочь в жизни ребенка кажется отцу и матери вещими знамениями будущей святости. Сонная, однажды упала с такой высокой постели матери, что могла бы убиться до смерти, если бы рядом не было стула, на который и упала так счастливо, что даже не проснулась. "Ангел Хранитель спас ее и души Чистилища, которым я молюсь за нее каждый день", — говорит отец (Laveille, 38). Эти "души Чистилища" в 19-ом веке напоминают 16-й. Важен будет для всей жизни Терезы этот неподвижно застывший в доме ее воздух Средних Веков.

"Слышала я иногда, как Полина (сестра ее) говорила: 'Я буду монахиней!', и, сама еще хорошенько не зная, что это значит, я думала: 'Я тоже буду монахиней!' Это одно из первых воспоминаний моих, но я уже с тех пор этого решения не изменяла" *(Б. К., 12)*. Трудно поверить, чтобы она могла это помнить, потому что ей было тогда два года; но еще труднее заподозрить ее во лжи. Может быть, это не ложь, а ей самой непонятная истина — Платоновский анамнезис — идущее от вечности и вспыхивающее во времени, как зарница в ночи, "знание-воспоминание", не о том, что было, как в естественной памяти, а о том, что будет. Святость знала Маленькая Тереза тем же первичным "знанием-воспоминанием", каким Паскаль знал геометрию и Моцарт — музыку. "Был он всю жизнь святым", — говорит св. Тереза Испанская о св. Иоанне Креста; можно бы сказать и о Маленькой Терезе: "Всю жизнь была святой".

"Трудно сказать, что выйдет из этого маленького хорька — такая шалунья, — уже не радуется, или не только радуется, но и боится мать. — Девочка очень умна, но страшно упряма. Если скажет 'нет!', то с ней уже ничего не поделаешь; можно ее запереть на целый день в погреб, — все равно не скажет 'да' "(Mardrus, 50).

"Спрашивала она намедни, будет ли в раю.

'Да, если будешь умненькой девочкой', — ответила я.

'А если не буду, в ад пойду?' — еще спросила она и, немного подумав, прибавила:

'А знаешь, мама, что я сделаю? Вместе с тобой на небо полечу и буду тебя крепко-крепко держать. Как же Бог отнимет меня у тебя' " (Б. К., 9).

Вот так любит мать, а отца, может быть, еще больше, но стыдится об этом говорить, как это часто бывает с детьми, когда они очень сильно кого-нибудь любят. Тем удивительнее то, чего она им обоим желает.

"Маленький хорек мой, ласкаясь ко мне, говорил:

'О как бы я хотела, чтобы ты умерла, моя бедная мамочка'.

Все за это бранили ее, но она удивилась:

'Я ведь только хочу, чтобы ты поскорее была в раю, а ты же сама говоришь, что для этого надо умереть!'

Смерти желает она и отцу, в те минуты, когда сильнее всего любит его" (Б. К., 9).

Взрослым людям кажется это невинною, хотя и странною, детскою выходкой, но взрослые люди ошибаются. Смерти отцу и матери маленькая Тереза желает, в самом деле, как будто невинно, но, пристальней вглядевшись в лицо ее, может быть, они ужаснулись бы, потому что прямо в глаза их заглянуло бы существо иного мира.

Если бы в Ветхом Завете Отца, в первом эоне, веке-вековости мира, пожелала Ревекка смерти отцу своему, Лавану, или Ифигения — отцу своему, Агамемнону, это было бы невообразимо-чудовищно или просто безумно. Но во втором эоне, в Новом Завете Сына, с этого только все и начинается: "Кто не возненавидит отца своего и матери своей... не может быть Моим учеником". А ненависть к отцу и матери есть уже начало их убийства. Это именно и происходит в маленькой девочке Терезе, будущей великой святой. С точки зрения научной, психиатрической, недостаточной, конечно, но необходимой для понимания того, что здесь происходит, это как будто беспричинное и внезапное, но страшно глубокое извращение нравственного чувства, на низшей ступени, заставляет иногда и самых добрых детей обрывать у бабочек крылья или прокалывать стрекоз булавками, чтобы наслаждаться их муками, а на ступени высшей, делает из мальчиков лет тринадцати-четырнадцати (кажется, недаром именно к началу половой зрелости) поджигателей, воров и даже убийц. Если и в первом эоне мира, в Ветхом Завете Отца, такие извращения возможны, то все же в меньшей мере, чем в эоне втором, в Новом Завете Сына, где начинаются те двусмысленные сумерки, в которых Сын Единородный, возлюбленный, иногда почти неотличим от сына ненавистного, проклятого.

Прежде Денницы — (Утренней Звезды, Люцифера) — *подобно росе, рождение твое* (*Пс.,* 109, 3).

О ком это сказано, о Сыне Единородном, возлюбленном, или о ненавистном, проклятом? Мир погибает именно потому, или спасается именно тем, что в этом противоречии между двумя Заветами, Отчим и Сыновним, мелется, как пшеница Господня между двумя жерновами.

Вот какие необозримые для мира последствия может иметь то, что скрыто в этой, как будто невинной и смешной, а на самом деле, страшной выходке маленькой Терезы, потому что и она уже находится в тех же двусмысленных сумерках, где Сатана почти неотличим иногда от Отца Святого, и Христос от Велиара; потому что и ей прежде, чем достигнуть вершины святости, надо будет пройти сквозь такую же Темную Ночь Духа, сквозь какую прошли и св. Тереза Испанская и св. Иоанн Креста. Сумерки Ночи этой уже наступили во дни тех, а во дни этой сгустились в такую кромешную тьму, что в ней уже почти неразличим Тот, Кто говорит осужденным: ''Идите от Меня, проклятые, в огонь вечный, уготованный дьяволу!'' — от того, кто им говорит: ''Идите ко мне, благословенные, в радость вечную!''

В этом-то противоречии или согласной противоположности двух Заветов и начинается иногда опаснейший, но драгоценнейшие плоды дающий, религиозный опыт христианства, ведущий к тому, что́ за христианством — к Третьему Завету Трех. Опыт этот сделает Маленькая Тереза, с таким дерзновением, как, может быть, никто из святых.

12

''Как-то раз, желая знать, до чего дойдет гордость моя, матушка сказала мне:

'Если ты поцелуешь землю, Тереза, я дам тебе копеечку'.

Целым богатством казалась мне тогда копеечка, и я была еще такая маленькая, что не надо было мне с большой высоты наклоняться, чтобы поцеловать землю. Но гордость моя возмутилась, и я сказала:

'Нет, мама, я не хочу, не надо мне твоей копеечки!' '' (*Б. К.,* 13).

Смертный грех гордости соблазняет ее и в другом вещем знамении-видении будущего. Как-то раз, гуляя в саду Алонсонского дома, увидела она двух бесенят, с чудесною ловкостью плясавших на бочке с известью. Но, вдруг заметив ее, испугались они и спрятались в бочку, а потом убежали в прачечную. Девочка к ней подошла и заглянула в окно, чтобы увидеть, что бесенята делают там: бедные по столу бегали, не знали, куда от нее спрятаться (Ghéon, 39).

Но, может быть, вообразив в эту минуту, что победит и самого великого дьявола с такою же легкостью, как этих бесенят, испытала она впервые ту "волю к могуществу", которая будет главною волей и опаснейшим соблазном всей жизни ее.

Тот же соблазн предсказан и в этом вещем знамении будущего. "Как-то раз Леония (старшая сестра ее), уже выросшая так, что больше не играла в куклы, подойдя к нам (к другой сестре, Селине, и к Терезе) с корзинкой, где лежала кукла на множестве хорошеньких шелковых лоскутьев и кружев, сказала:

'Выберите, что вам понравится'.

Селина посмотрела и выбрала, а я, немного подумав, протянула руку и сказала:

'Я выбираю все!'

И, схватив корзину, убежала. Этим маленьким случаем из детства моего предсказана вся моя жизнь... Я поняла впоследствии... что в святости есть много ступеней... и что каждая душа свободна делать между ними выбор... и я сказала Богу: *'Я выбираю все!'* " (Б. К., 15) Полусвятости, полухристианства не хочет она; так же, как тогда, в выборе шелковых лоскутков, *хочет всего*.

Эта воля ко всему, к совершенству бесконечному, может быть началом или высшей святости, или все того же смертного греха — гордыни. Необходимый между этими двумя возможностями выбор предсказан и в этом знамении будущего: как-то раз, гуляя ночью с отцом, маленькая Тереза долго смотрела на звездное небо, точно искала в нем чего-то; как вдруг, увидев те шесть звезд в Щите Ориона, которые образуют большое латинское Т, первую букву имени "Тереза", воскликнула радостно:

"Видишь, папа, видишь, имя мое на небе написано!" (Б. К., 30).

Страшным желанием смерти отцу и матери, гордым отказом поцеловать землю за грошик и жадным выбором всего в кукольной корзине с лоскутками, — этими тремя знамениями здесь, на земле, предсказана вся будущая судьба ее, так же как и теми шестью — дважды тремя (дважды, может быть, потому, что надо ей будет сделать выбор между двумя путями, грешным и святым), дважды тремя звездами, которыми написано имя ее на небе.

13

Пятый год шел Терезе, когда умерла ее мать.

"Помню, как на следующий день по смерти матушки, отец, взяв меня на руки, сказал:

'Поцелуй ее в последний раз!'

И я прижала губы к ее холодному лбу. Все эти дни я очень мало плакала и никому не говорила о том, что переполняло сердце мое, но слышала и видела все, что от меня хотели скрыть".

Как-то раз, оставшись в коридоре, увидела она длинный и узкий, черный ящик, прислоненный к стене, и, остановившись перед ним, долго на него смотрела. Ростом была так мала, что должна была подняться на цыпочки, чтобы его увидеть весь. Страшно большим и зловещим показался он ей (*Б. К.*, 20—21). Гроба никогда не видела, но вдруг поняла, что это он: может быть, поняла и то, что не надо было желать смерти матери, и, поняв, ужаснулась: точно сглазила мать, убила ее этим желанием.

Кончилось с этой минуты детство ее. Счастливо было оно, как у немногих детей: "Все улыбалось мне на земле; с каждым шагом я находила под ногами моими только цветы. Но очень скоро все изменилось: чтобы сделаться так рано невестой Христовой (монахиней), нужно мне было страдать с самого раннего детства.

После кончины матушки я совсем изменилась: прежде я была веселой и общительной, а теперь сделалась робкой, тихой и такой болезненно-чувствительной, что взгляда одного иногда было довольно, чтобы я расплакалась. Я не хотела, чтобы на меня обращали внимание, и терпеть не могла чужих людей, только со своими было мне хорошо" (*Б. К.*, 17—18, 22).

Жало смерти, войдя в душу ее, отравило ее медленным ядом. Девять лет будет длиться это отравление, как вошедшая внутрь тяжелая болезнь, пока, наконец, не разразится таким припадком, что больная будет на волосок от смерти.

Тотчас же почти после кончины жены Луи Мартэн с пятью дочерьми переселился в соседний нормандский городок Лизье. В этом захолустном городке, каких много везде, а во Франции двух последних веков больше, чем где-либо, господствовало то бесконечное мещанство и скопидомство, доходящее до скаредности, которое имеет надо всеми людьми, умными и глупыми, добрыми и злыми одинаково, неодолимую, как бы не человеческую, а божескую власть, и веяла над всем такая же неодолимая скука. В летние жаркие дни, когда и цепные собаки не лаяли от лени на редких прохожих, слышался в мертвой тишине пустынных улиц, сквозь плотно запертые ставни, только храп или убийственная, до вывиха челюстей, зевота. Вместо искусства господствовала здесь дешевая под него подделка самого дурного вкуса; вместо науки — одобренная министерством Народного просвещения школьная программа, а вместо религии — точное исполнение церковных обрядов. Было и в этом во всем то благоразумное, благополучное и благочестивое мещанство, которое есть не что иное, как самая страшная из всех смертей — смерть заживо.

Двадцать лет проведет Тереза в этом городке. Если Алонсон был ее Назаретом, то Иерусалимом и Голгофой будет Лизье.

14

После смерти матери еще больше полюбила она отца. Странной иногда кажется эта любовь: что-то в ней напоминает влюбленность, как благоухание цветущих лоз напоминает вино, точно здесь, на земле, были они отцом и дочерью, а в вечности будут женихом и невестой перед людьми, а перед Богом — отцом и дочерью.

"Маленькой королевой своей" называл Терезу отец и, действительно, служил ей, как верноподданный: только что она чего-нибудь желала, как он уже угадывал и исполнял ее желание. Счастлив был бы умереть за нее и, может быть, действительно умер, если, как очень похоже на то, вечная с ней разлука, на которую он должен был согласиться, уже тяжело больной, когда она пожелала постричься в монахини, убила его.

"Выразить я не могу, как я любила отца, — вспоминает она. — Все в нем восхищало меня. Когда он говорил со мной о чем-нибудь, как со взрослой, я отвечала ему простодушно:

'Ах, папа, если бы важные люди только знали тебя, то сделали бы королем, и Франция была бы такой счастливой, как никогда! Но ты был бы несчастен, потому что такова участь всех королей, и ты уже не был бы тогда моим королем единственным...' " (*Б. К.*, 24).

Есть такая сила любви, которая уводит любящего из здешнего мира в иной и дает ему то, что можно бы назвать "чудом второго зрения". Кажется, именно такая любовь была у Терезы к отцу, потому что ею только можно объяснить такой случай "второго зрения", как этот. "Видя отца счастливым, я не предчувствовала, какое великое испытание ожидало его. Но однажды Господь показал мне это в чудесном видении. Папа путешествовал и должен был еще не скоро вернуться. Было два часа пополудни. Солнце ярко светило и вся природа, казалось, ликовала. Я сидела у окна, выходившего в сад, и думала о чем-то веселом, как вдруг увидела в саду, у прачечной, человека, одетого совсем как папа, такого же высокого и с такой же поступью, но сгорбленного и старого. Я говорю 'старого', чтобы описать общий вид его, потому что голова его была чем-то покрыта, так что я лица его не видела. Медленно шел он мерным шагом. Вдруг сверхъестественный ужас охватил меня, и я закричала:

'Папа! Папа!'

Но он, как будто не слыша меня, прошел мимо, не оборачиваясь, к соснам, разделявшим надвое главную аллею сада. Я думала, что он выйдет из-за них, но он вдруг исчез.

Все это произошло мгновенно, но в памяти моей запечатлелось так, что и сейчас, после стольких лет, я помню это, как будто видела только что... Часто потом думала я об этом видении, стараясь понять, что оно значит... и сейчас думаю: зачем оно послано было маленькой девочке, которая, если бы поняла его, умерла бы от горя?.. Вот одна из тех непроницаемых тайн, которые мы постигаем только на небе" (*Б. К.*, 31—33). А здесь, на земле, поняла она лишь тогда, когда все уже исполнилось, что видение это предвещало медленную, страшную болезнь и еще более страшную, в полубезумии, смерть отца. Может быть, в чувстве того сверхъестественного ужаса, который она испытала тогда, был и ужас естественной необходимости — смерти. Думала, может быть, всю жизнь и о том, что впервые, тогда еще, маленькой девочкой, без мыслей, без слов, только сердцем почувствовала, как страшный и все решающий вопрос: что́ сильнее, смерть или вера в Того, Кто сказал: "Верующий в Меня не увидит смерти вовек"? Чувствовала, что ответ должен быть дан не в будущей жизни, на небе, а здесь еще, на земле. Вся ее жизнь и будет ответом на этот вопрос — узел всех терзающих сердце человеческое тайн: кто победит, смерть или Он?

15

Было ей восемь лет с половиной, когда отец отдал ее приходящей ученицей в школу женской обители Св. Бенедикта в Лизье, находившейся в древнем аббатстве XI века, похожем на крепость или тюрьму, холодном и мрачном даже в самые жаркие и светлые, летние дни. В школе, среди чужих людей, почувствовала она себя, как птенец, выпавший из теплого и мягкого, родного гнезда на жесткую и холодную землю (Biguet, 28. *Б. К.,* 37—38). Но это соприкосновение с внешним миром было ей необходимо. До сих пор чужие люди мелькали мимо нее, как тени и призраки; только родные существовали для нее действительно; а здесь, в школе, поняла она, что и чужие существуют и могут делать ей добро и зло. Радоваться ли ей или огорчаться от того, что мир обогатился таким множеством новых людей, она еще не знала, но уже чувствовала, что надо ей будет с этим считаться и что, смотря по тому, будет ли и сама она делать людям добро или зло, погибнет она или спасется. Если от горя о смерти матери выросла внутренне, лично, то от этого школьного опыта выросла и внешне, общественно.

Так хорошо училась всем наукам (кроме математики; в школе иной, высшей, будет учиться сама и учить других математике высшей), так хорошо училась, что скоро сделалась первой ученицей, что возбуждало зависть в сверстницах ее, а от зависти, как это всегда бывает, рождалась и ненависть (*Б. К.,* 38). Была и другая причина этой ненависти, более глубокая, чем школьная зависть. Будущему избраннику Божьему, святому или герою, люди никогда не прощают того, чем он будет. Верным чутьем угадывая в нем существо иной, высшей природы, люди ненавидят его: так на птичьем дворе домашние утята ненавидят попавшего к ним дикого утенка и рады были бы заклевать его до смерти; или на псарне щенки ненавидят волчонка и рады были бы загрызть его до смерти. Чувствуя и в Терезе нечто подобное, школьницы делали ей зло, какое только могли: дразнили ее, смеялись над ней и наблюдали, не сделает ли она чего-нибудь, на что можно было донести матери игуменье. Это видела Тереза и тяжело страдала. Только одно могло бы утешить ее — что учительницы за доброе поведение и быстрые успехи в науках полюбили ее, как родную. Но и они чувствовали в ней иногда что-то странное, чуждое, как бы существо иного мира, больше всего тогда, когда она задавала им такие вопросы, как эти:

"Почему Бог некрещенных, никакого зла не сделавших младенцев осуждает на вечные муки?"

"Может ли Бог принудить всех людей спастись и, если может, то почему же этого не делает?

Не только школьные учительницы, но и все учителя Церкви не могли бы ответить на эти два вопроса и, если бы услышали их из уст маленькой Терезы, то удивились бы им так же, как в Иерусалимском храме учителя Израиля удивлялись тому, что им отвечал и о чем их спрашивал Отрок Иисус.

16

Вместе с бременем школьного горя пало на слабые плечи ее бремя нового горя, тягчайшего, от которого она едва не погибла.

В первые дни по смерти матери любимая сестра Терезы Полина, взяв ее к себе однажды на колени, утешала без слов, только тихонько баюкая, совсем как мать, потому что больше всех остальных дочерей не только лицом, но и всеми движениями была похожа на мать. Это почувствовав и крепко прижавшись к груди ее, как прижималась только к груди матери, Тереза шепнула ей на ухо:

"Ты будешь мамой моей, хочешь?"

Полина ничего не ответила ей, крепче только прижала ее к себе. И, ощутив слезы ее на лице своем, Тереза тоже заплакала в первый раз по смерти матери утоляющими горе слезами и в первый раз почувствовала, что все еще любит умершую мать, как живую, и что все еще любит ее и та, как живая. Эту минуту вспоминала она потом всю жизнь каждый раз, когда повторяла слова Победившего смерть: "Верующий в Меня не увидит смерти вовек" (*Б. К.,* 21).

Только что начала она помнить себя, как решила идти в монастырь вместе с Полиной, чтобы никогда не разлучаться с ней. Это желание еще усилилось, когда Полина сделалась ее второй матерью. Однажды Тереза спросила ее, хочет ли она идти вместе с ней в монастырь. Та ответила, что хочет, и обещала подождать, пока она вырастет. На семь лет Полина была старше ее — разница возрастов достаточная для того, чтобы старшая сестра считала младшую ребенком. Так и Полина считала ребенком Терезу, но ошибалась: возрастом духовным была она ей не только ровесница, но и старше ее. Очень неосторожно обещала ей Полина то, чего не хотела исполнить. Свято поверила Тереза в ее обещание, а когда узнала, что сестра обманула ее и ждать ее не будет, то пришла в такое отчаяние, что это едва не стоило ей жизни. "Я была тогда еще так бесконечно слаба, что считаю великою милостью Божьей, что вынесла это непосильное для меня испытание и не умерла", — вспоминает она (*Б. К.,* 41—42). Мучилась больше всего потому, что ранее шестнадцати лет не могла, по уставу Кармеля, постричься, а так как ей было только девять, то должна была разлучиться с Полиной на семь лет, что казалось ей вечностью. Мысль, что и вторая мать умрет для нее так же, как первая, была для нее убийственной. Смертью матери нанесенная душе ее и заживать уже начинавшая рана снова открылась, и кровь из нее хлынула так, что она умерла бы, если бы только чудом не спаслась.

Трудно ей было простить Полину, но еще труднее Того, Кто их разлучил. Если умом еще не понимала она, то уже чувствовала сердцем, что две равновеликих и противоречивых любви — земная, к Полине, и небесная, ко Христу — раздирают ей сердце; что надо сделать между ними выбор и принести в жертву одну любовь другой. Но чем больше хотела выбрать, тем меньше могла. "Девочка эта страшно упряма; если скажет 'нет!', то с ней уже ничего не поделаешь; можно запереть ее на целый день в погреб, — все равно не скажет: 'да!'" — говорила о трехлетней Терезе мать. Так и теперь: если бы сказала: "Я люблю Полину больше Христа!", то можно бы запереть ее не на целый день в погреб, а на целую вечность в ад; все равно, не сказала бы: "Я люблю Христа больше Полины!" Впрочем, ад для нее уже наступил. Лучше было бы ей умереть или сойти с ума, чем мучиться в этом аду теми вечными муками здесь еще, на земле, которые св. Иоанн Креста называет "Темною Ночью Духа". В первый раз сошла она в этот ад после разлуки с Полиной; будет сходить в него еще много раз, все глубже и глубже, все с меньшей надеждой выйти из него когда-нибудь.

Мучилась два года в этом аду и, наконец, заболела, но скрывала это ото всех, чтобы не начали ее расспрашивать о причинах болезни, что муки ее только бы усилило.

17

Страшный день наступил: 2 октября 1882 года Полина произнесла первый монашеский обет, и двери Кармельской обители закрылись за ней навсегда; родная Полина сделалась для Терезы чужою Агнессой Иисуса.

> Если кто не возненавидит отца своего, и матери, и жены, и детей, и братьев, и сестер... тот не может быть Моим учеником (*Лк.*, 14, 26),

резали эти слова, как ножи, сердце Терезы, когда прощалась она с Полиной сквозь железную решетку Кармельской обители и плакала над ней, живой, как над мертвой.

Скоро наступил для нее еще более страшный день пострижения Полины: "В гроб легла она, когда произносила обет, а когда постригут ее, то заколотят гроб", — думала Тереза. В этот день, лежала она, больная, но встала через силу, отправилась в обитель и присутствовала на пострижении Полины, а после него пошла на свидание с нею. Так же, как тогда, в первые дни по смерти матери, Полина взяла ее к себе на колени; так же крепко прижав к груди, утешала ее без слов, только тихонько баюкая, совсем как мать; так же плакала Тереза, но теперь уже иными, безнадежными и не утоляющими горя слезами. Между ней и Полиной были те страшные, разделяющие, как прутья решетки, слова: "Если кто не возненавидит..." Облачно-белые, легкие одежды Невесты Христовой жгли Терезу, как железо, раскаленное добела. Как ни ужасалась того, что чувствовала, и как с этим ни боролась, лютою ревностью ревновала она Невесту к Жениху (*Б. К.*, 45).

После этого второго свидания с Полиной болезнь Терезы усилилась так, что врач, хотя и успокаивал родных, но про себя думал, что больная не выживет. Хуже всего было то, что болезнь ее была врачу непонятна, и он не знал, как ее лечить, потому что не видел, что не в теле причина ее болезни, а в душе. Страшные припадки этой болезни напоминали те, какие бывают у одержимых.

"Страшной болезни моей я не могу описать, — вспоминает Тереза. — Я говорила то, чего не думала, и делала то, чего не хотела; я почти всегда была, как в бреду, а между тем я уверена, что была в полной памяти. Целыми часами длились у меня частые обмороки, такие глубокие, что я не могла пошевелиться, но и в них я очень ясно слышала все, что вокруг меня говорили даже тихим голосом, и до сих пор я это хорошо помню. О, какой ужас внушал мне дьявол! Я боялась всего: мне казалось, что постель моя окружена безднами, и гвозди в стене казались мне такими страшными обугленными пальцами, что я кричала от ужаса". Когда в комнату больной вошел однажды отец ее, держа шляпу в руке, ей почудилось вдруг какое-то неземное страшилище в ней, и она закричала от испуга так, что отец выбежал из комнаты, рыдая (*Б. К.*, 45—46).

Дней через пять после второго свидания с Полиной Тереза в той же комнате лежала на постели; сестра ее, Леония, читала у окна; тут же была и другая сестра, Селина, а третья, Мария, вышла в сад.

"Мария! Мария!" — позвала больная тихим голосом.

Леония не обратила на это внимания, потому что привыкла к тому, что Тереза, в беспамятстве, часто звала Марию. Но вдруг она закричала так громко "Мария! Мария!", что та услышала из сада, прибежала, наклонилась над ней и сказала:

"Я здесь, Тереза, я здесь!"

Но, глядя прямо в лицо ее, больная не узнавала ее и продолжала звать:

"Мария! Мария!"

Может быть, звала Марию не земную, а небесную, чье изваяние стояло у изголовья постели. Что-то было в лице и голосе ее такое страшное, что сестры подумали, что она умирает, и сначала Мария, а потом Леония с Селиной, кинувшись к подножью изваяния, начали со слезами молиться:

"Помоги, спаси, помилуй, Милосердная!"

Дрогнуло что-то в лице Терезы, как в лице четырехдневного Лазаря, когда услышал он сначала плач над собой Иисуса, Творца над тварью, а потом повелевающий голос, тот самый, которым вызвано было из не-сущего сущее, из хаоса мир: "Лазарь, изыде!" Дрогнуло что-то в лице ее, и медленно-медленно, с бесконечным усилием, остановила она взор на молящихся и, как будто вдруг что-то поняла, зашептала молитву все громче и громче; требовала, повелевала, потому что всякая настоящая молитва есть повеление, чтобы смерть сделалась жизнью и чтобы то, чего не было, было, чтобы совершилось чудо.

И чудо совершилось: ожило вдруг изваяние; задешево купленный в лавке благочестивых игрушек, жалкий, мертвый, кощунственный идол сделался Матерью жизни, Царицей цариц; так же медленно, как двигалась Тереза, сошла Она с подножья, приблизилась к больной и наклонилась над ней, с улыбкою такой нездешней благости и прелести, что сердце Терезы растаяло, как лед под вешним солнцем, и хлынули из глаз ее те блаженные слезы, которыми всякая земная печаль утоляется. "Буду жива!" — подумала она и не ошиблась: к вечеру ей сделалось легче, а к утру была она уже совсем здорова.

Чудом казалось это исцеление не только родным, но и врачу, — так оно было внезапно (*Б. К.*, 48).

18

Чудо подобно благоуханию от одежды пролетевшего Ангела: надо человеку дышать осторожнее, чтобы это едва уловимое благоухание не рассеялось в воздухе.

Самое в мире стыдливое есть чудо: пристального взгляда довольно, чтобы оно исчезло так, что уже неизвестно, было оно, или не было. Это чувствовала Тереза. "Дева Мария улыбнулась мне, какая радость! Но я никому об этом не скажу — иначе все исчезнет", — думала она и никому ничего не говорила. Тайну скрывать от Марии было ей труднее всего, потому что, как она узнала от Селины и Леонии, первая начала молиться о ней и вымолила чудо Мария, и потому что чувствовала Тереза, что жестоко обидит ее, если не скажет ей всего; да и видно было по тому, как Мария расспрашивала ее, что уже догадывалась почти обо всем.

"Подошла к тебе, наклонилась, и что же потом?" — спросила она и посмотрела на Терезу с надеждой и страхом, что она утаит, не скажет всего.

"Подошла ко мне, наклонилась", — начала Тереза и не кончила.

"Ну, и что же?" — повторила Мария с большей еще надеждой и бо́льшим страхом.

"И улыбнулась", — кончила Тереза и почувствовала с ужасом, что выдала тайну, именно ту, которую надо было хранить больше всего, и что случилось то, чего она боялась: сказала все, и все исчезло; только что была богаче богачей, и вот, нищая.

То же чувствовала она, с еще большей силою, на следующий день, в Кармельской обители, где уже сестры знали от Марии все и, набросившись на Терезу, как мухи на мед, начали ее расспрашивать о чуде с тем жадным и грубым любопытством, которое свойственно всем людям, а благочестивым особенно: был ли на руках Девы Марии Младенец Иисус и на голове Ее венец из звезд, и под ногами лунный серп; и какого цвета были одежды Ее, и хорошо ли пахло от них? и прочее, и прочее. Каждый новый вопрос был все грубее, кощунственней. Пресвятая Дева Мария, Матерь жизни, снова сделалась мертвым идолом. Очень хотелось Терезе убежать, но так ослабела от страха перед тем, что происходило в других и в ней самой, что не могла бежать: ноги отяжелели и не двигались, как в страшном сне. Нехотя отвечала она на самые нелепые вопросы, что не помнит. И одни из сестер сердились на нее, думая, что самое любопытное она скрывает от них, а другие начали сомневаться, было ли чудо. С ужасом чувствовала Тереза, что и она сомневается в нем; чем больше говорила о нем, тем меньше верила в него и тем больше казалось ей, что лжет и обманывает всех, потому что никакого чуда не было, а если и было, то сама она своими руками убила его (Б. К., 49—50).

Веру, может быть, потеряла не только в это чудо, но и во все чудеса и в Того, Кто их делает. Если так, то эта потеря веры — та самая, что и в религиозном опыте св. Иоанна Креста постигает человека, погруженного в "Темную Ночь Духа". Хуже, чем у явных безбожников, это неверие святых, потому что те сами не знают, что делают, отрицая веру, а эти знают и все-таки делают.

"Господи, Ты один знаешь, как я страдала!" — вспоминает Тереза (Б. К., 51). Мало говорит она об этих первых муках от потери веры, но по тому, что говорит о позднейших, можно судить и об этих. "Сухость и сон, вот теперь единственные чувства мои к Иисусу" (Б. К., 344). "Горькая сухость души была для меня хлебом насущным". Сердце у нее так сухо, как будто высушено было на адском огне (Ghéon, 122—123). "О, если бы вы знали, какие страшные мысли мучат меня! Это мысли отъявленных безбожников" (Laborda, 113). "Все, что я говорю о моих сомнениях, слишком слабо по сравнению с тем, что я чувствую; но я не хочу больше говорить об этом; я боюсь, что уже и так я слишком много сказала: *я боюсь кощунства*" (Mardrus,

142). "Похули Бога и умри", как говорит жена Иова, — вот чего боится Тереза: таков возможный конец ее "преисподнего опыта".

Кажется, в детстве были у нее три потери веры: первая — после смерти матери; вторая — после пострижения Полины, и третья — эта, после чуда исцеления. Будут и другие потом; каждая следующая хуже предыдущей, а хуже всех последняя, в смертный час.

Летчики знают, как опасны провалы в "воздушные ямы", такие внезапные, что если авиона не выправить вовремя, то он падает в яму и разбивается о землю. Есть и в религиозном опыте Терезы, так же, как у всех святых, такие "воздушные ямы" — потери веры. Каждый раз, в последнюю минуту перед самым падением выправляет она не чужие, мертвые, как у летательной машины, а свои, живые, как у Ангела, крылья, и, проносясь так близко к земле, что почти касается ее крылом, взлетает снова к небу, как ласточка. Чем больше ужас падения, тем упоительнее радость взлета. Но перед каждым падением помнит она, что может быть когда-нибудь и такое, что уже не взлетит, а упадет на землю и разобьется до смерти.

Что спасло ее в этом детском падении после чуда исцеления? То же, что будет спасать и во всех остальных, — смирение. "Дева Мария послала мне эту муку (потерю веры) для моего же блага: иначе гордость могла бы закрасться в сердце мое, между тем, как в моем унижении я не могла смотреть на себя без отвращения и ужаса" (*Б. К.,* 51).

Главной движущей силой во всем ее религиозном опыте и будет смирение, понятое по-новому, не так, как понималось оно во всей бывшей до нее христианской святости, не как отрицание, а как утверждение человеческой личности в Боге. Здесь же начинается и сделанное ею великое, но все еще не понятое как следует, потому что неприменненное к церковно-общественному действию, — открытие — "Маленький Путь Детства", который и есть не что иное, как это новое, личность не отрицающее, а утверждающее смирение.

19

В 1885 году, когда минуло ей четырнадцать лет, наступил для нее полдень, разделяющий короткую, двадцатичетырехлетнюю жизнь ее на две половины: в первой — направляла она волю свою только внутрь, на себя, а во второй — будет направлять ее и во вне, на души; в первой чудом только спаслась сама, а во второй будет спасать и других.

С маленького все начинается и здесь, как везде в жизни ее, — с маленького, впрочем, только физически, а духовно — огромного, как мир.

"Как-то раз, в конце обедни, когда вложенная между страницами молитвенника моего, изображавшая распятого Господа, картинка выставилась так, что я могла видеть только одну из рук Его, пронзенную гвоздем и окровавленную, всю меня охватило вдруг новое, несказанное чувство: видом драгоценной, стекавшей на землю и никому не нужной Крови Его сердце мое было растерзано так, что я решила вечно стоять у креста и собирать эту божественную росу, чтобы души людские ею орошать и спасать" (*Б. К.*, 75).

Маленькая французская мещаночка хочет (и будет) стоять на этом месте, самом святом и страшном в мире, у подножия Креста, рядом с Царицею Небесной, потому что верит и любит так, что ничего не боится ни на земле, ни на небе.

Первого спасает великого злодея Пранцини, осужденного за ужасные убийства на смертную казнь и такого нераскаянного, что он обрекает себя на вечную гибель. "Я хотела спасти его и, зная, что сама не могу этого сделать, предлагала, как выкуп за него, бесконечные заслуги Христа... и молилась так: 'Господи, я верю, что Ты его простишь, и, если бы даже он до конца остался нераскаянным, я бы все-таки верила в это... Но, так как в будущей борьбе моей за человеческие души это мой первый грешник, то я молю у Тебя только знака для моего утешения!' И эта молитва моя была услышана.

Отец никогда не позволял нам, детям, читать газеты... но я, не боясь непослушания, все-таки читала в них все, что относилось к Пранцини. На следующий день после казни его я открыла газету *Крест* и что же увидела? Слезы выдали меня, так что я принуждена была убежать из комнаты. Я прочла, что Пранцини, отказавшись от исповеди, взошел на эшафот, и палачи уже влекли его на плаху, когда он вдруг обернулся и, схватив распятие, которое предлагал ему священник, трижды поцеловал святые раны Господни. Так получила я знак, о котором молилась, и это было для меня великою радостью. Жажда спасать человеческие души не проникла ли и в сердце мое так же точно, как раскаяние — в сердце этого великого злодея, когда те же раны и ту же из них текущую кровь увидела и я, как он. Души людские я хотела напоить Святою Кровью, чтобы очистить их от греха, и вот уста первого же духовного сына моего прильнули к Божественным Ранам. О, какой это был несказанный ответ на мою молитву, и как с тех пор желание мое спасать человеческие души росло с каждым днем! 'Дай мне пить', слышала я тихий голос Иисуса у колодца Иакова, и вот какой обмен любви происходил между нами: я лила за души человеческие Кровь Его и возвращала их Ему, уже освеженные этою росою Голгофы, чтобы жажду Его утолить; но чем больше я утоляла ее, тем собственная маленькая душа моя неутолимее жаждала, и сладчайшей для меня наградой была эта жажда" (*Б. К.*, 76—78).

Если понять как следует это милое детское чудо Маленькой Терезы, то нельзя не полюбить ее, как родную. Кто из нас, в самом деле, не был, хотя бы на миг, в самых тайных и безумных желаниях своих, великим злобным Пранцини; кто не отталкивал поданного ему распятия и не нуждался в такой молитве, какой молилась за этого злодея Маленькая Тереза?

20

Вымолить у Бога *всех* — всех спасти, не только добрых, но и злых, да будет "Восстановление всего", *Apokatastasis pantôn,* по слову Оригена и по слову Павла, "Да будет Бог все во всем" — вот главная движущая воля в религиозном опыте Маленькой Терезы.

Да будут *все* едино; как Ты, Отче, во Мне, и я в Тебе, так и они да будут в нас едино (*Ио.,* 17, 21), эту молитву Сына к Отцу исполнит Мать Христа земная, ведущая к Матери Его Небесной — Духу. Всех скорбящих Матерь хочет спасти, всех добрых и злых одинаково. Главное орудие этого спасения — Кармель, "Братство совершенно Мариино", *ordo totus Marianus,* как называли его уже при основании Кармеля и будут называть всегда. Вот почему теперь, когда и в сердце Маленькой Терезы загорелось желание спасти всех (если даже такой злодей, как Пранцини, мог быть спасен, то могут быть спасены и все), — вот почему теперь бывшее у Терезы с самого раннего детства желание идти в Кармель, к Пресвятой Деве Марии, спасающей всех, усилилось так, как еще никогда. Но, чтобы исполнить это желание, нужно было согласие отца.

Духов день выбрала она, чтобы с ним говорить об этом. Выбор этого дня, может быть, не случаен, потому что Покровительница Кармеля, Пресвятая Дева Мария, Божия Матерь земная есть знамение Матери Его Небесной — Духа.

Был вечер ясного летнего дня. В главной аллее Бьюссонетского сада, той самой, где некогда явился ей призрак отца, старого, больного, сгорбленного, как под непосильной тяжестью, с невидимым лицом, которое закрыто было во что-то длинное и темное, страшное, — в этой самой аллее он сидел на скамье, один, и, глядя, как тихий свет вечерний гас на верхушках деревьев, сам похож был на этот тихий свет, потому что главное во всем существе его, так же, как в существе Терезы, была тишина. Издали увидев его, вспомнила она почему-то об этом призраке так живо, как будто снова увидела его; подошла к отцу и стала рядом. Странно было видеть эти два лица вместе, так были они схожи, несмотря на различие возрастов: сорокалетний отец казался иногда моложе четырнадцатилетней дочери.

Он ничего не сказал, только тихо улыбнулся и, опять подняв глаза, начал смотреть то на верхушки деревьев, озаренные тихим светом вечерним, то на небо, как будто молился.

Долго молчали оба: любили так молчать вместе, потому что лучше понимали друг друга в молчании, чем в словах. Но теперь она молчала и потому, что боялась того, что должна была ему сказать, и очень жалела его. Любящая только рука смертельно ранит любимого. Вспомнила, что жизни едва ей не стоила вечная разлука с Полиной, ушедшей в Кармель. ''Выжила я, а что если он?..'' — начала она думать и не кончила от страха и жалости. Заплакала, сама того не замечая.

Быстро повернулся он к ней, тихо привлек ее к себе и прижал голову ее к сердцу своему.

''Что ты, родная, о чем?'' — спросил он и прибавил с тою бесконечно-тихою ласкою, с какой всегда произносил эти слова:

''Маленькая королева моя...''

И она ему сказала все. Выслушал он ее спокойно, как будто знал, что она это скажет и, когда кончила, проговорил все так же спокойно:

''Очень ты молода и не так здорова, а как тяжел устав Кармеля, ты знаешь. Сможешь ли вынести? Хорошо ли ты все обдумала?''

Молча кивнула она головой. Он чуть-чуть побледнел, отвернулся и тихо заплакал, но тотчас улыбнулся ей сквозь слезы и сказал:

''А если так, с Богом ступай, и все хорошо будет!''

Очень удивилась она, что он так легко согласился, но не обрадовалась, а больше еще испугалась, чем если бы он отказал.

Маленькую, как от укола булавки, красную точку оставляет на теле человека жало змеи, но точка эта, может быть, смерть. Не было ли то, что промелькнуло в лице его, когда он сказал: ''С Богом ступай!'' такою смертельною точкою? ''Выжила я, а что если он умрет?'' — кончила она давешнюю мысль, и вдруг увидела его больного, старого, сгорбленного, как под непосильной тяжестью, с лицом, закутанным во что-то темное, страшное, и только теперь поняла или только начала понимать, что предвещал тот призрак.

Как это часто между ними бывало, он угадал без слов, что она думала, и пристально взглянул на нее.

''Что бы то ни было, помни: ты ни в чем передо мной не виновата. Не думай же обо мне, — думай только о себе; так и мне лучше будет'', — проговорил он и опять улыбнулся ей, но так безнадежно, что вся душа ее изныла вдруг от невыносимой жалости. ''Если не сейчас, то никогда не уйду от него'', — подумала. ''От отца уйти — отца убить; это ли значит: 'Кто не возненавидит отца?..' Но если и это, — не остановится, перешагнет...'' Остановилась, так же опять, как давеча, не кончила мысли, от страха и жалости. Упала на колени и зарыдала так, что слезы ее были, как из нанесенной только что раны льющаяся кровь.

Он наклонился к ней, снова прижал ее голову к сердцу своему (по тому, как оно билось, поняла она, что он так же за нее боится и жалеет ее, как она — его) и начал что-то говорить. Слов его она уже не понимала, но чувствовала силу их, как утопающий — силу того, кто спасает его.

Чем он успокоил и утешил ее, вспомнит она только четырьмя словами: "Он говорил, как святой" (*Б. К.*, 34). Будущая великая святая была в эту минуту грешной и слабой, а отец ее — святым и сильным. Сильный подымает слабого, грешит — святой: так поднял Терезу отец ее. Сделал он это, может быть, теми же, давеча уже сказанными словами: "С Богом ступай в Кармель!", но теперь повторенными с тою нездешнею силою, которая побеждает все земные страдания, и с такою царственною властью, что в эту минуту он был, в самом деле, похож на "короля", как называла его Тереза и как однажды сказала ему: "Если бы люди знали тебя, то сделали бы тебя королем!" Люди не знали его, но знал Тот, Кто один венчает не мнимых, а настоящих королей — святых. Маленький Лизьеский часовщик, Луи Мартэн, был, может быть, таким же святым, как дочь его, Тереза. Скажет она и сделает многое; столько же и он сделает молча, хотя бы уже тем, что родил ее дважды — сначала в мир, а потом — в Кармель. Мир, может быть, только и держится и спасается тем, что были, есть и будут в нем всегда такие неизвестные великие святые, как отец Терезы.

21

Главное, что оба они поняли из этой беседы, было то, что надо обоим спешить, чтобы не сойти с ума в этом страшном поединке любви, где убивший погиб, а убитый спасен.

Знала Тереза всегда, что жизнь ее будет коротка, и что ей надо спешить, чтобы сделать все, что нужно. Никогда ни с чем не спешила так, как теперь с уходом в Кармель, но чем больше спешила, тем больше перед ней вставало преград. Увалень, владыка вещества, дьявол косности то каменные глыбы подкатывал ей под ноги, то гнилые доски подкидывал, то зыбучие пески рассыпал, то разводил топкую грязь. Был он сначала один, а потом разделился на множество лиц.

Увальнем первым — каменных глыб — оказался дядя Терезы, благочестивый и благоразумный лизьеский аптекарь Мартэн. "Слабенькой пятнадцатилетней девочке идти в обитель Кармеля, с таким суровым уставом, что и взрослым и крепким людям он едва под силу, значит идти на верную смерть", — объявил он и в согласии своем отказал наотрез. Бедной Терезе казалось, что узкий путь ее завалила вдруг такая огромная каменная глыба, что ее не сдвинуть, не обойти.

Увальнем вторым — липкой грязи — оказался игумен мужской обители Кармеля в Лизье, от которой зависела и женская, куда хотела она поступить. Долго мямлил он, ходил вокруг да около, как это свойственно многим церковным чиновникам, так что Терезе казалось, что мысли и чувства ее увязают в этом мямлении, как в липкой грязи. Только когда отец ее спросил его в упор, сколько именно лет придется ей ждать его разрешения вступить в Кармель, он, наконец, ответил, что не разрешит ей этого сделать до совершеннолетия, что значило бы ждать шесть лет — шесть вечностей, и было для нее почти так же невозможно, как совсем отказаться от монашества. Бедная Тереза почувствовала, что поскользнулась на грязи и прямо лицом упала в нее; хороша подымется, если только эта грязь не окажется трясиной и не засосет ее с головой.

Третий увалень — досок гнилых — явился ей под видом генерального викария при Байеском епископе, аббата Реверони.

"Вижу алмазы в ваших глазах, но их не надо Монсеньору показывать!" — воскликнул он, увидев слезы на глазах Терезы, когда вводил ее с отцом в великолепную, но ледяную приемную епископского дворца. В ласковом голосе аббата Реверони была та опасная мягкость, которая свойственна доскам гнилых половиц: ступишь — провалишься.

Увальнем четвертым — зыбучих песков — оказался сам Байеский епископ, человек умный и добрый, но с тою, свойственной многим князьям Римской Церкви, уклончивой любезностью, которая больше обещает, чем дает. Долго и ласково убеждал он Терезу в том, в чем ее убеждали все, — в чрезмерной молодости ее для сурового устава Кармеля. Думая в этом найти поддержку в отце ее, он обратился к нему; когда же тот оказался на ее стороне, очень удивился и не мог понять, кто они такие — малые ли дети оба, несмотря на все различие возрастов, или полоумные. И больше еще удивился, узнав, что если раньше не добьются они того, о чем просят, то поедут в Рим, чтобы ходатайствовать о том же у Папы. Но, скрыв удивление свое, монсеньор простился с ними все так же любезно и сказал Терезе на прощанье так ласково, что бедная не знала, где глубже провалилась, на гнилых ли досках аббата Реверони или в зыбучих песках епископа Байеского:

"Я очень рад, дитя мое, что вы едете в Рим, где утвердится, надеюсь, ваше святое призвание к монашеству", — сказал он горько плакавшей Терезе и благословил ее пухлой и белой, как у женщины, рукой с аметистовым перстнем (*Б. К.,* 89—91).

"К Папе, к Папе, в Рим! Он поймет, что мы правы, и сделает по-нашему!" — повторял отец Терезы. "Мы" и "по-нашему" говорил он так, как будто и он вместе с нею хотел постричься в монашество.

Чувствовала она, что и его заразила своим нетерпением. "Бедный! На какую муку спешит, как голодный на хлеб и жаждущий на воду!" — думала она с такою же невыносимою жалостью, как тогда, во время вечерней беседы в Бьюссонетском саду.

Снова, в эти дни, провалилась она в "воздушную яму" — потерю веры; снова вышла в Темную Ночь Духа. Но вышла из нее, когда поняла, что если дьявол косности, — в эти дни как бы глазами видела его, невидимого, телом осязала бестелесного, — если с таким неутолимым упорством преграждает ей Увалень путь в Кармель, то значит это верный путь к великой цели, и, это поняв, решила она ответить упорством на упорство дьявола и, во что бы то ни стало, его победить.

4 ноября 1887 года, в три часа ночи, Тереза с отцом и последнею, не постригшеюся в монахини сестрою Селиною выехали в Рим. "Чувствовала я, что иду к неизвестному, и что великое ждет меня в Риме", — вспоминает она (*Б. К.,* 95). Это "великое" было решение вечных судеб, может быть, не только ее, но и всего христианского человечества.

С тою же надеждой и тем же страхом, как будущая великая святая Римской Церкви, Тереза Лизьеская, та, которой суждено было начать вторую, внутреннюю Реформу этой Церкви (первую начали св. Тереза Испанская и св. Иоанн Креста), шел, четыре века назад, туда же в Рим, тот, кому суждено было начать первую, внешнюю Реформу, будущий великий ересиарх, Лютер. Оба они на пути в Рим думали, может быть, об одном, каждый по-своему: в предстоявшей им великой борьбе с дьяволом косности, торжествующим в мире и в Церкви, слугою Антихриста, будет ли с ними, или против них Римский Первосвященник, Наместник Христа для них обоих, почти Христос?

Маленький намек на великое дело — Соединение Церквей — то, что оба они, ересиарх и святая Западной Церкви, не чувствовали невыносимого для верующих Православной Церкви кощунства в этих трех словах: Папа — почти Христос.

22

"Рим! Рим!" Этот радостный крик нормандских паломников услышала Тереза ночью, в вагоне, с такою же великою надеждой, с какой, четыре века назад, его услышал и Лютер, входя в Вечный Город. "В Риме надеялась я найти утешение, но, увы! нашла в нем только крест", — скажет Тереза; то же мог бы сказать и Лютер (*Б. К.,* 101).

В первый же день по приезде посетила она Колизей. В то время делались в нем раскопки, чтобы найти то место, где умирали мученики первых веков христианства.

К ужасу отца своего Тереза сбежала, точно упала или на крыльях слетела, между бревнами и досками строительных лесов, по срывавшимся из-под ног ее камням развалин, к указанной проводником гладкой и круглой площадке, где умирали эти мученики, припала губами к свежеразрытой, влажной, как будто святою кровью только что напитанной земле и целовала, целовала ее с ненасытной жадностью.

"Мученицей быть и мне, и мне дай, Господи!" — молилась она и чувствовала, что молитва ее будет исполнена (*Б. К.,* 102).

Ту же ли муку примет и она, как те исповедники первых веков? Нет, иную, бóльшую: лютый зверь не загрызет ее, палач не замучает, как тех; сама с собой она это сделает, и будет это мученичество внутренне страшнее, больнее внешнего; но чем больнее, тем упоительней. Знала, может быть, уже и тогда, что это сделает, когда холодная земля на той разрытой площадке согревалась от поцелуев ее так же, как некогда от горячей крови мучеников.

Землю, где оставили следы ноги их, целует сначала, а потом — ноги Папы. Между этими двумя целованиями — весь двухтысячелетний путь христианства с вечным вопросом Петра: "Господи, куда идешь? Domine, quo vadis?" и вечным ответом Христа: "В Рим иду, чтобы снова распяться. Vado Romam iterum crucifigi". Может быть, Тереза об этом не думает, но сердцем это чувствует. Мукой, идущей от этого вопроса, будет вся ее жизнь и святость. "Страшны мне дела Рима", могла бы сказать и она, как св. Тереза Испанская, да почти и говорит: "Я очень рада, что была в Риме, но понимаю тех, кто думал, что отец повез меня в Рим, чтобы изменить мысли мои о религии: в Риме, действительно, было то, что могло поколебать недостаточно твердое призвание к монашеству" (*Б. К.,* 94). Это для Маленькой Терезы значит: "В Риме можно потерять веру". Это и Лютер почувствовал и потерял веру в того, кто был для него до Рима "почти Христом", -- в Папу. Кажется, и у Терезы вера эта была уже поколеблена.

"Шесть дней мы осматривали великие чудеса Рима, а на седьмой увидели величайшее из них, Папу", — вспоминает она (*Б. К.*, 104). "После обедни (в Сикстинской капелле) началась аудиенция. Папа сидел на высоком кресле, в очень простой белой сутане и в скуфейке того же цвета. Около него стояли кардиналы и другие князья Римской Церкви. Каждый богомолец, согласно с церемониалом, становился на колени, целовал сначала руку Его Святейшества, а потом ногу его и тотчас же, по знаку двух офицеров Апостолической гвардии, выходил в соседнюю залу, чтобы дать место следующему за ним по очереди. Все это делали молча. Но я твердо решила говорить, как вдруг стоявший справа от Его Святейшества аббат Реверони сказал нам громко, что запрещает говорить. Страшно забилось сердце мое, и, обернувшись к Селине, я ее спросила, молча, взглядом, и она ответила мне тоже взглядом: "говори!"

"Ваше Святейшество, молю вас о великой милости!" — начала я, и тотчас же Папа склонил лицо свое к моему так близко, что почти коснулся его. Черные-черные, глубокие глаза его как будто хотели проникнуть в самую глубину души моей.

"Ваше Святейшество, мне всего пятнадцать лет, но молю вас, в честь юбилея вашего, разрешите мне вступить в святую обитель Кармеля..."

"Ваше Святейшество, — перебил меня главный викарий де Байе (аббат Реверони), очень удивленный и недовольный, — девочка эта желает вступить в Кармель, но старшие в Братстве этого еще не решили".

"Будьте же, дочь моя, послушны воле старших", — ответил мне Папа.

Тогда, сложив руки и опираясь ими о колени его, я сделала еще последнюю попытку:

"Ваше Святейшество, если бы вы только сказали: 'да', то все бы согласились..."

"Полно, полно, дочь моя, вы вступите в Кармель, если Богу будет угодно", — проговорил он, отчеканивая каждое слово и глядя на меня все так же пристально.

Все еще хотела я говорить, когда два офицера Апостолической гвардии, видя, что я продолжаю стоять со сложенными на коленях Его Святейшества руками, взяли меня под руки и подняли, а когда подымали, то Папа встал, благословил меня и долго еще провожал меня глазами". (*Б. К.*, 104—106).

Горе ее было так сильно, что она ничего не видела, не слышала и, казалось, была в беспамятстве, когда те два офицера очень вежливо, но беспощадно уводили ее под руки, как больную или пьяную. "Боже мой, какой позор для меня и для Монсеньера де Байе!" — думал в отчаянии аббат Реверони.

Как ни сильно было горе маленькой Терезы, может быть, еще сильнее был ужас ее, когда и в этом сухоньком, тоненьком, как будто из слоновой кости точеном, быстром и легком старичке, Льве XIII, вдруг почудился ей все тот же грозный Увалень, и когда показалось ей, что разделившийся там, в Лизье, на четыре лица — первое — каменных глыб, второе — гнилых половиц, третье — топких грязей, и четвертое — зыбучих песков — снова соединился он здесь, в Риме, в одно лицо непобедимого, в миру и в Церкви торжествующего дьявола косности.

Сделаться мученицей — эта молитва ее в Колизее исполнится скорее, чем она могла надеяться, здесь уже, в Риме, потому что главная мука всей жизни ее и будет борьба с бесконечною косностью мира и Церкви.

"Главной цели Кармеля — молиться за священников — я, до путешествия в Рим, не понимала, — вспоминает Тереза. — Радостно мне было молиться за грешных людей в миру, но не за священников, чьи души казались мне такими чистыми; только в Риме я поняла, зачем нужны эти молитвы" (*Б. К.*, 94). Здесь только, в Риме, поняла она, что молитвы за грешных священников нужнее, чем за грешных людей в миру, а за грешного Папу, может быть, нужнее всего.

23

Данте в раю, в небе Неподвижных Звезд, видит четыре пламенеющих факела — апостолов, Петра, Иакова, Иоанна, и первого человека, Адама. Вдруг белое пламя Петра

> Так, разгораясь, начало краснеть,
> Как если бы свой белый свет Юпитер
> Во рдеющий свет Марса изменил.

Хор блаженных умолк, и, в наступившей тишине,

> Сказал мне Петр: "Тому, что я краснею,
> Не удивляйся; ты сейчас увидишь,
> Как покраснеют все от слов моих.
> Престол, престол, престол мой, опустевший,
> Похитил он, и, пред Лицом Господним,
> Мой гроб, мой гроб помойной ямой сделал,
> Где кровь и грязь — на радость Сатане!

Кто это "он"? Только ли Папа Бонифаций VII, гонитель Данте? Нет, и тот, кто за Папой, — "Антихрист", как сказал бы Лютер.

> Тогда все небо покраснело так,
> Как на восходе иль закате солнца
> Краснеет густо грозовая туча.

Заревом ада краснеет небо от стыда за Римскую Церковь. Самое страшное в этом Страшном суде над нею — то, что он так несомненен: кто, в самом деле, усомнится, что если бы Петр увидел то, что происходило в Римской Церкви за тринадцать веков до времени Данте и в последующих веках, то покраснел бы от стыда и сказал бы, что говорит у Данте:

> Какого славного начала
> Какой позорнейший конец!

Большего на нее восстания не будет ни у Лютера, ни у Кальвина, чем было у Данте, правоверного католика и, вместе с тем, первого великого "протестанта", в глубоком и вечном смысле этого слова: protesto, "противлюсь, "восстаю".

Восстань, Боже, суди землю! (*Пс.*, 82, 8).

"Слушаться Папы должны мы не так, как Христа (Бога), а лишь так, как Петра (человека)" — учит Данте, и будет учить Лютер: вот Архимедов рычаг, которым низвергается земное владычество Папы в ложном Римском "Боговластии", "Теократии".

"Где Церковь, там Христос", ubi Ecclesia, ibi Christus: так для св. Франциска Ассизского и для всех святых после первых веков христианства, а для Данте наоборот: "Где Христос, там Церковь", ubi Christus, ibi Ecclesia.

Данте, в своем восстании на Римскую Церковь, сильнее, чем Лютер: только одно отрицание старого — обращенное к Римской Церкви, голое "нет" — у Лютера, а у Данте — "нет" и "да", отрицание старого и утверждение нового. Лютер побеждает Римскую Церковь только частично и временно, а если бы победил ее Данте, то победа его была бы вечной и полной. Тихое восстание его, для мира и для самого восстающего не видимое, страшнее для Римской Церкви, потому что не внешне, а внутренне мятежнее, революционно-взрывчатее буйного и шумного восстания Лютера. Тише еще и невидимее будет восстание св. Иоанна Креста и св. Терезы Испанской. Самое же тихое и невидимое — у св. Терезы Лизьеской.

Стоит только сравнить то состояние, в каком находилась Римская церковь за два с половиною века от Данте до Лютера, с тем, в каком состоянии находится она сейчас, чтобы понять необходимость для нее и спасительность обеих Реформ — внешней, Лютера, идущей против Церкви, и внутренней, идущей за Церковью, Реформ св. Иоанна Креста и св. Терезы Испанской и св. Терезы Лизьеской. Страшная "помойная яма" закрыта; все вычищено, вымыто. Но в этом очищении нравственном чувствуется тот же религиозный холод, как в пустыне и голых стопах протестанских церквей. Эту пустоту наполнить и от этого холода согреть не мог бы христианский социализм Папы Льва XIII.

Се, оставляйте —
дом ваш пуст, —

страшное слово это еще не прозвучало над Римской Церковью, но ей надо помнить его всегда.

Как ни проницателен был Папа Лев XIII, тайны пятнадцатилетней девочки, Терезы Мартэн, он не угадал; не увидел того, что не вся она будет в Римской Церкви, что главная часть ее будет в Церкви Вселенской; не увидел и того, что тишайшее, не только другим, но и ей самой невидимое восстание ее на Римскую Церковь, может быть опаснее для этой Церкви, чем буйное и шумное восстание Лютера.

"Дело это да отложится, *causa reponatur*", этим любимым словом торжествующего в миру и в Церкви дьявола косности ответил Папа Лев X, в 1914 году, на вопрос об увенчании Жанны д'Арк венцом святости; тем же словом мог бы ответить и Папа Лев XIII на просьбу маленькой Терезы Мартэн, будущей великой святой, на просьбу ее о вступлении в Кармель. Жанну д'Арк, прежде чем объявить святой, Церковь сожгла, а Маленькую Терезу заморозила: лютая до смерти мука холода ждала ее в стенах Кармельской обители, тотчас же после свидания с Папой.

24

Новая Церковь, этих двух слов, нужнейших для нее, потому что в главном деле жизни ее — Реформе — все решающих слов св. Тереза Лизьеская не произнесет никогда. Слышала ли она что-нибудь о великом полуосужденном, полуоправданном Церковью великом пророке Духа св. Иоахиме Флорском, жившем в Калабрии, в XII веке, и о предсказанном им "основании Новой Церкви, *Novae Ecclesiae Fundatino*, в Третьем Царстве Духа"? "Нынешнее состояние Церкви изменится, *commutatus est status iste Ecclesiae*", — учит Иоахим. "Дни Римской Церкви сочтены: новая Вселенская Церковь воздвигнута будет на развалинах старой Церкви Петра'' (*Данте,* 114). Если бы Маленькая Тереза и слышала об этом (что мало вероятно), то забыла бы или приняла бы только в память, а не в сердце, как и все, не проверенные собственным опытом ее, книжные сведения; и, уж во всяком случае, если бы ей сказали, что из старой Римской Церкви перешла она в новую Церковь Вселенскую, то она, вероятно, не поняла бы, что это значит, потому что Римская Церковь и была для нее Вселенскою. Но вот что знаменательно, хотя никем, ни даже самой Терезой не понято как следует: в те именно дни, когда готовилась к важнейшему событию, если не внутренней, то внешней жизни своей — к свиданию с Папой, вспомнила она эти не понятые и даже как будто не услышанные Церковью слова Апокалипсиса (2, 17):

> дам побеждающему белый камень и на камне написанное новое имя, которого никто не знает, кроме того, кто получает.

В Старой Церкви не может быть дано ''новое имя'' ни Христу, ни побеждающему во имя Христа; только в Новой Церкви может быть дано и это ''новое имя''.

''Новое имя'' Христа Маленькая Тереза могла бы знать не в старой Церкви Римской, а только в Новой Вселенской. Но если так, то вся разница между Иоахимом и Терезой лишь в том, что для нее на земле существует только Церковь Воинствующая, *Ecclesia Militanis,* а Торжествующая, *Triumphanis,* только на небе, тогда как для Иоахима обе Церкви существуют на земле одинаково, потому что воля Божия исполняется лишь в Церкви, а если бы не было и на земле, как на небе, Торжествующей Церкви, то не могло бы исполниться второе прошение молитвы Господней:

> да будет воля Твоя *и на земле,* как на небе.

''Было первое Царство Одного — Отца; есть второе Царство Двух — Отца и Сына; будет третье Царство Трех — Отца, Сына и Духа'', — учит Иоахим. Этим-то третьим Царством Трех и будет торжествующая на земле Церковь — Царство Божие.

''Многое можно знать бессознательно'' по великому открытию Достоевского, имеющему наибольшее значение в религиозном опыте, где самое глубокое и наиболее человека подводящее к Богу совершается бессознательно. Можно не только многое *знать,* но и во многом *быть* бессознательно. Наше сознание запредельное (то, что Достоевский называет "бессознательным") от сознания предельного, "душу ночную" от "дневной", наше бодрствование от подобного глубочайшему обмороку сна, отделяет лишь один волосок, но не переступаемый для нас, как бездна. Переход из одного порядка бытия в другой, из сознательного, "дневного", в бессознательный, "ночной", внезапен, как молния. Между этими двумя порядками находится то, что в математике называется "прерывом", а в религии — "чудом". Этим-то "чудом-прерывом" Маленькая Тереза, сама того не сознавая, и перешла из старой Церкви Римской в новую, Вселенскую. Первая точка этого перехода и есть свидание с Папой. Здесь же начинается и путь ее к тому великому делу всей жизни ее и святости, в котором силою тишайшей, не только миру, но и ей самой неслышимой, невидимой, изменит она круговращение земли так, что взойдет над нею новое солнце — Третье Царство Трех.

5. Зинаида Николаевна Гиппиус в начале XX века.
   (Из личного архива Т. А. Пахмусс)

ПИСЬМА

Рим
10 мая

Дорогой Володя,
вышлите мне немедленно заказным письмом контракт Мондадори.[1] Мне он нужен, чтобы другой издатель (Zanichelli, Bologna), предлагающий великолепные условия, мог постараться освободить меня от анафемской *option*.

Ваш Д. М.

Вышлите по адресу: Pension Piccioli,
                       Via Tornabuoni
                       Firenze, Italie

* * *

2 сентября 1934
Hôtel Deut du Midi
Montreux-Clarens

Дорогой Володя,
Ваше долгое молчание нас беспокоит. Очень прошу Вас, *тотчас* по получении этого письма ответить мне на следующие вопросы:
1) Неужели все еще не получены деньги из Америки? Когда будут получены, не пересылайте сюда, а подождите нашего возвращения (около 7—10 сентября).
2) Видели Вы Татищева[2] и что он Вам сказал?
3) Почему нет *Меча*[3]? Не знаете ли, что решили Философы[4] (они мне ничего не ответили на письма о моем уходе).
4) Неужели нет мне никаких писем? Если есть, перешлите (кроме американских).

Здесь погода очень хорошая, а иногда дождь и тогда совсем ужасно. Но все-таки в общем недурно. А что с Вами вообще? И как "зародыши"?[5]

Ваш Д. Мережковский

* * *

[Гиппиус поясняет ситуацию с *Мечом* и с издательскими делами Мережковских]

H. D. dei Midi.   4 сент. 34
M. Clarens.

Так много всяческого делового надо мне, Володя, вам написать, что явно все забуду, или половину. Сначала 2 слова о *Мече*: Д. С. сам ответит Философову, пошлет ему 3-ье письмо из Napoli; отвергнет его парижское редакторство и предложит: *или* — в переменку, то парижский №, то варшавский, первый, конечно, под его ред., второй под Философова. *Или* (что, по-моему, лучше) то, что предложено в письме из Napoli — право veto и т. д. Я, со своей стороны, напишу Ф-ву персонально, о себе и о его глупостях.

Далее, о делах Д. С-ча: издатель Лившица приезжал давно, на полчаса, ничего не понял, обещал дать ответ к 1 сент. — и ничего! После него приезжал Лившиц, исхудавший, вялей вялого, сказал, что еще поговорит с изд., напишет, — и ничего! Вчера явился другой (коренной), но под другой фамилией, т. что Д. С. его сначала и не узнал. Долгое совещание, но Д. С. говорит, что он тоже — "противная Феклиста, не хочет ничего". Он, впрочем, еще здесь останется, с неизвестной женой, и Д. С. надеется его опять увидеть. Voilà.

Теперь о квартире. Я умоляю покрасить только хоть *дверь* из коридора в кухню. Это допустимый, все-таки, minimum. Если из "наших" никто не согласится, у Тат. Ив.[6] сейчас красит кухню их знакомый (ученик Браза и Бакета!) — может б., он, все-таки, мазнет. Затем: необходимо исправить пружины в моей постели и хотя бы одно из кресел. Недалеко от Терезы Lafontaine разделяется: в левой улице в конце, направо, лавка с глухой бабой, она поправляет. [Рисунок улиц]. Намазала, но понятно, думаю.

Затем еще: большой стол поставьте ко мне, а полукруглый, как раньше все было, в угол столовой, на него Терезу,[7] а черный письменный ваш, опять как всегда было, в угол противоположный. Там дальше, потом, увидим. Покрышки на кушетки, если прочистить невозможно, лучше отдать в паровую красильню. Я в ужасе от грязи, особенно после вашего письма, и готова здесь сидеть, пока вы не напишете, что хоть первая грязь кончена. Отдали ли вы книги Т. Ив-не и Жуковского на полке (верхней), что у двери?

Д. С. спрашивает, не забыли ли вы послать в Варшаву P.S. его статьи? Как иначе объяснить, что он выпущен? Единодушие парижск. сотрудников и поведение их вообще очень трогательно. Адамович[8] же написал мне довольно противное, по тону, письмо. Ничего он, в сущности, не понимает! Конечно, кое-чего не понимает и Дм. Влад.,[9] но это другая статья совсем, другого порядка.

Затем кончаю, с прежней надеждой, что у вас все "нормально и морально". Да! Увидьте шведку:[10] ее адрес — 28, rue Odessa XIV, Hotel Odessa, Gr. Gerell.' Узнайте, сколько она остается в Париже. Кланяйтесь всем, кто есть и кто верен.

Ваша З. Г.

Погода 2 дня стоит упоительная.

* * *

[Мережковские были приглашены в Швейцарию прочесть ряд лекций:]

Воскресенье

Hôtel Eden au Lac
Zürich

Ваше письмо получили третьего дня, в Базеле. Как там было, и раньше, все это долго писать, потом расскажем. Одно — что погода хуже нельзя, вечные, везде внутри, сквозняки, перемена температуры (перемена пищи своим чередом, и она дала нам уже немало неприятностей). Сейчас, здесь, я в порядочном ужасе, так как Д. С. кашляет, в горле у него першит, а лекция эта только завтра. Сегодня, в воскресенье, пустой день, здесь в гостинице отчаянная дороговизна, и так как Д. С. не хочет до лекции вовсе выходить, то мы должны здесь в отеле есть обильно-ненужные и драгоценные кушанья. Никаких издательских дел фактических не вышло, да здесь, кстати, нет никого путного около нас, не знаю даже, кому поручить купить аспирину.

Очень боюсь, что Д. С. будет для этой последней лекции перемогаться; и как после нее поедет? Все это меня угнетает больше, чем вид темносерого озера и неба из окна над ковром желтых листьев внизу.

Но вы, пожалуйста, будьте на вокзале во сколько-то там часов вечера *во вторник,* по-здешнему — в 11.40, кажется, а по-парижски в 10.20, или вроде (ибо час разницы).

Надеюсь, что письмо придет во-время, я сейчас его посылаю, и что вы будете на Col. Bonnet тоже во-время, чтобы его получить.

Вот, значит, и все пока, и до свиданья.

З. Г.

* * *

29 ноября, четверг, 34.
Rome

Hôtel Boston
Via Lombardia 47

Милый Володя. Погода чудная, с утра до веч. солнце на нашей террасе. Мы все с Варшер,[*] кот. бедная, милая и жалкая. Сейчас идем завтракать к амбассадеру (гаденышу) Франции. Еще были где-то (но "козлиц" никаких), а главное — Муссолини назначил Дм. аудиенцию во вторник 4 дек. в четверть седьмого.

Дм. говорит, чтоб вы это напечатали в *Возр[ождении]* 11, но по-моему — к чему? Еще никаких благ не предвидится. Дороговизна здесь неистовая, наши деньги тают каждую минуту, если ничего не будет, то мы сейчас после свидания уедем. От вас ни звука, и понятно, ибо я ад-

[*][См. о Варшер в Примечании 94.]

рес Баумгартен (улицу) перепутала, только № верно. Но теперь вы адрес знаете. Рим дивен, и все воспоминания, только это самый теперь шумный город на свете, автомобили орут перманентно, как нигде, и голова распухла. У нас — тишина в отеле. Напишу, как только смогу.

Целую.

Зина

* * *

Понедельник.
3 дек. 34.

Hôtel Boston
Roma
Mon cher,

в сущности, эти газеты нам не нужны. Нужны были номера *П. Н.*[12] и *Сегодня,*[13] где была я напечатана. А их нет, как нет ваших двух писем, а лишь начиная с 3-го. Сегодня ничего вам интересного написать не могу. Оказались только бесполезные старые козлицы и вечные завтраки у них. От свидания с шефом[14] — все говорят — ждать нечего, он занят по горло, и в политических разных сложностях. Дороговизна здесь адова, и как ноги только унести. Всю неделю стояла неописуемая погода, только сегодня первый дождь.

Дм. в некотором уже угнетении от большой и бесполезной козлиной и амбассадерной болтовни.

Мы предполагаем твердо выехать в субботу, чтобы быть в Париже *в 9 утра в воскресенье.* Запомните это, если не будет contre orde. Завтра вечером, или послезавтра утром опять вам напишу, но подробнее — лучше расскажу.

Пока, значит, salut. Были в воскр. у здешней Терезы.[15] А браслет — уже до Парижа.

A vous
З.

* * *

[Письмо Гиппиус и Мережковского о Грете Герелль:]

Среда. 22—IV—36.

Послушайте, Володя, это дело очень серьезное. Сейчас я получила письмо от Греты.[16] Она от вас и от всех скрывает (так и пишет), но она очень больна. У нее головокружения (иногда чувствует, что падает в метро), всяческая слабость, и еще неизвестно что. Быть может, ей нехорошо у нас одной, быть может, ей лучше у Mme Barth,[17] которая настаивает, чтоб! она к ней переехала, и хочет ухаживать за ней, быть может, наконец, что ей *нельзя* ехать, да еще одной, не только в

Рим, но и во Флоренцию. Быть может, ей надо в Париже посоветоваться насчет этого с кем-нибудь. Быть может, вы попросите взглянуть на нее Ив. Ив-ча и рекомендовать ей специалиста.

Мы совершенно потеряли голову от ее письма. Я ее люблю, и просто не знаю, что надо делать. *Надеюсь на вас.* Хотелось бы вернуться, но вы знаете, что мы связаны.

Очень просим вас, милый, сделать все поразумнее, даже, если нужно, с этой Mme Barth повидаться, и вообще все так, как лучше для Г. в ее положении. Ее нельзя оставлять одну. И надо *знать,* может ли она, и куда, ехать. Не говорите ей много о моем этом письме, но действуйте *твердо,* благо она вам верит. Но, конечно, нашего беспокойства не скрывайте.

Жду отчета ваших немедленных действий.

З.

[Продолжает Д. С.:]

Дорогой Володя,

Зина сказала Вам все, что нужно, так что могу от себя только подтвердить ее письмо. Нам здесь, в Италии, среди неистовых трудностей и усталости такой, что она граничит с обморочным состоянием, оказаться с тяжело-больной Гретой (по письму ее очевидно, что она тяжело, а м. б., и *опасно* больна) просто не по силам. Грета сама к своей болезни относится абстрактно и увлекаема слишком страстным желанием увидеть З. Н. Она способна, в этом состоянии, уехать, скрывая от всех свою болезнь, и по дороге, еще не доехав до Рима или Флоренции, свалиться или же здесь тяжко заболеть. Надо, чтобы врач авторитетно ей это объяснил так, чтобы она поняла, через всю любовь к нам, что ей не следует рисковать навалить на нас непосильную тяжесть.

Я уверен, что Вы все это сумеете сделать *деликатно* и нежно и умно.

Как жаль Мамченки![18] Та же судьба, что у Греты? "Не от мира сего"?

Цезаря[19] все еще не видел и не знаю, увижу ли.

Завтра опять иду в Министерство, Palazzo Chigi, и напишу. Сейчас видеть Вождя[19] все равно, что Наполеона во время Аустерлица. Неловко *лезть...* А с другой стороны, страшно любопытно. М. б., здесь еще просидим 2 недели.

Ваш Д. М.

* * *

[О Грете Герелль и о предстоящем свидании Мережковского с Муссолини Гиппиус сообщает:]

Среда, 29 апр. 36.
Рим.

Ах, Володя! Ваше письмо о Грете — просто "bon debarras", а не в том ведь дело, и не про то я писала. Надо было воспользоваться, что она в Париже, уговорить ее поехать к какому-ниб. специальному врачу-знаменитости, чтобы знать правду о ее положении. А теперь мы так ничего и не узнаем! Барт, по письму Греты, только плакала, глядя на нее в припадке, так что Грета должна была ее же утешать. И это называется — делать по разуму, отправить ее "с рук долой" вместе с этой истеричкой, при неизвестной болезни! Все это обоих нас пронзительно огорчает. Я даже понятия не имею, что за операция у нее была, ясно лишь, что ничего она не помогла.

Мы все еще в Риме, "цезарь" день ото дня откладывает свидание. Будто сегодня... будто завтра... И нет никакой бумаги. Погода, после райской, опять испортилась, — вчера дождь, а нынче жибуль. Нынче я проснулась с головной болью, и Д. С. умолил меня сегодня не выходить. Сам пошел сейчас в министерство, его там вызывали насчет билетов (по Италии) и еще чего-то; сижу в первый раз одна, и уже мне надоело. — Какой-то пришел старик звать в какое-то "Русское собрание". Сплавила его. Опять пишу это письмо; сегодня получила последнюю книгу (детект.) — впрочем — вчера, а сегодня Паскаль. Жду масок.

Продолжу письмо, когда вернется Д. С., теперь уже темнеет.

Через два дня. *1 мая, пятница.*

Сейчас мне некогда писать длинно, откладываю до завтра. Получила вчера ваше письмо (с Гретиным), очень огорчалась, получила и от Мамченки, — удивительно хорошее. Вчера же, в четверг, состоялось и "свидание" Дмитрия С. О нем тоже потом — сложно. Во Флоренцию мы уедем не раньше конца будущей недели. С деньгами очень сложно и, кажется, если выйдет, то с большими потерями. Только здесь, значит, передышка — не думать о деньгах, а как вернемся... Д. С. очень просит вас написать отчетно-деловое письмо, что получали, что отдавали, что тратили, что растратили, сколько стоила квартира, что на Quai d'Orsay, что Бюрэ,[20] и т. д. и т. д. Словом, вы понимаете, а то Ася[21] уже предлагала самой носить переписку в *Возр.* и "копить для вас деньги, чтобы В. З.[22] не растратил". (Quelle honte!) Ну, я ей (от Д. С.) ответила, что глупости.

Горло мое прошло. Д. С. сейчас внизу с каким-то новым издателем. Никаких "героических мер" для спасения моих воскресников[23] я не намерена предпринимать: пусть разлагаются. В общем — не преувеличиваете ли вы? А эта строчка хорошая "почти на крыльях на почти свиданье"... Именно о Гр.,[24] как раз. М. б., это вы — выдумали?

Жадно жду романов, последний кончаю, "Попугая" не читала, и он оказался очень мил.

Целую, до завтра.

З. Г.

8 мая, 1936
Hôtel Boston
Roma

Дорогой Володя,

меня — нас очень огорчило Ваше последнее письмо. Только что начали чуть-чуть отдыхать, как опять пахнуло запахом Парижской нищеты — незаштопанных штанов. И еще Ася пишет, что больна — нужно ей уезжать из Парижа, и требует у нас 200 фр. Мондадори.

Узнайте, пожалуйста, с точностью, в каком положении Сербская пенсия.[25] Вы пишете "темно и вяло". Но я все же понял, что произошла задержка. Поговорите *по душам* с Мировичем;[26] он Вам скажет, надеюсь, когда будет выплачена пенсия, хотя бы приблизительно. А пока ведь мы (я и З. Н.) должны получить за май *редакторское* жалованье от Гордона[27] 330 минус 100 (за недоданную страничку) = 230 — не так ли? И в мае же от Михельсона[28] 300 франков, не правда ли? Следовательно, 230+ 300 = 530 фр. М. б., этих денег Вам хватит до Сербов? Если Вы погибаете, то, в крайнем случае, я вышлю Вам чек из *Сегодня* (около 200 фр.). Но я не уверен, что чек до Вас дойдет — могут и заказное письмо распечатать и вынуть. А Альтермана[29] для такой мелочи не стоит пускать в ход. Да, м. б., и Асе придется посылать этот чек — уж очень она вопит и, в сущности, имеет право. Отчего Вы не требуете у Селиванова,[30] чтобы он печатал *Жанну?*[31] Сходите к нему — попросите, потребуйте — напечатать. Не думайте, что я жидовею. Но здесь страшно дорого, и я боюсь, что мы все растрясем и вернемся в Париж без гроша. Ваша нищета — это дело № 1, а № 2 следует.

II. Победа левых на выборах очень даже опасна для наших 1 000 франков на Quai d'Orsay. Очень прошу Вас, переговорите с самим Buré, если возможно, а если нет, то с секретарем, который так мил и Вас любит (у меня сейчас выскочила его фамилия из головы).

М. б., Buré даст Вам свою карточку к Binoch'y или сами добейтесь La Fond"a, от которого получали 3 000 фр.[32] Узнайте, нельзя ли что-нибудь сделать, чтобы фиксировать и застраховать эту пенсию от национально-коммунистического или социалистического министерства.

Мой вопрос следующий: нужно ли нам возвращаться к 15 июня, чтобы хлопотать мне самому о спасении этих 1 000 фр. или не нужно? Страшно не хотелось бы возвращаться, не отдохнув. Здесь, в Италии, есть важные перспективы, но для них нужно более продолжительное пребывание. Если, не докончив, уехать, все может пропасть.

III. Что же печатание моей русской книги? Почему все так глухо замерло? Сходите в "Дом Книги",[33] к Кагану, спросите Илюшу[34] и узнайте определенно, когда начнется печатание книги и когда она может выйти. Я успокоюсь о ней, только получив первые корректуры.

IV. Условия французского издателя, предложенные Толстому,[35] ужасные. Ваше контрпредложение (4 000 фр.) он, разумеется, не примет. Но если бы согласился хотя бы на 3 000 фр., то надо бы и нам согласиться. В крайнем же, самом крайнем случае, придется принять и 1 500 фр. Толстому 1 000 фр. — мне 500, — только бы книга была издана — ведь это франц. издание — условие для английского, а м. б., и немецкого. (Губеру я напишу из Флоренции, но почти на него не надеюсь — иначе бы он мне сам давно написал. На Кошку с Фламарионом тоже надежда плоха: он требует *полного* франц. текста. Но, м. б. Клод Феррар[36] его уломает?)

V. Я видел Цезаря и очень любопытно с ним говорил. Он просил написать ему вопросы и обещал более интимную и продолжительную беседу. Вызовет меня из Флоренции. Я не вполне уверен, что это произойдет до моего отъезда (вынужденного) в Париж, так как он, конечно, безмерно сейчас занят. Свое обещание он *наверное* исполнит, — в этом я почти не сомневаюсь (''почти'' — от внешних обстоятельств) — возможных взрывов — п. ч. все сейчас как пороховой погреб, где множество пьяных гуляют со свечами). Весь вопрос, когда Цезарь назначит мне второе свидание.

Обдумав положение дел *во Франции,* я решил, что лучше *молчать о моем свидании с Вождем.* Если второе свидание состоится, и Вождь даст мне такие ответы, которые он разрешит обнародовать (я на это мало надеюсь, п. ч. вопросы слишком ''недипломатические''), то я, м. б., их напечатаю в итал. газетах, а м. б., даже и здесь не напечатаю, а оставлю их до книги о Данте.[37] Впрочем, всего вероятнее, что ничего этого не будет, и я останусь Никодимом, или, вероятно, чижиком, чирикающим на ухо Левиафану (Мамченко это поймет, если Вы сообщите ему эту грустно-веселую метафору — ах, какой он родной, милый, не Левиафан, а Мамченко! Поцелуйте его от нас).

Ну вот, кажется, все пока. Во вторник, 12 мая, мы едем во Флоренцию. Точный адрес сообщим еще отсюда. Здесь упоительно. Все как драгоценный подарок Маленькой Терезы. Скажите Георгию Иванову,[38] что я часто его вспоминаю и люблю и высоко ценю. Не ленитесь писать подробно и много. Вы знаете, как мне трудно писать — а вот сколько написал. Если мы *всего* не будем знать подробно, то может выйти чепуха. А главное, действуйте *творчески, вдохновенно.* Я здесь стараюсь ковать железо, пока горячо, и Вы тоже старайтесь.

Любящий Вас
ДМ

* * *

4—5—36.
Суббота.
Флоренция.

Сегодня опять письмо, Володя, на которое хочу ответить, ибо, все равно, идет дождь. Но ранее — вот что: не знаю, писала ли я вам, что

П. Н. уже полтора месяца как здесь запрещены; однако мы их получали от вас все время, внутри *Возрождения*. И лишь вчера кто-то, очевидно, раскопал ваш пакет, или вы его гадко заделали, и — bonjour, papa! Дальнейшие пруэссы нашего новожена со братией от нас ускользают. Ну, и Бог с ними, успеем насладиться в Париже. Глупое это запрещение, — где здешние русские, М-ву [Милюкову] [39] сочувствующие? да много ли и вообще их? — идет, конечно, не от Дуче, а от какого-нибудь миленького employé, слишком усердствующего. Так мне говорили в Риме. Думаю, если бы вы аккуратнее складывали пакет, ничего бы не вышло; и уже, конечно, Итальянская империя не потерпела бы ущерба от нашего лишнего возмущения гадостями, столь часто украшающими "столбцы" этого самодовольного кота (см. конец).

Затем, еще: Грета мне сегодня написала, что отправила Катерине[40] очередные деньги — по вашему адресу. Не воспользуйтесь сим случаем, ибо это не "случай", это даже не деньги Греты, а собранные ею среди "amis", с условием посылать их "jusqu'à la fin du monde" нашей *прислуге*... если, конечно, мы будем иметь таковую до этого срока. И надо быть "че-е-стным" (как говорила Яворская),[41] не нарушать ни раппальских, ни других договоров, и не "терять великодержавности". Кстати, я и пишу Катерине, что ее деньги у вас.

Ну, а теперь насчет "великодержавности", *Кругов*,[42] Илюши и всего этого.

Я читала ваши письма (к Д. С-чу) с величайшим интересом. Мало-помалу у меня складывалось впечатление, что вы отлично действуете, без нас еще гораздо лучше. Мне казалось, что все это верно, все, что вы пишете, и что я все понимаю. Я как бы там же была и вам ассистировала.

И вдруг...

Вдруг я попробовала изменить позицию. Т. е. вылезти из этого milieu и взглянуть на *все* издали, à vol d'oiseau; не то, что "с того света" (оттуда, пожалуй, Илюши совсем не видать), но глазами того бесстрастного химика, который писал "Кристаллографию". И я поняла, что, в сущности, ничего не понимаю. Как сказать простыми словами человека "стороннего" — *что́* именно происходит? Порядок, ведь, такой: сначала что происходит (без оценок), а затем уже хорошо это, или дурно, или безразлично, — и *почему*. Или даже вперед *почему,* а уж после хорошо или плохо.

Но эти экскурсы вдаль не должны вас декуражировать; подобные coups d'oeil временами и для близко-действующего бывают нужны. Сохраняют всегда как бы меру всего происходящего. А истинный ключ, общий, — это, по-моему, в людях, т. е. понятие о каждом в отдельности, какой он.

Простыми, почти внешними, словами, — ну что тут такого? Застарелый с-р Илюша, с навеки старыми, традиционными навыками, не способный ни к какой внутренней революции, не понимающий ее и взявший "христианство" приспособленное, — эти свои навыки продюизирует в "новой", по обстоятельствам, среде "молодежи". При этом он совершенно ничего этого, — ни другого, — не сознает и вообще с критикой на себя взглянуть не может. Он и Амалии[43] не понимал, которая о ранних его таких попытках говорила сдержанно: "не люблю я молодежи..." Его помощники (поскольку не он их помощник) — разнообразны; все более или менее уязвлены тем же, — бессильным, — желанием быть "à la page" и "влиять" на эту quasi-молодежь. Разны лишь по степени сознательности (чем бессознательнее, тем искреннее), по степени практичности (старые навыки). И в последнем — конечно, сильнее большинства этой самой несчастной, некультурной и развинченной "молодежи" с кашей в голове. Иные, у которых за душой сметка и арривизм, вроде Яновского[44] (и Ставрова?),[45] могут в мутной воде всегда рыбку половить. Другие, быть может, выкарабкаются после на сухое место; опыт послужит этим даже на пользу.

Тут, в противлении *Кругу,* много замешано личных, мелковатых самолюбий, — вы сами знаете. Чтобы идти против, надо, кроме сознательной оценки и дела, и меры его "важности" (не высокой) — еще сознание того, *откуда* идешь против. Имеет ли Алферов[46] действительное "откуда"? Сомневаюсь. Даже Мамченко, кот., по-моему, его имеет, — в какой степени оно у него сознательное?

Повторяю, эти теории отнюдь не имеют цели вас декуражировать. Они не помешают вам действовать соответственно человеку и моменту (тактика). Держа их при себе, вы можете находить, иной раз, и лучшую тактику, хотя бы для помощи маленькой тому или другому, если сама "cause" (*Круг* и Co) не слишком грандиозна.

У меня, при моей отвлеченности, есть иногда инстинкт реальности и меры вещей. Ломать копья и бороться за Фельзена[47] я, впрочем, вообще не вижу ни нужды, ни повеления; предпочитаю мое равнодушие и наблюдательное благодушие.

Я думаю, нежелание пригласить в *Круг* нас и некоторых, — у Ил. естественно. Он боится (глупо) борьбы двух "групп" за молодежь, — в чем ошибается. Мы ведь (мы в особенности) за самую резкую свободу. Предлагается то-то и то-то, и можешь взять — бери, если способен взять. Илюша будет 2 часа "пропагандировать" Алферова, со слезами на глазах; но у нас он открыто против нас спорить не будет; к себе же нас, для *своей* свободы, не позовет.

Ну, довольно писать. Темно, сейчас пойдем обедать, завтра допишу. Завтра "праздник победы", 29 тыс. итальянцев, военных и других, собрались во Флоренцию. Сейчас мы были в английском клубе (где сделались членами). Очень мило, Англия из романов. Их, вот, не гонят!

А сегодня и *Возрождение* не пришло! И его, что ли, запретили?

До завтра.

Воскресенье

Сегодня солнце. Слава Богу, а то ведь путешествие по Флоренции, на улицах которой и без зонта "не повернуться" (почти буквально), с зонтом делается немыслимым совсем. Т. к. мал. Терезы тут, очевидно, нет — ходили опять в Бадию. Она же, кстати, рядом с домом Данте, куда Д. С. уж который раз ходит. Домишка неважный (перестроен), но вокруг кое-что осталось. Палаццо Беатриче в двух шагах, за углом, но там теперь почтамт.

Сегодня утром — от вас газеты и — внутри опять *П. Н.*! Очень хорошо. Не теряйте энергии, продолжайте. (Газеты от четверга). Ни дряхлого, ни юного детектива, однако. Почему?

Сегодня и письмо от Г. Иванова. Уж и пишет! Но потрудиться стоит, очень любопытно описал свой доклад (только в общем, а мне хотелось бы всяких подробностей).

"Без вас хочу сказать вам много"... еще не лень писать; и так, подумайте, сколько написала. Жду от вас дальнейших рассказов о людях и словах... ибо "дел" у них не видно.

A vous

З., Д. С.

* * *

[О *Круге* Гиппиус дает дополнительные сведения:]

16 мая 36.
Флоренция.
P. Piccioli.

Милый Володя...

Д. С. в восторге от всяких дантовских закоулков, а мне в Риме было веселее, масса интересных людей (одни Вячеслав Ив.[48] со своим домом на Тарпейской скале чего стоил! И иезуиты!), а здесь пустыня, провинция, и чувствуются "санкции". Впрочем, в Риме у меня было другое настроение, с тех пор душа как-то полиняла, с такой, déteinte, и гляжу на все.

Пишите мне, впрочем, о *Круге* и всех матерях Мариях[49] с несчастными Илюшами, погрязшими в социалистических свободах. Хорошо их назвал Мамченко — "христианствующими атеистами". А что же Мамченко? Если он не уехал в Швецию (по идее Греты), я ему напишу длинное письмо.

По-моему, ваша роль в борьбе с *Кругом* — ответственная; это вам в испытание, посмотрим, сколько вы надействуете; что можете противопоставить самому Савельеву. А ведь это Голиаф! Перед ним, в искусстве, сам Руднев[50] спасует, пожалуй.

Ну, довольно наболтала. Пора кончать...

И пишите, пожалуйста. От писем я все-таки немножко пробуждаюсь. В Риме спать было некогда, в Риме было другое!

Получайте ваш поцелуй... и делайте все к лучшему.

Ваша З.

Маску[51] получила. От горя я уже Ван-Дина купила по-итальянски. А где ж обещанный "М"?

Ася уверяет, что вы от нее злостно "скрываетесь", нарочно не отвечаете, когда она звонит, и т. д. Détrompez-la s'il vous plaît.

* * *

[О делах Мережковского и о "полу-делах" Гиппиус пишет:]
22—5—36.
Firenze.

Ну вот, Володя, сегодня утром получила ваше письмо (с Мамченкой в Bois). А раньше насчет Греты: в тот же день и она мне про эти свои ужасы подробно написала, о смещении двух позвонков и т. д. И просит уж теперь, когда болезнь fixée, о ней больше не писать. Сама, однако, в деревне, очевидно, *не* в гипсе, и только жена ее Густава все приезжает к ней "с кабалой". О Мамч. она, по-моему, неверно: будто он колеблется между Западом и Востоком, Христом и Нирваной.

Но сначала деловое: Д. С. ужасается, что вы условились "рекомендовать" его новому пр-ву. Думает, что будет лучше, если там выйдет "автоматически", как вы раньше писали. А то ведь как начнет эта самая "sinistra" (по-итальянски "sinistra" — "левая") вникать, да еще узнает, *где* мы, в какой стране, — не было бы хуже. Пожалуй: вот уж и наши евреи-благодетели губы надули, скосились. Между тем, выясняется, что мы должны будем вернуться, вероятно, к 19 июня, притом довольно голыми, в стены летнего Парижа, да еще sinistr'ного. После всего здешнего, такого другого, — эта перспектива еще печальнее. Какая дистанция во всем, — даже между прекрасным нашим помещением (пансион в старом дворце) — и грязной квартирой Col. Bonnet! Впрочем, останется утешение, — говорить "с благодарностью — было".

Насчет Аси: нет, нет, ведь это *долг,* лучше не знаю что, но ей надо отдать. Я читала, Гордон напечатал мое "приключение". Вот уже 330 fr. Вы "долгов" *внутренно* не понимаете (только внешне, т. е. все можно, если неизвестно и останется неизвестным) — но это не меняет дела по существу; не понимая — вы должны верить тем, кто понимает.

Мне часто вас не хватает. И по-иному, по-лучшему, чем Д. С-чу. Ему необходимо по утрам кого-нибудь глодать (разные деловые страхи и устройства), а я — плохой объект, и в нем даром игла ходит. Он просил вам этого не писать, а то, мол, он хуже "развратится", но вот, пишу, не думая сейчас о вашем "разврате" (все равно, степени его никогда не узнаю).

Относительно *Круга* — боюсь, что во многом правы. Но, повторяю: спасайте, кого можете. В конце концов, ainsi va le monde, особенно теперь, когда слабость людская, и бессознание, неизмеримы. Илюши обладают нужным для них тараном. Надо выжидать, с терпением. Я не удивлюсь, если и Т. Ив. там завертится.

Буде увидите Спаржу, скажите, что мы здесь видим его кузину, Елену Алькс. (замужем за итал. скульптором). Она жалуется, что он ее забыл, или презирает.

Надо кончать, пришел (в салопе) какой-то Оттокар к Д. С., и мне нужно одеваться, куда-то с ним идти (хотя грозит дождь).

От Хирьяк.[52] получила второе письмо в том же духе, не знаю, что думать.

Целую вас, sia felice, и не очень распускайтесь в свободе.

Ваша З.

Пишите подробно о *Круге* и всем таком.

Пришлите книгу! Книгу! Я уж Ванг-Дина по-итальянски купила — и прочла. Понятно, но не то.

* * *

24 июня, среда
Рим

Дорогой Володя,
завтра будем во Флоренции, Pensione Piccioli, I, via Tornabuoni, Firenze.

Вот ответ M-me Bradley: *Данте* будет готов к весне 1937, и выйдет тогда же по-итальянски у Nicola Zanichelli, Bologna (около мая); по договору с ним, на других языках, значит, и по-английски, книга может появиться в Америке-Англии приблизительно к 1 декабря 1937 года.

Насчет *Павла*[53] отвечу из Флоренции, но надежды мало — письмо неосновательно (в стиле Южно-американских жидов).

Мы решились здесь (т. е. около Флоренции, в горах) остаться до сентября, п. ч. Ваши прогнозы оказались в общем верными.

З. Н. не пишет, п. ч. "высморкаться, с позволения сказать, некогда", — как говорил Аракчеев.

В M-me Bradley я больше верю, чем в америк. жида, но тоже не слишком.

Альтерман — дурак и непрактичный спекулянт. На запрос (оффициальный) Freddi (главного директора всего кинематографического дела в Италии), он вот уже 14 дней ничего не ответил, и от этого я не мог ничего устроить. Если бы не спекуляции — глупость Альтермана, все уже было бы устроено сейчас же. Я из-за него потерял 30—50 тысяч лир, и не знаю, удастся ли их возвратить.

Письмо слезное Бюрэ я вчера отправил по авиону. Сходите к нему, узнайте, есть ли надежда на 3 000 фр. — ведь иначе с квартирой плохо, а нам ее страшно важно сохранить.

Я все-таки не ждал, что Керенский до такой степени "Керенский"[54] — Kerensky. Я уверен, что во Франции будет гражданская война, хотя и не сейчас — правые *очень слабы,* как я и предсказывал, а Вы не верили. Ну, Господь с Вами. Пишите много и часто, не ожидая непрерывных ответов — почти сразу З. Н. на все ответит.

/Без подписи; почерк Мережковского./

Милый Володя,
Позвоните *немедленно* в Дом Книги и условьтесь о свидании. Мих. Сем. (Дом Книги) очень досадует на Д. С.: не возвращает вовремя корректуры и ломает ее. Пожалуйста следите за аккуратностью — ведь ответственность лежит на мне.

Целую вас.

Ваша З. Г.

* * *

5 июля
Roveta

Дорогой Володя,
вместе с этим письмом возращаю Брэдлею, *по авиону,* подписанный контракт с All. Michel.
Это для меня большой сюрприз, и я Вам сердечно за него благодарен. Главная радость, что моя злополучная *Жанна,* а также "Августин, Павел, Франциск" будут напечатаны во Франции. Только как с этим Толстой справится? Не нужен ли ему помощник-француз? И не испугался ли Шюзевилл[55] "антикатоличности" моего *Данте?* Ну, да как-нибудь и это устроится.
Вы ничего не пишете, в последних двух письмах, об американском издании, которое устроено тем же Брэдлеем, так что у меня, в первую минуту, два эти дела спутались, и я хорошенько не мог разобрать, кто что и для чего покупает. Но я надеюсь, верно понимаю, что контракт с америк. издателем придет, своим чередом, дней через 10? Черкните об этом два слова.
200 франков, разумеется, возьмите. Вы на них имеете святое право. Вам счастье подвалило! Я даже, как Поликрат, подумываю о перстне, — как бы не позавидовали боги... Тем более, что все кругом так грозно, что дух захватывает. Неужели вторая Война-Атлантида на носу? Тогда никакие франки и лиры не помогут. Ну, да лучше не думать — и дело с концом!
Работать над *Данте* я начал, наконец, вплотную. Кончил сегодня большое вступление "Данте и мы". Но боюсь, как бы опять не вышло "Констан-пиши-пиши", и все время говорю себе: "Сократись!"
Здесь очень сейчас хорошо — свежо — и мягко-мягко, нежно-*жемчуж-*

но. "Цвет *жемчуга* в лице...", — говорит Д. [Данте] о Беатриче, — и в лице Ее земли тоже "цвет жемчуга". Полуземля, полунебо. И невероятный *"Расе"* — м. б. от этого еще грознее все, что извне.

Что думает Бюрэ о возможностях войны? И чем вообще в Париже, в этом — *военном* — смысле пахнет? Или это письмо Вас уже не застанет в Париже?

Я знаю, чувствую, как Вы устали и как Вам нужно отдохнуть в Форже. Но как бы волосок, соединяющий нас со "второй родиной", совсем не порвался, когда Вы уедете. Мы ведь тогда повиснем на консьержке.

Многое еще надо было написать и спросить и сообщить, но рука устала и голова — от Данте. И такая тишина — Ее, такая "жемчужность", что не хочется больше ничего другого чувствовать.

А все-таки напишите поскорее о военных запасах, если что узнаете. Из газет ничего не поймешь. *"Тайна* беззакония уже совершается", и в том-то и сила ее, что она будет утаена, до того последнего мига, когда все треснет, ухнет, и произойдет поразительнейшая неожиданность. Тогда — "восклоните головы ваши", *или* "падите на нас холмы и горы (в том числе, и "жемчужные" — и жемчужные, особенно), чтобы нам не видеть"?..

Ну, будет, а то и в письме — "тик-тик-тик"...

Публий[56] — мы его прозвали "Бубликом" — очень мил, и *символично* подходит ко всему "текущему моменту".

Что думают о нем, о моменте, Мамченко и Баранецкий?[57] Дорого бы я дал сейчас за воскресение с зародышами — "какие они ни есть". Главное, я не пойму, отчего у меня все-таки под захватывающей дух тревогой, такое спокойствие — мир — *"расе"* и отчего еще... Но этого лучше не говорить, чтобы не сглазить. Я своего глаза все больше опасаюсь ("Будет радость".).

Крепко Вас целую.

Д. М.

Возвращаю контракт (второй экземпляр), чтобы не потерять; я так завален бумажонками, что задыхаюсь.

* * *

6 июля
Флоренция
Pensione Piccioli
7, via Tornabuoni

Посылаю Вам, Володя, письмо от Фани Ельянович (как ее отчество?). Предложение внушает мне (редкий случай) *доверие,* п. ч. Ельяновичи — солидная фирма и через них не стал бы обращаться человек неделовой. Во всяком случае, терять его не следует и потому очень прошу — войдите в личные сношения с Фаиной, поблагодарите ее *сердечно* от меня, сказав, что я и сам ей напишу, когда немножко опомнюсь.

Нельзя ли освободиться от Альтермана, который ничего не сделал и, как теперь очевидно, не сделает и не может сделать? Скажите ему решительно, что я больше не могу и не хочу ждать с *option*, и, так как все сроки давно прошли, то прошу ее формально вернуть, тем более, что я из-за него уж потерял возможность пристроить *Леонардо*[58] немедленно.

Мы все еще не нашли надежного убежища от жары. В четверг (сегодня понедельник) попробуем переехать в *Pensione Roveta, S. Vincenzo a Torri (Firenze)*, где хороший климат и чудесная пустыня, но высоты недостаточно — 350 метров, так что боюсь, что будет все-таки жарко.

А здесь такая жара, что я вчера себя почувствовал скверно: сделался озноб и расстройство желудка; принял лошадиную долю сульфата и сегодня лучше. Если бы не автомобиль от префектуры, на котором мы ездим каждый день в горы, то совсем издохли бы от жары — тем более, что комната прямо на юг. Посылаю Вам карточку Roveta. Дом стоит на горе, и кругом очаровательно-пустынно, голубые, цветущие холмы и дали бесконечные.

Что же 3 000 на Quai d'Orsay?

Что будет с *Возрождением?* Я сегодня видел во сне Гукасова[59] в страдальческом и преображенном виде. Вы, вообще, мало пишете. Все забыли нас — только через Вас и узнаем о Париже. "Тоска по родине" гложет нас жестоко. Пишите же, не ленитесь, дорогой, — по газетам ничего не поймешь.

Целую вас крепко.

Д. М.

* * *

20 июля 1936
Pensione Ristorante
"Sorgente Roveta"
S. Vincenzo a Torri
(Roncigliano)
Firenze
Telefono 26—771

Дорогой Володя!

Вы ошибаетесь, я Вам сердечно благодарен за то, что Вы устроили дело с *Данте,* и я отлично понимаю, как трудно было устроить это дело. И вообще, мы оба очень высоко ценим Вашу заботу о нас, — без нее нам бы здесь плохо пришлось. Эта наша разлука была полезна тому, что нашу судьбу связала с Вашей.

Теперь насчет недостаточности Сербских денег. Ведь если все благополучно получится на Quai d'Orsay, то, по уплате за квартиру 3 000, у Вас останется еще Бальмонтовская часть З. Н. Гиппиус (сколько именно, не помню сейчас, но кажется, не меньше 1 000 фр.) И, кроме них, 1 600 из чешских 2 000, по уплате Асе 200 и отснятые Вере 200. Значит, всего около 2 500 фр. Из них и возьмите то, что Вам нужно — на газ, сапоги, дождевик, и проч. Только напишите, сколько возьмете, и сколько *наверное* останется. И пусть у Вас не будет такого чувства, что я о Вас "не думаю". Очень думаю.

Данте я опять начал здесь писать или, вернее, "неписать", п. ч. от слишком долгого перерыва все затвердело, очерствело, надоело, и надо опять размягчать. И уж очень он здесь близок — сидит на носу, так что хочется его стряхнуть. И забранные вперед деньги мучают: а что если не напишу, и будет синица, которая собиралась море зажечь, и послышится "злокачественный треск брачной постели"? Слишком все ответственно, и когда все ждут слишком многого от ненаписанной книги, то этим сглаживают ее дурным глазом.

А потом — жара. Высота 370 метров недостаточна, ненадежна, а переезжать в Paradiso, на 800 м., не хочется: все старые кости у нас болят от шлянья, — да и дорого. Здесь, по крайней мере, дешево, и тихо-тихо — только шум сосен и сверчки. К нам тут присосался некий Publio Raphis, похожий на Андрея Белого, святой монах Третьего Ордена св. Франциска Ассизского, поклонник Вл. Соловьева и проч. и проч. А при нем таинственная Голландка — m-elle Van Oldenburg, старая дева, с которой он, Публий, почему-то на "ты", хотя и как-будто без пола и брака. Оба говорят по-французски довольно отвратительно. И он грозит: "Я вас никогда нигде не покину! Наша встреча предустановлена в высшем совете..." Я уж не знаю, что из этого выйдет.

В общем, здесь было бы очень недурно деревенски-дачно, если бы не жара (или, вернее, страх жары, п. ч. стало довольно свежо) — не *Данте*, и не запахи "хлороформа" над нашим бедным "вторым отечеством".

Что Бюрэ? Присылайте иногда *Ordre*. Я по ним лучше понимаю, где раки зимуют.

Ради Бога, пришлите З. Н. побольше "Масок" и всяких других детективов, а то она изнывает без книг, а кстати, пришлите *нечитанные нами романы* Стивенсона, по прилагаемому листку — "Негаденыш" (книжный магазин на avenue Doumerg, рядом с цветочником) их легко достать. Я их тоже буду читать, п. ч. полицейские романы что-то попадают: все полудрянь.

Неужели *Возрождение* провалится бесследно?

Что Илюша? Что Иван Иванович?[60] Едет ли Бунин сюда? Не осталось ли в Париже хоть одного зародыша не прокисшего?

Что моя бедная *Жанна д'Арк?* Что с Толстым и Оболенским?[61] Вот сколько вопросов и еще множество, которые забыл. Пишите больше и подробнее, чтобы не было такого чувства, что Франция вся провалилась, вместе с Гукасовым, в черную дыру, и остался в ней один Илюша с Мочульским.[62] Хуже всего, что опять "кошка за хвост", и конца не видно. Чорт берет измором. Неужели и до октября не оторвется хвост? "Pas tout de suite", как сказал мне Вождь, и как говорят души убиенных над жертвенником: "Доколе, Господи?"

Помните, Поплавский[63] говорил: "Мы уже пересидели большевиков". Вот и "пересидели"! Что обо всем этом думает "вещий" Георгий Иванов и нет ли через него вестей от Гитлера? Ох, что-то, писавши это письмо, мне стало томно, скучно-"баламутно"... Я разбил свои часы (уже второй раз), и З. Н. тоже разбила свои, и у меня на столе громко тикает серебряная луковица Публия, и ветер шумит в соснах, и сверчки...

Надо кончать письмо, а то засну совсем. Это, должно быть, и здесь ихний хлороформ...

З. Н. что-то пишет, но неизвестно что — "под себя" и тоже, вероятно, как во сне. М. б., и распишется. Только бы и мне расписаться, и все хорошо будет.

Данте говорит о "темном и диком лесе", ведущем в ад.

> Я сам не знаю, как туда вошел, —
> Так полон был я *смутным сном* в тот миг,
> Когда я верный путь покинул...

Вот, кажется, нынешнее состояние мира. Дм. Вл.,[64] которому лучше, жалуется: "Лучше бы я умер, чем видеть то, что сейчас происходит" (торжество большевизма в Европе). Но это малодушие. Нет, я хочу досмотреть все до конца, п. ч. чувство конца и сквозь мертвый сон у меня поразительное. Ну, милый Володя, до свидания. Не засыпайте хоть Вы — Вам все-таки легче знать все, чем нам здесь — ничего.

Д. М.

* * *

15 авг.

Дорогой Володя,

сейчас отправляю заказным письмо Bradley, списав с Вашего текста.

Не так уж важно насчет американцев, тем более, что боюсь, что чересчур много забрано, и боюсь, что к сроку не будет готово, а все над душой будут висеть и торопить, и я заторолюсь и все испорчу. Вообще пишу — "грызу гранит" "с большими слезами". Уж очень все невпроворот и кабалистично на радость Грете, на ужас издателям. А Кюфферлэ куда-то пропал, оказавшись антропософом — т. е. "мистиком-вистиком"!

У З. Н. болит зуб — надо рвать завтра в грянувшей вдруг жаре у неизвестного дантиста (опять как бы *Данте* с другого только конца) во Флоренции, где ждет слишком верный Бублик со Шкурой[65] и с чаем.

Да, чек на 8 000 франков — получили исправно. Вот благодетель André-Michel — как это он с неба упал! Ну, да и Вам внезапный гений тоже удивителен, только бы, сухо дерево, не сглазить.

Милый, бедный Бюрейчик! Поцелуйте его от меня с нежностью. Где уж, что уж — "м. б., образуется". Ну, отдыхайте, родной, но не забывайте, что мы на Вас — на Ваших письмах висим, как на ниточке. Иногда хочется все вдруг кинуть и упасть к вам ко всем, как снег на голову.

Д. М.

P.S. Ага, да, пришлите же, наконец, *"От Иисуса к нам"*.[66] Хоть бы взглянуть на эту несчастную книгу! И *Совр. Зап.*[67] пришлите, и *Новую Жизнь*,[68] и *Новый Град*.[69] А то мы ничего не знаем — точно ослепли. И еще *Маски* пришлите З. Н. — она очень просит.

* * *

22 авг.
Roveta

Дорогой Володя!

сейчас отправил заказным письмом американский контракт Bradley со всеми нужными инициалами и подписями на трех экземплярах, а четвертый — возвращаю Вам с этим тоже заказным письмом. Письмо Bradley насчет моего франц. гражданства я уже давно отправил, и Вам о том известно, так же как о получении чека (8 000 франков) за *Данте* и *Жанну* (франц. издание). Неужели Вы не получили этого моего *заказного письма* в Forges? Получили ли, по крайней мере, возвращенный мною Вам экземпляр контракта о All. Michael? (тоже отправлен *заказным*). Это ужасно, если письма заказные, да еще с контрактами, пропадают или не доходят вовремя. Известите поскорее о получении этого письма. Что касается до присылки чека за америк. изд. (7 200 фр. приблизительно), то сомневаюсь, надо ли его сюда присылать. Ведь отсюда *вывозить* ничего нельзя, а у меня денег пока что достаточно. Это с одной стороны, а с другой — что если начнется раскачка во Франции до нашего возвращения, и франки и банки все полетят к чорту? Не надежнее ли здешние лиры, хотя и не переводимые никуда? Как Вы рассудите — поговорите с мудрыми жидами (Михельсоном и проч.), хотя и они иногда вдруг глупеют, а все-таки... Ну, словом, с пересылкой этого чека подождите, пока мы вместе, насчет него, не решим.

Здесь вдруг сделалась жара. Переехать бы в горы — 3 часа всего — да боюсь, что вспорхнет и улетит жалкая моя Муза-Мотылек, только что начавшая полетывать вокруг стола и "зелени" (здесь она удивительная из ванной комнаты — бледно-бледно зеленая — самосон обломовский).

Не забудьте прислать *От Иисуса к нам.* Он мне очень нужен. Что у Вас за планы с *Возрождением?* Жалко *Жанны* не из-за грошей, а п. ч. не в бровь, а в глаз.

Ваш Д. М.

* * *

6 сентября
Roveta

Дорогой Володя,

если не произойдет неожиданности окончательно во Франции, то мы вернемся около 15 октября (между 15—20). Я с Вами согласен: надо подготовить отступление — деньги (постоянные, пенсию — здесь), паспорта, визы и проч. Все это я сделаю, конечно, насколько возможно. Главная трудность в размере пенсии. Больше 3 000 в месяц нельзя просить, п. ч. это *министерское жалование!* А здесь втроем не проживешь самое меньшее, как на 4 000 лир — втроем, п. ч. и Вы, конечно, будете с нами в случае переселения. Но, м. б., и удастся довести пенсию до 3 000 лир, а остальное — от издателей. Есть также надежда довести Сербские деньги до 1 000 лир. Я нашел неожиданные пути через милого и умного человека, югославского посланника в Риме Iovan Dutschitsch (Иована Дучича).[70]

Очень просим приготовить квартиру к 15 октября. Думаю, что следовало бы отремонтировать, как Вы предполагали: с Мамченкой, за 800—900 франков. И поправить постель З. Н., и провалившиеся стулья. Необходима для меня новая книжная полка рядом с дверью против кровати (рядом с той полкой, которую Вы сделали). Иначе некуда будет поставить книги о Данте. И два, три новых коврика и, если можно, кресло соломенное со спинкой перед письменным столом. Я думаю, что нужен ремонт, п. ч. это случай единственный.

Бюрэ напишу, но пришлите несколько номеров *Ordre,* чтобы мне вдохновиться, а то не знаю, какой взять тон.

Посылаю письма Scribner'a. Что значит 75 ливров? Неужели я их получу — ведь это около 5 000 франков? Или наоборот *не получу?*

С *Возрождением* я ссориться не хочу — ведь это *единственное* место, где я по-русски печатаю. Пожалуйста, не поссорьте меня — и отдайте *Жанну* туда.

Ради Бога, дайте Асе еще *100 франков* непременно *от меня.* Она все жалуется З. Н., и это ее очень расстраивает.

А что от Веры есть квитанции в получении денег?

Если ремонт невозможно кончить до 15 октября, то, пожалуй, лучше не надо, и вообще это будет виднее на месте: я только принципиально думаю, что "теперь или никогда", а грязь ужасающая (пол в моем lavabo провалится!).

Что говорят о России? Там что-то шевелится. Или опять "чудеса диавола"? Откуда-то ухнет и треснет, но откуда и, главное, когда, вот вопрос. Ну, Господь с Вами. Пишите мне побольше и поподробнее, а то мы ослепли окончательно. Целую крепко.

Д. М.

/Приписка Гиппиус/

Я очень сомневаюсь насчет серьезного ремонта, — как и сам Д. С. Именно "вам виднее". Постель-то надо исправить, ничего не поделаешь. И дверь в кухню выкрасить. А больше бы, по-моему, и забастовать... пока что. Блюм,[71] конечно, на "острие ножа"...а помощь бежавших *"frenti"* будет велика. Целая новая *"population"*, и вот в "сопартийную" Фр.![72] Ох, как это неважно... Мое отталкивание от *всех* стран продолжается.

/Продолжение письма Мережковского/

Не думайте, что я легкомыслен, п. ч. пишу о ремонте (вроде Ивана Ильича).[73] Я отлично понимаю, и, главное, чувствую, что все может в один миг ухнуть и начнется Испания. Но когда что будет, неизвестно, как вообще сроки *абсолютно-непредвидимы,* и следовательно, надо или вообще не делать, думая о том, что мы можем сделать и что от нас зависит, а не о том, что с нами может сделаться. Я пишу непонятно, но Вы поймете.

Сейчас прохладно — кончилась жара. Дней через 10 скатимся, вероятно, во Флоренцию, а оттуда в Рим на новое свидание с Цезарем, хотя никогда нельзя быть уверенным в сроке свидания.

Данте, слава Богу, двинулся вперед.

Что у Вас — или у меня — вышло...

* * *

7 сентября

Дорогой Володя,

очень спешно для *Данте.* Попросите, ради Бога, Асю переписать из Алексея Толстого перевод Гетевской "Коринфской Невесты" (Braut aus Korinth), а сами для меня перепишите из нее же (у меня на верхней полке против письменного стола, справа от окна есть стихотворения Гете на немецком языке) те строки, где мертвец является к живому и пьет из него кровь (в виде вампира-вурдалака). Попросите также Асю, как можно скорее, переписать ту страницу или строки из "Клары Милич" Тургенева, где Клара является к Аратову и совокупляется с ним, мертвая — с живым.

Вы понимаете, для чего мне это нужно, — для Беатриче, которая *несомненно* так же явилась Данте и совокуплялась с ним, мертвая — живая — Воскресшая — с мертвым живым ("некрофильство" — сказал бы

Розанов,[74] "как страшная сверкающая красота" у ведьмы-панночки в гробу — "Вий"). Тут один из ключей ко всему Данте. Если я этого сейчас не напишу, то все забуду. Вот почему — скорее, скорее, ради Бога, пришлите — будьте отцом родным — *по авиону* пришлите!

Д. М.

Алекс. Толстой ("Стихотворения") есть у Мишель Цетлина[75] или в Тургеневской Библиотеке; там же "Клара Милич". Есть и у Манухиных, наверное.

* * *

12 октября 1936
Roveta

Дорогой Вододя,

посылаю Вам письмо к Бюрэ. Передайте его сами лично. Насчет Пипера,[76] предложение мне кажется не таким скверным, как Вам. Во всяком случае, не надо его упускать и, если Брэдлею удастся получить то, на что он надеется, то полагаю, следует согласиться. Что же касается Губера, то надежды на него почти *никакой* — он тоже dégonflé окончательно, и никакой книги моей больше не возьмет и, судя по другим известиям, дела в Швейцарии очень плохи. Мы послезавтра, в среду, 14 октября, едем во Флоренцию (Pensione Piccioli, /via Tornabuoni), где пробудем дня 4—5, а оттуда — в Рим. Пишите пока во Флоренцию.

Когда выйдет *От Иисуса к нам* у Allain Michel? Когда выйдет II том *Иисуса* у Grasset, да и выйдет ли?

Ради Бога, отдайте *Павла и Августина* (русское издание) для отзыва в *Возрожд., Последние Новости, Совр. Зап.* (т. е. устройте отзывы, попросите от меня!). А то жаль книги — точно в черную дыру провалилась.

Ваш Д. М.

Вы очень хорошо, смешно и страшно написали о разложившихся зародышах. А совпадение Грета—Мамченко просто *чудесно*!

* * *

[Гиппиус пишет о жизни Мережковских в Италии:]

Pensione Piccioli
7, Via Tornabuoni
Firenze

26 окт. 36

Вкладываю сюда, Володя, письмо Мамченке. Если он не получит, то вы будете свидетелем, что оно было.

Завтра мы двигаемся в Рим, с утра. Пока, на первые дни, приютимся в Бостоне, а там постараемся найти un petit trou pas cher, ибо денег у нас оскудение, а впереди — неизвестность. От вас сегодня, кроме газет, письмо О. Л.[77] и записочка от Аси и от вас.

Мне ''скучно'' уезжать даже из Флоренции, хотя в ней как-то мало было радостей. Уснутие всякое. Но я не люблю ''уезжать'' вообще. Особенно в такой неопределенности...

С нашим Публио — трагедия. Его селедка голландская возревновала его к нам, требует, чтоб он оставался с ней во Флоренции, а потом ехал бы к матери в деревню, пока она поедет в Берн за деньгами. А в Рим, с нами, чтоб ни-ни! Он рыдает, она рыдает, — не угодно ли? Но мы ему не хотим сказать, чтобы он все-таки ехал в Рим, ибо это брать его на свою ответственность (*не* материальную, но это, ведь, и того хуже). А он ее ''жалеет''. Потом говорит, что если так, то он сделается пастухом в горах Абруцци, там пастухи его знакомые.

Ну, да вам это неинтересно. О нас же что писать — не знаю. Для вас ясно, что все неясно. ''Медведь''[78] сейчас не в Риме, где-то орет свое. С этим идиотом,[79] что с мышью под носом, затеяно якшанье. Не знаю, куда это все и кого приведет.

Вот вам пока все, действуйте как — лучше, на вас наши надежды. Из Рима напишу.

Зин.

* * *

8 ноября 1936

Рим
Hôtel Boston

Дорогой Володя, не писал Вам все это время, хоть рвался писать (да и нужно было очень), п. ч. безмерно погружен был в важнейшую, предсмертную главу *Жизни Данте,* которую надеялся кончить еще здесь. Но, кажется, этой надежде не суждено исполниться.

Буду писать кратко и деловито-сухо, не ''каркая'', не ''сглаживая'' (от ''глазить'') и не ''навораживая''. Положение дел такое. После долгого, мучительного и довольно унизительного мытарства по Мин. Ин. Дел, выяснилось следующее: прежним обычным путем добиться аудиенции *невозможно,* п. ч. все личные и по частным делам (а дело мое и *Данте* — ''частное'' и ''личное'', по истолкованию Министерства) аудиенции отменены *свыше* на неопределенное время, и мне посоветовали обратиться к самому Муссолини с письмом, испрашивая себе аудиенции, как особой милости. Этот совет подтвердил и граф Видау[80] (Vidau), тот самый, к которому направили меня еще Ландини из Парижского посольства. Этот Видау специально заведует всеми аудиенциями иностранных ''гостей''. Он производит на меня впечатление человека порядочного и хорошо ко мне расположенного. Во всяком случае, я не имею никакого основания ему не доверять. По его совету, я написал письмо Муссолини, в котором напомнил об его *"согласии"* (''Vous avez consenti'') оказать мне помощь для того, чтобы я мог найти убежище (asile) в Италии, ввиду ''de l'avénement d'un régime communiste dont la France est menacée''. Я приложил к этому письму предисловие к моей книге о Данте, переведенное на итальянский язык, где много говорится о Duce. В письме я прошу сообщить мне, одобряет ли он это и разрешает ли печатать. Я также упомянул о проекте фильма *Леонардо да Винчи* и другого фильма *Жизнь Данте*. Это мое письмо одобрил гр. Видау и обещал, что оно будет *немедленно* доставлено Муссолини, и что я получу ответ в самом скором времени. Вчера, 7 ноября, в субботу, я передал письмо, а ответ, будет ли сделано для меня *исключение* из общей отмены аудиенций, или *не будет,* я получу по телефону от него, гр. Видау, в понедельник. Этого я испугался и попросил телефонировать мне во вторник, т. е. послезавтра. Гр. Видау сказал мне прямо, что просьба моя может быть исполнена, но что это будет очень редкая удача, на которую *не следует возлагать больших надежд.* В случае, если я не получу благоприятного ответа, он, гр. Видау, не советует мне ожидать неопределенное время в Риме, п. ч. я могу прождать месяц-два-три-четыре, и все равно не получить аудиенции. Но это (все по его словам) еще не значит, что ответа я совсем никогда не получу: я могу его получить и через 6—8 месяцев, как на первое мое письмо с просьбой о приюте в Италии; но, разумеется, могу и не получить благоприятного ответа, так как, по его мнению, asile с матерьяльной помощью — пенсией — ''дело очень трудное'', ''c'est une affaire très difficile'').

Во вторник или в среду (если будет ''шок'' в случае отказа) я Вам еще напишу, конечно. А сейчас мы едем к Маленькой Терезе, в ее монастырь за Тибром.

В случае отказа мы *вынуждены* будем вернуться в Париж, хотя сознаем лучше, чем Вам это кажется, — на какую горькую судьбу мы едем. Но деньги на исходе, здесь все страшно дорого, и нас ожидает такая же нужда здесь, как в Париже, только в чужом месте. Правда, здесь есть физическая безопасность, в случае катастрофы, которая и нам кажется почти неизбежной во Франции (или даже пусть не ''почти''), и мы это, поверьте, учитываем, и все-таки решаем вернуться на родное Парижское гноище, нисколько не принижая того тяжелого, что нас ожидает.

Мы еще можем здесь прожить недели две и, м. б., три, если очень сожмемся, и в течение этого времени, даже в случае молчания на мое письмо (п. ч. прямого отказа, вероятно, не будет), я буду все-таки пытаться получить ответ, хотя гр. Видау уверяет, что на это почти нет надежды.

У меня был Альтерман и, в последнюю минуту, перед отъездом, он телефонил мне, что *"все идет превосходно"* с фильмом *Леонардо,* но, хорошо зная здешние дела и поговорив с Freddi, главным начальником всего кинематографического дела в Италии, я не разделяю Альтермановского оптимизма. Это дело трудное, сложное и долгое, хотя тоже не безнадежное. Альтерман, между прочим, говорил мне, что у него есть какой-то влиятельный сенатор (имя я забыл), который устраивал аудиенции для его промышленной делегации, и что, будто бы, этому сенатору он говорил обо мне и о том, что мне *"нужно во что бы то ни стало дать asile в Италии".* Повидайте поскорее Альтермана и расспросите его об этом сенаторе (он говорил мне спеша, в 10 секунд, по телефону, перед самым отъездом). М. б., он согласился бы мне дать рекомендательное письмо к нему? Это, разумеется, только соломинка, но ничем не надо пренебрегать. Во всяком случае, пощупайте, но, вообще, у меня впечатление от Альтермана, что он ко всему равнодушен, кроме фильма (т. е. жены). Я, однако, был с ним в высшей степени ласков, и всю его "обиду" рассеял. Вы это сразу почувствуете.

Сейчас вернулись от Св. Терезы, где слышали, как молятся, точно за нас, невидимые за решеткой кармелитки-затворницы.
Ну, Господь с Вами. Целую крепко.

ДМ.

О Шюзевиле ни слуху ни духу, а *он мне очень нужен!* Горе с ним: он "овца пропадающая".

/Приписка Гиппиус/
Это письмо ДС-ча, Володя, достаточно рисует вам наше положение. Я только нахожу, что, хотя ДС. желал сделать объективный рисунок, он *более оптимистичен* (для третьего, глядящего), нежели реальность, и настроение ДС-ча (как мое) именно эту реальность отражает. Но дело не в настроениях, а в фактах. Положим, самые факты явились в результате здешних и европейских "настроений"...
Если Б-у[81] даются "occasions sur mesure", то, как будто, и нам тоже, свои. Очевидно, неспроста едем мы в Париж даже не на старое дырявое корыто, а еще гораздо хуже. Было бы, пожалуй, умнее, если б мы вернулись в нашем "апогее", весной, не прожив полученного... хотя ДС. там не двинул бы *Данте,* вот единственный профит, не малый, конечно. Но теперь нечего думать о "было бы".
Вы несколько раз прочтите письмо ДС-ча, его трудно понять, не зная всех здешних обстоятельств и атмосферы. Не забудьте повидать Альтермана, у меня, по правде, на него одна надежда. При прощании он нам настоятельно советовал "не возвращаться". (Катастрофа в Париже, конечно, будет... но не сейчас, это я так думаю).
С минуты, когда выяснилась неизбежность возвращения, мне стал

Рим опять мил. Таково сердце человеческое. Но — "abandon"; все тогда будет хорошо. Целую, скоро опять напишу, уже особо.

З.

* * *

16 июня 1937
Hôtel Boston, Roma

Дорогой Володя,
пишу телеграфически, п. ч. мы завертелись в деловой суете.

Главный вопрос: возвращаться или нет — ждать событий до сентября? Какая у Вас интуиция? Я думаю, что лучше подождать, а З. Н., хотя и соглашается со мной, по разуму, но всем существом стремится "домой, домой!"[82] И я ее хорошо понимаю. Поговорите с Ив. Иван.[83] и Тат. Ив.[83] и сообщите, что они скажут.

Второе свидание с Вождем было очень благоприятно: он обещал меня устроить в Италии, если придется уехать из Франции, и слово свое сдержит. Прибавили еще 10 000 лир к уже полученным, так что до сентября могли бы прожить.

С Альтерманом чепуха. Я был у министра per la Stampa e Propaganda, Dino Alfieri, по этому делу, и он меня направил к главному директору всего кинематографического дела во всей Италии, Commendatore Freddi, и тот сообщил, что ничего не решено, *никто никаких денег в Италии не дает;* нужен "частный предприниматель", *produttore,* а такого сейчас нет, и его не так-то легко будет найти. Он, Freddi, обещал телеграфировать Альтерману, запросив его о реальном положении дела, так как не имеет от него никаких известий после ноябрьского (очень, по-видимому, неопределенного) письма. Итак, у Альтермана, как я и думал, все на фу-фу — полувранье, полуспекуляция.

В Америку напишу, как Вы советуете.

Когда, по Вашему расчету, решится получка 3 000 на Quai d'Orsay? Не забудьте, что там есть еще и деньги З. Н., а м. б., и мои, у Bilkok'а?

Здесь наступила жара, еще терпимая, но во Флоренции (где все наши вещи) должно быть пекло, и мы долго там не проживем, надо будет ехать в горы.

Пишите чаще и объективнее. Ваши письма больше объясняют положение дел, чем газеты. Главное, как решить о возвращении или невозвращении. Я знаю, как это трудно, но все-таки надо *решать вместе.*

Целую Вас
Д. М.

Четверг, 18. 6. 37

Hôtel Boston
Roma

Дорогой Володя,

Мы приехали благополучно и попали на старое пепелище, но цена еще неизвестна, боюсь, что будет очень дорого.

Здесь была чудовищная жара все последние дни, но третьего дня прошла гроза и стало полегче.

Рим сейчас — пустыня. Ни Публия, ни Преображенской.[84] Дучич растяпа и отставлен. Но гр. Vidau, кажется, здесь, и завтра или послезавтра его увижу. Передаю перо Зине.

Д.

...Все это было когда-то
И даже не помню, когда —

Инстиктивно на те же места ставлю все. Ирида (горничная) чуть не бросилась мне на шею. Рим весь — на пятачке и, после Парижа, — тишина и милая пустота.

Грустите ли вы о нас? Или радуетесь, что можете кушать à votre appétit? Напишите скорее. Толстая[85] больна, а Радзивилл — ничего себе.

Целую, далекий, Wòllòdia!

Зин.

[Пояснение Гиппиус:]

20 июня 37.

Милый Володя,

Д. С. написал Вам, с большими подробностями, о том, что у нас все обстоит пока благополучно, что он видел гр. Видау, кот. очень любезен и т. д. Но письмо куда-то засунул, и теперь я должна повторять эти подробности, а мне скучно. Гораздо интереснее, что мы еще не знаем, где будем лето: Д. С. хочет всюду, только не там, где жарко.

Здесь пока жары нет, сижу даже в пальто. Сейчас идем к Терезе, а потом завтракать к Радзивиллу. Вообще же здесь — как сон: те же люди, немножко понесчастнее.

Повидайте Белобородова:[86] он здесь в Париже с художником Ивановым[87] на автомобиле (чтоб его там продавать, автом., а не Иванова). Говорит, что с вами знаком (у Аргутин).[88]

А в общем — Рим, после Парижа, деревня, но не родная.

Сегодня прочли, что Куприн умер.[89] Вы были правы, она для того и увезла его туда.

Ну, пишите, целую

З.

Я целыми днями (и ночами) сплю, реакция от Парижа.

* * *

Вторник, 22. 6. 37

Hôtel Boston
Roma

Дорогой Володя,

сейчас получил Ваше письмо, первое от 18 июля. Вам отправлено уже два письма: одно, только что приехали, второе — через пару дней. Странно, что Вы не получили еще.

Слава Богу, что так счастливо пришли американские деньги, и что Брэдлей помог. Вчера в *Messaggiere* (вечернем) прочли, что Блюм пал, или вернее сам ушел? Да! Не пишу Вам ничего об этом, п. ч. Вы сами знаете все... Опять все, как было, — "вечное возвращение". Мы здесь сидим у моря и ждем погоды, а Вы там в грозе и буре "крыльев развеваете тафту"? Крепко надеюсь, что разовьете. Помоги Вам Бог! Слишком понимаю, как трудно и ответственно...

Здесь пока что жарко, но вполне выносимо. Утром дивная прохлада, и ночи свежие. А днем кое-где — солнечный удар — солнце грызущее — "Дракон". Но вообще мило и тихо, тихо, как на даче.

Завтра едем с Радзивилл, на ее автомобиле и с ее бульдогом Милей, в Rocca di Papa — 700 метров — в лесу, — час или $1^1/2$ от Рима. Но, кажется, гостиница сомнительная. Увидим.

2 июля приезжает Zanichelli из Болоньи на свидание.

Публия нет — он в *Jesi* у *madre*, и не отвечает на письма. А Голландка появилась вдруг — кинулась на шею, но затем скрылась опять, куда-то в Spoletto.

Что Шувалов? Чем больше думаю о нем, тем больше нахожу, что не надо упускать. Очень бы хорошо было, если бы он к нам сюда в Рим приехал. Мы бы его подготовили для Вас. Повидайте Толстого и скажите ему, чтобы он ему написал по авиону, что мы Шувалова здесь ждем. А впрочем, я становлюсь фаталистом. Как ни прыгай, все выходит неожиданно и как будто Что-то или Кто-то куда-то ведет.

Ну, Господь с Вами! Пишите чаще — пока такая тревога — если не каждый день, то хоть через день. По газетам ничего не поймешь. То, что Вы написали насчет банковской канители и исчезновения долларов, чрезвычайно любопытно.

Ваш Д. М.

Он уже все написал вам, Володя, а я только прошу о книгах! У меня осталась всего одна, а дальше — пустыня, пока на Hugo перейду. От Греты из Гамбурга имела письмо, сама писала ей уже дважды. Что делает Катерина? Или еще ничего? Бускюлируйте ее, нельзя медлить. Я содроганием вспоминаю всю грязь моей комнаты (и других) и ванны. Не оставила ли я маленькую, завернутую, франц. книжку мал. Pèr'a, которая предназначалась Публию? Если найдете — пришлите, пожалуйста!

                                                            Целую. З.

* * *

                                    24 июня 1937

                                  Hôtel Boston
                                  Roma

Дорогой Володя,
сейчас получил Ваше второе письмо от 22-го.

Слава Богу, что Дельбос остался. Надо надеяться, что останется до 15 июля и, следовательно, деньги Вы нормально получите, хотя ничего, разумеется, нельзя знать с точностью, до такой степени "маленькая кошка дрожит на хвосте".[90]

Теперь ждем, как решится вопрос о налогах, — это очень важно, п. ч. налоги, вероятно, катастрофически возвысятся.

Вчера мы ездили с Радзивилл, на ее автомобиле, в Rocca di Papa. Там чудесно — свежо, зелено и вид необъятный на всю Каманью до моря. Но гостиницы скверные и страшно дорогие. Поедем еще. Хотелось бы около Рима устроиться. Вот если бы Шувалов приехал и мы бы его захороводили, то можно бы вместе с ним виллу нанять. Впрочем, это фантастика...

Здесь, в Риме, началась духота тяжелая с поливанием теплыми душами — "тропическая система".

Из Министерства, насчет аудиенции, никакого ответа, и я все меньше надеюсь, что ответ будет положительный.

2 июля приезжает ко мне на свидание Zanichelli из Болоньи. До тех пор уезжать отсюда нельзя, да и неизвестно куда — то ли в Доломиты, то ли в Ассизи, то ли на плоскогорье *Sila* в Калабрии... Ну, посмотрим.

Здесь, в Бостоне, безумно дорого, и хозяин избегает меня, боясь, что я начну торговаться.

А все-таки хорошо, что попали в Италию. Если не сейчас, то, м. б. осенью, когда выйдет книга, что-нибудь и с фильмой устроится.

Узнайте, когда Альтерман приезжает.

Позвоните Мариновичу.

Дучич говорил со мной по телефону: "à très bientôt" и опять пропал. Видимо, тоже избегает.

Пишите.

Целуем.
                                Д. М.

/Приписка Гиппиус/

Дм. С. все пишет подробно — неизвестно что и для чего... и все не так, или не совсем так, как есть. Никакой особенной жары. Все, в общем, довольно приятно. И "безумной дороговизны" нет, если сравнить с Парижем. Отставка Блюма, очевидно, ничего не изменила, тем более что тот же Блюм на втором месте. Ах, никакого добра в конце концов!

Письма идут 5 дней!

Очень прошу о книгах.

* * *

27 июня
Рим

Дорогой Володя,

от Vidau все ни звука. Но тут один бывший русский Турок[91] тоже мучительно ждет, хотя у него сильнейшие протекции и важное или интересное, дело, тоже, впрочем, *литературное*. Будем и мы ждать, пока что. Когда получу франц. текст фильма *Данте,* то передам Vidau, и, м. б., произойдет движение воды, хотя интуитивно все меньше и меньше надеюсь.

Завтра едем опять в Rocca di Papa с Публием искать пансиона, по рекомендации Piccioli, у которого оказался parente в Рокке. Публий внезапно появился и кинулся ко мне на шею, плача от восторга. Он милый и трогательный, но З. Н. раздражает своей восторженностью. А мне словно нравится.

Письмо Голландца, в самом деле, замечательное. Но отвечать ему трудно: надо бы целую статью написать, а сейчас некогда. Тут все опять, как всегда, завихрилось — много интересного, но *дела* никакого. И денег уходит масса. Надо бы найти место подешевле на летние месяцы, а это не так-то легко, п. ч. все дешевые отели скверные, а мы избалованы нашими римскими палатами.

Насчет налогов грустно, что вышло так неопределенно и скаредно. Весь вопрос в том, есть ли *закон,* что после 70 лет французские граждане освобождаются окончательно. Если такой закон есть, то ссылка на бывшего президента Франц. Республики недействительна — только пустая отговорка. М. б., все-таки Дельбос поможет?

Бальмонту я написал.

Кюфферле тоже написал энергичное требование выслать Вам немедленно русский текст *Данте.* Напишите ему и Вы, ссылаясь на меня: это на него подействует.

Отправили ли Вы русский текст фильма в Вену, как я Вас просил?

Что Шувалов, едет сюда или не едет?

Здесь днем очень жарко, жгуче. Но вечера и ночи свежие, чудесные, так что в общем легче Парижа.

Пришлите франц. *Макбета* и разговоры Гете по-немецки, если успеете до отъезда в Dieppe.

Целую.

Д. М.

Пожалуйста, узнайте у Allain Michel адрес Шюзевилл (как пишется по-французски Шюзевилл?). М. б., он тут же в Риме, а я его не знаю.

* * *

29 июня 37.

Hôtel Boston
Roma

Милый Володя,

вчера, тотчас по получении Вашей записки, Публий Вам отправил *Жизнь Данте*. Она мне может очень понадобиться, а поэтому, попросите Илюшу снять две-три копии и пришлите мне одну.

Где пойдет *Данте?* Конечно, в Шанхайских *Записках*,[92] а не в Парижских?

Вчера вечером, или, вернее, ночью, мы пиршествовали с Дучичем, во Фраскати, куда нас отвез его автомобиль с сербским шоффером Боголюбом. Дучич очень мил и любезен, но неисцелимо вял и забывчив. Он отсюда уезжает, увы, в Бухарест. Но еще, вероятно, побудет здесь, и я постараюсь его "захороводить", что нелегко. Все увиливает в вопросы важные, но отвлеченные. "Mais je voudrais, mon cher ami, savoir votre vie intime sentimentale avec Madame Merejkovsky..." и проч. Однако, с князем Павлом[93] говорил об увеличении пенсии до 1 000 фр., но о 5 000 забыл. Очень заинтересовался Войновичем и Мариновичем, своими приятелями. Скажите им, что я о них говорил с Дучичем и что он им кланялся. Он обещал Пуричу, Посланнику, написать обо мне, и я от него (Дучича) не отстану, пока он не напишет.

Вчера, когда мы были во Фраскати, телефонили из Министерства Иностр. Дел, вероятно, от Conte Vidau. Сейчас 10 1/2 чл., а не 11 1/2. Я жду от него телефона. Тогда напишу.

Сегодня прошел дождь, и чудесно посвежело. Да и в жару, не так пока тяжело: есть всегда веяние с близкого моря. Во Фраскати (500 м) вчера было почти холодно. Но там скверно, п. ч. некуда податься из городишка довольно паршивого (хоть кругом царственно-великолепные виллы, но за решетками) и страшно дорого. Пансион за одного от 50 до 100 лир!

Завтра, если получим рекомендательное письмо от Piccioli к его приятелю в Rocca di Papa, едем туда с Публием, а м. б., и с Голландкой.

...Пришла Преображенская и так заболтала с З. Н., что невозможно писать. А вчера Вашериха[94] довела болтней до бешенства...

Телефон не от Vidau, который уехал из Рима, а от заместителя его, Solari. Он говорит что-то неопределенное насчет отъезда Цезаря и того, что сейчас нельзя назначить свидания, и спрашивал, сколько дней я остаюсь в Риме. Но так как не я говорил, а Преображенская, то трудно было добиться толку, и я завтра сам пойду в Министерство, и если что-нибудь узнаю определенное, то напишу, а пока целую.

Преображ. заговорила и З. Николаевну. Мы убегаем в виллу Боргезе, но боюсь, что она и там не отстанет. Ох!

Д. М.

P.S. Возьмет ли Гукасов издание *Данте*?

* * *

30 июня

Penzione Piccioli
1, via Tornabuoni
Firenze

Дорогой Володя,
отправляю Вам вместе с этим письмом exposé на 20 стр., п. ч. это легче, чем на трех. Продиктуйте переписчице, иначе она не поймет.

Из 2 000 фр. Массарика отдайте Асе 200 фр. долга, и пошлите Вере 200 фр. Остальные 1 600 истратите, как решит она: м. б., нам придется их выписать, так как денег у нас в обрез, ввиду страшной здешней дороговизны, а у Вождя до сентября нельзя больше просить. Дело с Альтерманом затянулось на неопределенное время, благодаря его глупости и небрежности: он все еще не ответил на письмо Freddi! Точно умер.

Книгу Чеху[95] пошлю вместе с распиской.

Пишите, ради Бога. Целую Вас

Д. Мережковский.

* * *

Четверг, 1 июля 37
Рим

Милый Володя,
я получил сейчас Ваше письмо от 29 июня, — вот как скоро.

Жизнь Данте отправил Публий заказным пакетом третьего дня, и Вы, должно быть, ее уже получили. Кюфферлэ резко отказался посылать свой экземпляр: нужен, будто бы, ему для поправок, а м. б., просто измусолил и довел до такого состояния, что посылать стыдно. Вообще, Кюфферле, кажется, психопат, судя по отзывам Заничелли, к счастью, нормальнейшего человека, хотя удивительно похожего на "молодого Сталина".

Виделись мы и долго говорили с русским туркой из Азербайджана (?), *Essed Bey* (Меммед Ибрагимович). Он человек весьма любопытный, русский офицер белой армии, видавший все виды от Мекки до Холливуда, и все и всех знающий. Написал книгу, кажется, хорошую, по-немецки, изданную на всех языках (по-французски, у Payrot) о Магомете, другую книгу, о Николае II, и пишет сейчас книгу о современной Италии. Он знает Оцупа Венского[96] и обещал вступить с ним в сношения для попытки пристроить *Данте* у того предпринимателя, который у меня был в прошлом году в Риме. Это он сделает недели через две, когда будет в Риме, а сейчас или через несколько дней, после свидания с Цезарем (если он, Турка, окажется счастливее меня), летит на авионе в Триполи, не боясь чудовищной тамошней жары. Вот какой молодец! Он знает лично Piper'a и говорит, что он, хотя честен, но страшно прижимист (жид!). Очень не советует издавать *Данте* в Германии, где нет для него читателей ввиду тамошнего антихристианства, а советует издать в Австрии у Фишера (родственника и наследника знаменитого Фишера). Предлагает свести меня с Фишером, если дело с Пипером не выгорит или будет невыгодно. Кстати, из Австрии деньги можно получать беспрепятственно, не то что из Германии. Я возьму Венский адрес Эссад (или Ассад) Бея и пошлю его Вам, а Ваш — дам ему. М. б., что-нибудь выйдет.

...Сейчас принесли счет за гостиницу, и я ужаснулся — 900 лир за неделю — около 1 000 фр. Значит, вместе 4 400 фр.; с расходами кроме гостиницы (считая по 50 фр. в день, а выходит обыкновенно больше, — от 60 до 80 фр. — 2 000 фр. в месяц. Следовательно 4 400 фр. + 1 5000 = 5 900 или 6 400 фр. А у меня сейчас осталось 17 000 лир из министерства, и 1 500 лир туристических — всего 18 000 лир или 22 000 франков. На возвратный путь нужно считать 1 500 — 2 000 фр. Значит, на прожитье 20 000 фр. — следовательно, считая в среднем по 6 000 фр. в месяц — до 1 октября, и тогда вернемся голыми, если не устроится фильм. Все это пишу не для "паники", а чтобы дать Вам чувство здешней реальности...

Завтра едем в Rocca di Papa или Fuiggi, чтобы видеть, нельзя ли где-нибудь найти отель подешевле.

Д. М.

[Гиппиус продолжает письмо:]

Рим
Четверг, 1 июля 37.

Ушел платить по счету, и я продолжаю. Уже началась беда, — мысли о деньгах. Вижу, что когда они у меня — лучше. А тут я и копить ничего не могу (даже папирос). Копление же единое спасение.

Вчера я вам длинно написала. И потом скоро напишу еще, не "деловое", а вообще. Пока дайте, удивлюсь: разве вам не весело, что никто вас с утра до вечера не бранит — за ванну (а какая здесь чистая!), за говядину (слишком здесь ее много) и за всякое другое? Но, в конце концов, я понимаю, представив себя на вашем месте, что и "постылая свобода" не такая уж желанная. Я оттого раздражаюсь Публием и его селедкой, что предпочитала бы, на месте этого "благоговейного трясуна", видеть вас, а селедка... она даже в другом плане, чем Грета...

Пришла Варшер, нельзя больше писать, она обидится, до завтра.

A vous

З.

* * *

3 июля. Суббота
Рим

Милый Володя,

сейчас был у нас Турка Essad Bey, который улетает завтра на авионе в Ливию. Я с ним подробно и точно переговорил об издателе для *Данте*, Фишере, и о кинематографическом предпринимателе в Вене (у которого служит брат Оцупа — Торино). Essad Bey будет в Вене между 15—20 июля. Напишите ему по адресу:

Essad Bey
Kärtnerring 15
Wien 1

Зовут его: Магомет Ибрагимович.

Он думает, что и для книг З. Н. — *Чортовой Куклы*[97] и *Синей Книги*[98] — можно будет найти издателя в Вене. Пошлите ему *La poupée du diable* и Синюю Книгу.

Я сейчас написал письмо Цезарю и, в понедельник, отвезу его графу Видау для передачи по назначению. Но выйдет ли из этого толк, не знаю. Турка так и улетит, ничего не добившись, несмотря на ловкость и могущественность протекции.

Здесь солнце жжет, а ночью и утром свежо.

Предвижу, что очень трудно будет найти летнее пристанище. Около Рима все гостиницы паршивы и дороги, хотя места чудесные, а плоскогорье *Sila*, куда мне очень хотелось бы, З. Н. пугает, п. ч. 1 200 метров и глушь в Калабрии.

Бальмонт ответил мне трогательным и остроумным письмом.

Что же Гукасов, возьмет ли издание *Данте* и заплатит ли за фельетон 1 000 фр.?

Здесь, в Риме, оказался Семенов,[99] но я его не видел, и он, кажется, не стремится ко мне.

Чем кончилась история с налогами? Судя по газетам, у вас не очень весело. Но Дучич уверен, что "все обойдется", и войны не будет ни в коем случае.

Целую. Пишите.

Д. М.

* * *

6 июля, вторник
Рим

Милый Володя,

З. Н. хотела Вам написать сегодня, но потом напишет, п. ч. устала от жары, которая таки "ударила", — пошла в спальню и заснула. Потом придет Публий, и мы поедем пить холодный кофе с битыми сливками в вилле Боргезе, где всегда прохлада и дивный, единственный в мире, закат с видом на купол Петра и Яникул.

Кажется, мы нашли дачу и можете себе представить — *даром!* Один римский "миллионер" или, во всяком случае, богатый человек, писатель-философ (по социологии), узнав, что автор *Leonardo da Vinci* ищет виллу на Rocca di Papa, предложил мне свою, villina Flora, в три этажа, а когда я сказал ему, мне нужно только три-четыре комнаты, и что мне совестно даром, то он просто и так искренне начал настаивать, что денег не может взять с "illustre scrittore, autore del *L. d. V.*" и прочее, прочее, что я почувствовал, что он это нам предлагает от чистого сердца, и принял...

З. Н. проснулась, вышла, но еще "сумасшедшая гувернантка" и едва ли будет в силах Вам писать...

...Завтра едем на автомобиле Gamberini (имя владельца) осматривать Флору. С нами поселится Публий и Голландка; наймем кухарку и сами будем готовить...

Все это я Вам пишу, и все это так не похоже на действительность, что мне кажется, что-нибудь развеет этот "сон золотой". Но не хочу "каркать". Публий очень хорошо говорит: "C'est peut-être un petit miracle de la Petite Thérèse", у которой мы были втроем в часовне и мальчик, прехорошенький, Armando (сын сторожихи), поставил от нас цветы на алтарь.

Когда осмотрим виллу, то напишем и пришлем фотографии.

Здесь оказавшийся Семенов пришел к нам вчера и навел тоску, такую же старость, как в *Возрождении*. Потом он же оказался у Иванова, и Вячеслав тоже навел на меня тоску. Между прочим глупо и вяло ругал не ругал, а подсиживал Георгия Иванова. Ну, а пока целую.

Д. М.

Когда узнаете о Шувалове, напишите. Вот если бы он оказался таким же благородным миллионером, как хозяин Флоры! Но надежды мало...
А что же, где же Шюзевиль?

* * *

10 июля 37.
Рим

Дорогой Володя,
с хозяином роскошной виллы случилась маленькая "клякса" (Гоголя): в последнюю минуту он вдруг слегка ожидовел и потребовал 3 000 лир за 2 месяца, но уступил за 2 500 л., м. б., уступит и за 2 000, — но это еще не наверняка. Все-таки экономия будет порядочная, т. к. мы поселимся с Публием и Голландкой, и разделим плату за виллу, да и хозяйство будет дешевле: Публий считает на пятерых (с кухаркой) по 25 лир в день, но это мне кажется слишком дешево. Все же экономия будет сравнительно с гостиницей, где колоссально дорого.

На будущей неделе в четверг, вероятно, переезжаем на виллу. Но об этом еще напишем с точностью.

Сегодня отвожу письмо к Цезарю (через гр. Vidau), но надежды мало. Написал также Alfieri; хочу с ним переговорить насчет фильма *Данте* и *Леонардо*.

Очень важно освободиться от *option* с Альтерманом. Переговорите с ним решительно, назначив предельный срок 1 сентября, что ли, а лучше бы раньше. У меня есть новые возможности, а я пожалован *option*. Дали Вы мне или не дали Альтерманово письмо о положении дел с *Леонардо?* Я его у себя в чемодане (маленьком с ключом) не нашел.

Посылаю Вам адреса журналиста Коссова из *Нашей Жизни* в Манчжурии. Он очень просит выслать ему поскорее мою фотографию, которую хочет вместе с интервью поместить в Н. Ж. Просил отрывок из *Жизни Данте* и уверял, что там хорошо заплатят. Я сказал ему, чтобы он с Вами списался. Пошлите ему мою фотографию, хоть бы крошечную, с паспорта (ему даже такая удобна), и условьтесь насчет цены за главы *Данте*. Если бы они согласились напечатать 10 или 15 или 20 /неразб./, то можно бы запросить, мне кажется, от 3 000 до 5 000 *лир* (не франков). Деньги у него есть — японские, т. е. фунты или доллары. Жаль упускать.

Что же, наконец, едет или не едет Шувалов? Не вышла Флора среди Рафаэлей, /неразб./ и античных обломков, он был бы в восторге.

Целую.
Пишите.
Д. М.

* * *

14 июля 37
Рим

Дорогой Володя,
положение такое смутное, что трудно писать.

Вы уже знаете, что владелец виллы Флора потребовал 3 000 лир и не уступает. Голландка поехала осматривать виллу и поссорилась с его секретарем, а потом — с Публием, которого хочет (бессознательно или полусознательно) оторвать от нас. Публий в отчаянии решил вернуться *alla mia madre*. Так что мы останемся одни на вилле. Хуже всего, что денег хватит не дольше как до 15—20 сентября, и вернемся *голыми*.

Завтра Вы узнаете насчет получки с Quai d'Orsay (Дельбос). Это очень важно. Напишите тотчас же по авиону: я очень беспокоюсь.

Что же Илюша?[100] Вы так ничего и не написали о нем.

Говорили ли Вы с *Возрождением* о *Данте*? Возьмут ли они книгу? На Шувалова надежда плоха.

Мариновича надо было попросить напомнить Пуричу, чтобы он навел справку о моем деле, которое, по-видимому, стоит на мертвой точке.

Вообще скучно, тошно, главное, п. ч. опять нависла денежная паника.

Вдвоем на вилле будет нам невесело. Да и тяжело З. Н-не опять брать на себя хозяйство, да еще с незнакомой итальянкой. Вообще все надо подчинить *Entbährung*.

Мне очень нужны бумаги Альтермана, — я их у себя не нахожу. Пришлите поскорее. Едет ли он сам сюда? И когда именно? Очень хотелось бы мне освободиться от его *option,* которые только путаются под ногами.

Получены ли деньги от Сербов?

З. Н. не пишет Вам от неясности положения, скуки и тошноты.

Целую.

ДМ.

[Продолжение Гиппиус:]

Рим. Hôtel Boston
14 июля 37.

Ну вот, Володя, все у нас пошло накосо: Д. С. достаточно писал, — и о жулике с Флоры, и о деньгах, и о Публии с чертовой голландкой, но все это, конечно, недостаточно, чтоб вы составили себе правильную картину. Не будет достаточно и моих пояснений. Со мной еще сегодня личное маленькое несчастие: по летнему времени в гостинице набирают каждый день новый, случайный, персонал, и вчерашняя горничная (сегодня уже опять другая) стащила у меня из сумочки 50 лир, а из другой — тоже, да еще с маленьким carnet вместе, куда бумажка была заложена. Хорошо, что еще "утку" мою не нашла, где было почти 300 лир вместе. Жалко ста, а особенно agend'ы, куда я по числам записывала, что с нами случается. Думала потом развить. Теперь все, что осталось, — отдала Дмитрию запереть.

Но это, сравнительно, пустое; главное же, что мы видим: на виллу ли ехать, к этому жулику и авантюристу, или в Калабрию — все равно у нас, к началу сентября, останется ровно столько денег, сколько нужно, чтобы вернуться в Париж. Вы же, как говорит Д. С., поражены в этот год, не в пример прошлому, бездарностью в смысле добычи. Только всего месяц и было отдыха от корявой заботы этой о деньгах (послезавтра будет месяц). Это не несчастье, не хочу Бога гневить, но это — вечная грызущая забота, подташниванье, портящее все окружающее, тем более, что присутствуешь и при соседнем подташниванье, — Д. С-ча, — что утраивает свое собственное. Очень ценю вас, — при вас нет такой "покинутости" и в этом, *и вообще,* как сейчас у нас обоих. Инстиктивно — я жду всякий раз от вас утешений, но нет, кроме грусти, в письмах ничего такого нету.

Еще расстройство — окружение психопатов каких-то. Главное — Публий с голландкой. Она меня (и Д. С.) невыразимо раздражила раз навсегда. Это какая-то фурия, живьем съедающая Публия. Он, съедаемый, тоже невыразимо противен делается, когда убеждаешься, что он совершенно безволен, что на него даже в пустяке нельзя надеяться. "Je ne sais, peux pas offenser Mademoiselle... Je ne sais pas ce qu'elle veut... J'irai chez mia madre..." Думаю, что она его теперь, через нас захватив в лапы (4 месяца здесь жила одна и выманила сюда только нами), увезет опять, куда захочет, подальше от нас. Ведь это она там, на вилле, наскандалила, чтоб не жить с нами и Публия не пустить. Жалко и противно смотреть, как он, уверяя, что "elle ne me comprend pas" и "c'est un enfer pour moi, cette vie" — все-таки отдается этому дурацкому и грубому, темной кожей обшитому, костяку. Но у нее, очевидно, деньги, а он весь — "не то дитя, не то старик".

Не пишу о других разнообразных психопатах, итальянцах и всех иных национальностей (Дучича включая).

Я, впрочем, с совершенной ясностью еще в Париже видела, и вам несколько раз говорила, что *если не фильм,* все равно какой, мы провалимся более глубоко, чем французские финансы, и что это совершенно твердо. Надо раз навсегда дать себе в этом отчет. На хозяина надежда, наконец, глупа; и я не вполне понимаю настойчивость Д. С-ча, добивающегося свиданья (которого, кстати, и не будет) с пустыми руками: книга не вышла, а когда выйдет, нас уже здесь не будет (в 1/2 октября), проекта фильма нет, а если б он был — то, пока из него не исключены места, невозможные не только для Италии, а для всякой христ. страны (и даже для меня) — он мог бы только оттолкнуть. Я все это говорила Д. С-чу, но он не слушает. Мож. б., у него другой опыт. А м. б., нужен и этот опыт.

Относительно *Леонардо* — история с *option*, о которой вам Д. С. писал, но вы ничего не сделали. Вообще я ничего не понимаю, что вы написали об Альтерм.: что вы книги какие-то с ним присылаете (значит,

165

он должен приехать?), то присылаете их по почте (значит, не приедет?). Турка скрылся, в Триполи улетел, и там, очевидно, завяз.

Если я вам мало писала, то ввиду именно всей скучной неопределенности и усталости от всяких тяжелых вздоров. Пойдите к Терезе, попросите немножко за нас. Мы здесь каждое воскресенье ездим в Кармелитский к ней монастырь.

Получила от Мамченки письмо, он в палатке, но адреса его не знаю. Смерть Минского[101]... cela m'a fait quelque chose, не могу не сказать. Никто и не знал, что он в Париже. Хочу Petit[102] написать, она, очевидно, знает, отчего он умер, и где Венгерова.[103] Забыла Птихин адрес (и парижский, и дачный), спросите у Илюши. А Куприн? Жив или умер? Здесь все думают, что умер.

Ну, милый друг, до свиданья, такое длинное письмо! Очень прошу о книгах, при бедности Зола не накупишься. Еще просьба: купите в *Возрождении* мою *Синюю Книгу* и пришлите сюда. Ее мне очень недостает. А в общем, если сумеете, утешьте нас хорошенько, развив всю кипучую деятельность, на кот. способны.

Целую крепко.
Зин. Г.

P. S. Вчера мы зашли в какую-то аптеку за эликсиром, попросили прислать, а когда Д. С. дал имя — вдруг барышня в упоении, узнав в нем любимого "autore"; а Д. С., удивившись и грустя, сказал мне потом: "Ведь вот, последняя барышня меня знает и благодарит, а я как нищий!"

Последние Новости иногда получаем с утра, иногда пустое утро.

* * *

15 июля, пятница
Рим

Дорогой Володя,
мы решили ехать в Rocca di Papa. Жулик устроил все за 2 500 лир, но чего это мне стоило! Публий с Голландкой едет в Калабрию и Тоскану, полупоссорившись с нами. Он очень милый и глубокий человек в созерцании, но в жизни — *planche pourrie*, безнадежно неверен, истерик и "благоговейный трясун".

Довольно будет жутко жить вдвоем на этой Скале Папы.

Денег, при величайшей экономии, хватит до 1 октября, а *Данте* выйдет не раньше 15 октября. Было бы неразумно уезжать отсюда до выхода книги и возможного тогда свидания с Цезарем. А потому придется, вероятно, выписать от Вас часть американского сокровища, соответственную 3 — 4 000 лир. Это на 15 сентября, если ничего до тех пор не устроится с фильмом, ни здесь, ни в Америке.

Что Альтерман? Что Илюша? Что Шувалов? Что *Возрождение* (насчет *Данте*)? *Турке напишите:* он, вероятно, скоро будет в Вене.

Вчера Вам написала колоссальное письмо З. Н. Получили?

Здесь очень жарко, но пока еще возможно, благодаря прохладной ванне.

Что Вы решили насчет ремонта квартиры?

На Скалу мы переезжаем, вероятно, на будущей неделе, в среду.

Посылаю Вам карточку виллы.

Пишите. Целую.

ДМ.

* * *

19 июля 37
Рим

Дорогой Володя,

сейчас получил Ваше письмо от 16 июля. Слава Богу, что получили 3 000 фр. безболезненно от Дельбоса, а то я уже начинал беспокоиться, что Вы замолчали.

Пришлите, пожалуйста, точный расчет, сколько у вас всего денег, после уплаты квартиры и всех расходов. Верен ли мой расчет:

3 500 долларов	(8 500 фр.)	
3 600 фр.	—	от Бильона
3 000 фр.	—	от Ложьэ
1 000 фр.	—	от Илюши
1 200 фр.	—	от Сербов
16 000 фр.	—	всего?
— 3 500 уплачено за квартиру (с углем и		
150 фр. — на чай консьержу)		

В остатке — 14 500 (если я верно считаю доллары — но, м. б., по теперешнему курсу больше?).

Где будет (если будет) печатать Илюша *Данте* отдельной книгой, в Париже или Шанхае? Если в Шанхае, то я не хочу. Во всяком случае, надо отрывки из II части напечатать в *Возрождении*.

В четверг переезжаем на Рокку. Отправляем туда кухарку вперед, как на дачу. Жулик, пока что, очень любезен, но все же кремень, обмазанный медом.

Публий, плачущий и кающийся, м. б., поселится рядом в пансионе. Издали это присутствие не будет никому мешать.

Вчера была гроза, и посвежело. Сегодняшний день упоительный.

Что ремонт, как решили? Очень не хотелось бы возвращаться в такую же грязь ("черное сияние" над радиаторами), из какой уехали.

Три коврика мне необходимы. И хоть два-три стула и кресло соломенное с продранной ручкой поправить. Можно ли стены и двери вымыть?

Мне нужен точнейший расчет денег, чтобы знать, сколько можно будет выписать на 10—15 сентября, чтобы дотянуть здесь до выхода книги.

Что же, как с податями?

О Шувалове устали спрашивать. Очевидно, он рассеется призраком.

Целую.

Д. М.

Турка, вероятно, уже в Риме, или скоро будет там. Напишите туда. Плохо, если никак *Данте* не устроить. Альтерман получил. — Детектив — *Маски* — *Подвиг*[104] — тоже.

* * *

21 июля, 1937
Рим

Ударила чудовищная жара. Пишу в полусознании.

Завтра 22 июля, в четверг, в 5 ч. вечера едем на автомобиле Жулика в Рокку, где будет, м. б., чуть-чуть полегче, все-таки 750 метров.

Вот адрес:

Rocco di Papa
Villa Flora
Viale Enrico Ferri, 11
Roma

Пишите туда почаще. Публий все в агонии между нами и Голландкой. То с нею, то с нами. Кажется, все-таки покинет нас, и мы останемся одни на этой Скале с Жозефиной, милейшей и честнейшей сицилианкой.

Ну, Господь с Вами. Ухожу в сад Озерной на вилле Боргезе, где легче дышать.

Целую.

Д. М.

* * *

23 июля 1937
Villa Flora
Viale Enrico Ferri
Rocca di Papa
(pr.) Roma

Вчера мы ввалились в Жуликову виллу. Род Клозона, хотя и с Торвальдсеном-Рафаэлем (м. б., тоже поддельным — жульническим). Вид чудесный и тишина (когда не трещат наглые, торжествующие, Цезаревы любезные мотоциклетки). В верхнем этаже оказался испорченным водопровод, и бабка без воды, так что льем из кувшинов. У З. Н. тотчас же распух глаз от мустики, римской или здешней, неизвестно. "Какая покинутость!" Но я бодрюсь, надеюсь, что все наладится. Лучше всего тишина, только в воскресенье будет ад шума, п. ч. весь Рим кидается сюда, а мы между двумя большими дорогами.

Если бы мне только начать писать заметки к *Лютеру*, а З. Н. какие-нибудь статьи — материал у нее чудесный.

Публий остался в Риме с рыдающей Голландкой. Будут пытаться переехать сюда, но едва ли. Да и все равно, он уж отрезанный ломоть.

Вот хорошо, что вспомнил: это важно. Скажите Парамонту (т. е. агенту в Париже), чтобы он написал, что я на все переделки и все исключения заранее согласен. Там есть места, опасные для американцев ("Данте среди девчонок" и еще кое-что).

Вчера солнце заходило малиновое от зноя, а черная асфальтовая дорога была словно кровью залита. Но здесь, кажется, намного свежее, чем в Риме (все же 750 метров), и как будто легче дышится. А главное, тишина...

Пришел Густав, наш благодетельный гений, требует письма для отправки. Да и писать трудно — обалдел еще от вчерашней усталости.

Целую. Д. М.

Письмо Ваше от 23 июля сейчас получили.

Я отлично чувствую, дорогой Володя, что Вы — верный друг, и особенно это сейчас ценю, когда общий закон мира неверность (Публий, *Sacri Libri* — только символы).

Ради Бога, говоря с директором Парамонта, не забудьте сказать, что я заранее согласен на все исключения и замечания.

Насчет Альтермана Вы, конечно, правы: надо ждать, по крайней мере, до осени. Если *Данте* будут печатать в Шанхае, то будет так же масса опечаток, как в *Павле-Августине* ("механические друзья" вместо "манихейские"). Заплатил ли Вам Илюша? И если нет, то когда заплатит?

Что решили насчет ремонта?

Здесь продолжаем жить без воды в бабке, и в лавабо Жозефина таскает воду в кувшинах. Она очень милая, и ребеночек у нее пронзительно-жалкий и милый.

Против моего окна — окна папского летнего дворца — так что я с Божьей помощью начну писать *Лютера-Кальвина* — духовно-физически — против Папы (опять "символы"?).

Здесь тихо и свежо, и такой вид на римскую Кампанью до самого моря, что нельзя привыкнуть. У нас большой сад на горе — почти малинный лес — там хорошо очень. — Публий уедет с Голландкой на *Monte Alverno*. Вчера уехал и Густав, и мы совсем одни.

Целую. Пишите чаще.

Д. М.

* * *

4 августа 1937

Villa Flora
Rocca di Papa
Roma

Давненько я Вам не писал, дорогой Володя: это п. ч. я пытаюсь работать над подготовкой к *Лютеру*.[105] Но он тяжелый, каменный и страшно неуклюжий, так что сдвинуть его очень трудно, несколько труднее, чем *Данте*.

Неосторожным надеждам насчет Парамонта я не предаюсь, но если бы совсем не было надежды, то написали бы сценарий какой ни на есть. Значит, когда все "провалится с треском", что, разумеется, весьма возможно, ввиду гангстеро-сантиментального вкуса в Америке (да и везде), то огорчусь, а главное, тогда уж будет пропущено дорогое время. Вот против этого я и хочу принять меры...

...Сейчас, точно в ответ на то, что я писал, получено Ваше письмо З. Н. от 2 августа (вот как скоро) с мудрыми соображениями насчет темной воды в облаках Парамонта. Но если они, черти, могут и не захотеть ставить *Данте*, то на кой же чорт мне заказывали и даром отнимали у меня время?..

Продолжив, однако, начатое до получения Вашего письма (З. Н. читает еврейское письмо и мешает мне). Да, надо принять теперь же меры против провала надежды. И вот что я думаю. 1 сентября, т. е. недели за две до отъезда в Париж, я напишу письмо Ц.[езарю], прося у него 20 000 лир в виде *аванса* под два возможных и даже вероятных фильма: "Жизнь Данте" и "Леонардо да Винчи". Но чтобы такое письмо было действительно или действительное, надо к нему приложить плод за уже полученные и истраченные 20 000 лир — а именно "Жизнь Данте". Или я очень грубо ошибаюсь, или здесь скорее может выгореть это дело, чем в Америке, и, во всяком случае, мне в просьбе моей не будет отказано, и я продлю мое здешнее (Римское, конечно) существование до выхода итал. книги о Данте, и тогда откроются совсем новые перспективы и возможности. Но для всего этого мне нужно, чтобы Вы прислали мне французский текст сценария не позже 20—25 августа и чтобы Вы согласились (без Вашего согласия я этого делать не буду), чтобы я послал этот сценарий Цезарю — ему одному, и никому об этом не говорю.

Подумайте серьезно, как нам быть. Ведь жалко будет, если я вернусь к 15 сентября, уже с отказом от Парамонта и не солоно хлебавши здесь, и, написав Ц. и отправив ему все же сценарий, получу опять в Париже 20 000, и надо будет возвращаться в Рим, и 3 000 лир на дорогу в Париж и газеты пропадут, и сколько будет тщетных тревог под треск провалившейся надежды! Ну, да Вы, надеюсь, все поймете и взвесите. Во всяком случае, не думаю, что отсылка сценария Цезарю за 2 недели до решения где-то в Холливуде может его, сценарий, дефлерировать.

Только что с письмом Вашим получили газеты русские (после двух недель), а франц. нет как нет. Это очень неприятно, п. ч. по-итал. ничего не поймешь, что происходит во Франции, да и скучно, а скуки здесь и так довольно. Не сходите ли или не потелефонируете милому секретарю Итал. посольства на rue Varennes, с которым Вы так подружились? Он Вам посоветует, что сделать, или сделает сам. (Позвоните по телефону в Рим, и дело будет сделано).

Что же ремонт, как решили? Ведь, м. б., нам придется ввалиться и раньше 15 октября? А в "черное сияние" (над радиаторами) уж очень не хотелось бы вваливаться.

С Вашерихой я по-христиански примирился, да она и тиха, как мышь, и, вероятно, не долго пробудет.

Тишина здесь прелестная, но от нее страшно спится, и З. Н. всегда в полусне.

Жулик наш очень жалкий и, в сущности, кажется, ничего дурного не сделал, но, кажется, все-таки задержали сверхжулики.

Вчера ездили на дохлой белой кобыле — *Коне Бледном*[106] — на волшебное озеро Нэми, откуда выудили галеры Калигулы. Там чудесная земляника, которую мы все пожираем.

В бабке наконец появилась вода, а в Римской ванне все еще нет, и я от не-купания мучаюсь (хотя свежо, вечерами даже холодновато) и мозоли растут, и чувство в теле, подобное угрызению совести (в Риме по две ванны в день, и совесть тела была чиста, как у древнего грека).

Ну, надо кончать, а то какую-то чепуху записал. Скоро Вам напишет З. Н. толковее. Иду пить чай с Вашерихой и читать письмо Еврея (З. Н. его что-то не оценила), а потом из экономии, даже без *Коня Бледного,* пресмыкаться на мотоциклетной дороге, где малиновеет солнце на черноте асфальта между невероятно-изумрудными буками и каштанами, а вдали "бессильно сияет" папа, и не побежденный Лютером, но ведь и его не победивший.

Пишите, пишите обо всем, а то заедает скука и мертвецкий "сон души".

ДМ.

* * *

20 августа 37
Villa Flora

Дорогой Володя,

Мне хотелось бы начать *Лютера* здесь, а этого я не могу сделать, не имея стихов Тютчева "Я Лютера люблю богослуженье" и немецкой книги Wernle, *Luther*, 1918. Очень прошу Вас, — до отъезда, пришлите мне эти стихи Тютчева (книжка его на самой верхней полке, справа от окна, против письменного стола в моей комнате), и выпишите Wernle (в магазине на St. Germain). Кстати же, узнайте там сколько стоит: Julius Köstlin — *Martin Luther, sein Leben und seine Schriften*, 2 Bände, 1903. И если не слишком дорого (не дороже 100 фр.), то выпишите тоже.

Вы совершенно правы: пора кончать мой "роман" с Цезарем. Я уже подумываю начать новый, с *Motta* Швейцарским, по поводу *Лютера-Кальвина*. Но влюбиться в него (Motta) так же трудно, как в соляной столб, нашего консьержа или Асю. А при теперешних обстоятельствах, "честным трудом" (без романчика) не проживешь, пожалуй...

Шувалов мне так и не ответил! Это удивительно, п. ч. он не мог не получить письма.

Здесь, хотя и дешевле пареной репы, но все же деньги истощаются, и едва ли дотянем дольше, чем до 20—25 сентября. Вернетесь ли Вы к этому времени и кончен ли будет ремонт? Плохо будет ввалиться в неготовую квартиру без Вас! Сколько, Вы думаете, можно не особенно болезненно выписать сюда денег из нашего желтого сокровища? Пришлите, кстати, точный расчет его после ремонта (не забудьте *коврики* мне и *кресло* у письм. стола, ради Бога — это важнее обоев!).

Жду сценарий "Данте" к концу августа или самому началу сентября. Не хотелось бы уезжать отсюда, не послав его по здешнему назначению. Сценарий, кстати, совпадает с корректурами *Данте*.

Здесь продолжает быть недурно; главное, свежо и тихо. Скучновато, но и скука действует иногда отдохновительно. Если бы только не грозная перспектива нищего и дорогого Парижа...

Когда Вы уезжаете и когда возвращаетесь, сообщите с точностью, чтобы нам не разминуться.

Сюда иногда приезжает Варшериха и буйствует, и болтает, но болтовня ее замирает в вековечной тишине.

Мы сейчас едем кататься на осле в тележке, — вот до чего дожили.

Piccoili заманивает в Ливию, в октябре-ноябре, но едва ли мы туда поедем — уж очень далеко старые кости ломать...

А что же, наконец, Илюша? Чем решилось?

Выйдет ли *Франциск*[107] и *Жанна*[108] осенью по-русски? Спросите "Дом Книги". Очень жаль этой книги: она мне и *Данте* моему внутренне, метафизически, нужна. (Три).

Жалко, что Турок отдал *Данте* в паршивое издательство вместо серьезного Фишера; теперь уже поздно, но если то издательство не возьмет, то напишите Турке, чтобы отдал тотчас же Фишеру: он может хорошо заплатить.

Вы что-то редко стали мне писать, пишите почаще, хотя бы и ни о чем — здесь письма единственная связь с внешним миром и все-таки развлечение.

Крепко целую

Д. М.

Газеты приходят, но чрезвычайно неправильно, то густо, то пусто.

[Гиппиус сообщает следующие детали из жизни Мережковских в Италии:]

Воскресенье, 26—9—37,
Flora
(вечер)

Это, налево, наша дверь в сад, очень длинный, виллы не видно. Из него, *под* дорогой, подземелье в парке (большие деревья за правой виллой).

Я продолжаю жалеть, что уезжаю, но тихо; и не хочу ни очень жалеть, ни тревожиться будущим. ДС., напротив, уже сорвался с пахвей, не спал и с утра полон заботы. После телефонов оказалось, что мы можем уехать только 3-го, в воскресенье. Неделю я буду без единой книжки, не то что детективов, но даже без Вольтера, без Стендаля, без Диккенса, — с одним Кальвином, который чудовищен.

По моим расчетам мы можем из Рима выехать 9-го, но ДС. говорит, что вряд ли успеем с билетами и с выяснением издателя, который вообще психологически-катастрофичен; м. б., он уже умер, и книга вовсе не выйдет — всего можно ожидать. Остальных никаких "дел" я не вижу.

Что это за скандал с похищением, Милл.[109] и с изменой мужа Плевицкой?[110] Уже не утка ли, как с похищением сына Сталина, Wassy? Но на этот раз больше на правду похоже. Я огорчаюсь, что вот, целую неделю, значит, не будет ни от вас писем, ни газет. И так-то мы одичали; я — в своем роде распустилась, Д. С. — в своем: думает только о Лютере и о деньгах, а о мире — только по моим рассказам из итальянск. газет (здесь франц. и не видывали). У меня есть приятные фотогр. — у нас в саду, ДС. и В. Ив., я, целая группа, с гигантшей Магалотти. У них автом. испортился, и мы отсюда поедем на наемном. А наш "Жулик" (владелец дачи) совершенно "развоплотился", как говорит ДС. Катал нас, врал без конца, цитировал Данте, привез нас сюда и — окончательно исчез, будто его и не было никогда. М. б., впрочем, сидит в тюрьме (приговорен давно на 4 года). Ну, все равно. Публий тоже развинтился. Вот это так фунт! Впрочем — чего ждать?

ДС. стал теперь уверять, — "чувствовать" будто бы — что никаких там у вас "дел" не делается; но что он хочет в Париж, чтобы свалить на вас половину заботы, т. к. всю — не может нести, а я не беру и не понимаю. Я-то понимаю, но что же об этом журчать день и ночь, от этого лучше не будет. Слава Богу, что имелся отдых, а там, дальше, Терезочке виднее. Если у вас имеются, все-таки, утешительные виды и проэкции, вы их напишите, или намекните, хотя бы.

Во вчерашнем письме я вам, кажется, все написала, кроме даты отъезда в Рим, и теперь писать больше нечего. Если б вы видели начало грозы нашей (потопа) в ночь с 21- на 22-ое! Вообразите громадное небо и все в *непрерывно* сверкающем огне; иногда, часто, толстые молнии, падающие в невидное море. Я не могла оторваться от балконной двери, так это было притягивающе. Высокое окно на лестнице до 4-х часов не потухало (другие окна были закрыты, в них лилась вода). Сегодня день совсем теплый, тихий; в легких облаках, — опять дождь, пожалуй, будет!

Ну, целую вас и требую: постоянных писем (несмотря на скорое свиданье) и "кучи детективов, которых я достойна", по вашим словам. Я думаю: если вы получите это письмо в среду, м. б. еще сюда напишете.

A vous
З.

[Гиппиус объясняет виды на открытках:]
1) Это известная вам дача, сад длится направо и выходит за карточку.
2) Это одно из древ Юпитера, на 200 м. *над* морем.

* * *

5 октября
Roveta

Дорогой Володя,
я давно Вам не писал, п. ч. погружен был в *Данте* с головой, а З. Н. тоже переписывала предисловие, которое нужно было послать Кюфферлэ (переводчику), чтобы представить Цезарю. А Вы все ждете наших писем, чтобы нам отвечать, и оставляете нас без известий, что очень тревожно.

Я, напр., так и не знаю, получены ли Вами деньги из Америки (8 000 фр.), по договору, и что Вы решили с ними делать, а это очень важно для дальнейшего. И затем: Вы пишете, что нечем будет заплатить за квартиру, если французская пенсия прекратится в октябре. Но, по счету Вашему, у Вас должно было быть *3 000 фр. в кассе.* Что ж с ними произошло? Очень прошу Вас, сообщите обо всем этом точно. Пишите *сюда*, в Roveta. Мы завтра едем на два дня в Равенну, а потом на два-три дня возвращаемся сюда. Затем едем во Флоренцию на 3—4 дня, и оттуда в Рим. Но пишите пока все время сюда — отсюда письма перешлют. О всех передвижениях будем извещать короткими записями.

Бюрэ я давно (около месяца назад) уже написал трогательное и убедительное письмо. Неужели пропало? Очень важно бы знать, что он теперь намерен делать для себя и для нас. Напишите, ради Бога, и об этом.

Здесь мы застряли, п. ч. работать здесь было *идеально,* и я много сделал — нигде столько бы не сделал. П. ч. на собственной вилле. Никого, кроме Бублика (Публ. Папиа) и Шкуры, которые сюда вернулись и сделались нашими преданными слугами-учениками. Бублик значительнее и глубже, чем я думал. Он будет мне очень полезен в Риме.

Я очень боюсь свидания с Цезарем — как бы не вышел *последний* блин комом. Буду просить 3 000 лир в месяц, но это *министерское жалование!* Может уменьшить до 2 000 и до 1 500 — 1 000 лир. А на эти деньги здесь *втроем* (с Вами) не проживешь.

Напишите что-нибудь более *утешительное* о Франции — хоть маленькую надежду. Эта просьба, конечно, "глупая". Но всегда надо иметь *и надежду,* а в Ваших письмах последняя искра ее как будто потухла.

Грета нас сокрушила: ей сделали вторую операцию, в желудке: Она написала З. Н. почти с операционного стола ужасную записку карандашом. Мы ее ни минуты не забывали — *бессознательно* — точно рана в душе. Пишите ей тоже короткие записки ясным почерком.

Много еще надо бы написать, да рука устала — болит от *Данте.*

Здесь холодно, но ужа начали топить (центр. отопление недурное) специально для нас — и вообще все готовы для нас сделать — точно мы хозяева всего дома и огромного лесного имения. Когда солнце, упоительно-хорошо — нигде в мире я не чувствовал такого "расе" *(мира)* и такой тишины. Страшно жаль уезжать, но надо.

Что Ив. Ив.? Что он слышал от своих французов? Что думает Бюрэ? Что Г. Иванов? Что Мамченко? Что думает Бажанов?[111] Да, если бы Вы писали все подробно — *дневниково,* не ожидая наших писем! Только тогда у нас был бы материал для главного вопроса, насчет возвращения (возможно или невозможно) в ноябре, конечно, на время, ибо все яснее для меня, что надо *переселяться в Италию,* хоть бы и здесь была *не малина* — малин вообще нигде не будет. Крепко обнимаю и целую. Храни Вас Господь.

Д.М.

* * *

6 октября

Рим
Hôtel Boston

Пишу я, милый Володя, п. ч. З. Н. очень устала и ей все нездоровится: спустились в невыносимую духоту, как в августе, и у З. Н. сделалась чудовищная мигрень (еще ночью треснулась головой об острую стенку незнакомой кровати); кроме того, два шока — первый с Катериной[112] — отвратительная история, которая и мне очень не нравится! Я ее, Катерину, всегда насквозь видел и предупреждал Вас, что Ваша с нею "дружба" добром не кончится. Ну, делать нечего, надо проглотить этот гвоздь. А второй шок — Парамонт. Я опять-таки предупреждал Вас, что из этого дела ничего не выйдет.

Главное для меня тут не потеря надежды, а то грубейшее хамство, с каким меня, старого и небезызвестного писателя, заставили работать два-три месяца, дав *заказы от себя,* а затем "любезно" наплевали в лицо. Совершенно не понимаю, как Вы могли почувствовать "облегчение" при этом любезном плевке! Редко я чувствовал такую хамски-грубую обиду. Но и этот гвоздь, обмазанный американской *merde,* надо проглотить.

Насчет *Павла*[113] молчу, чтобы не "сглазить" и не "накаркать". Но, пожалуй, лучше бы Вы об этом совсем ничего не писали, пока дело не решилось бы, п. ч. абсолютное отсутствие надежды, а значит и шока при отказе, — невозможно по человеческой слабости.

Сценарий "Данте" отдали Цезарю, но горе в том, что он написан не для Италии, а переделывать нет ни сил, ни времени. С итальянским *Данте* тоже большая неприятность. Кюфферлэ, под предлогом "болезни", задерживает переводы, и хорошо, если книга выйдет к Рождеству! Это скверно для моих отношений с Цезарем. Насчет свиданий с ним я всякую надежду потерял.

Вы мне ничего не ответили на мои вопросы:

1. Что же будет с русским изданием *Данте?* Взял ли его Илюша или не взял? И когда он выйдет, если взял?

2. Что *Св. Франциск* в русском издании?

И еще важный вопрос, на который прошу ответить определенно и поскорее:

Единственная реальная надежда — немецкое издание *Данте.* Но ведь из Германии денег получить почти невозможно — Вы это мне сами говорили? Как же это устроится? И сколько я получу? Напишите определенно, чтобы хоть на что-нибудь можно было надеяться, а то уж очень все черно...

Здесь в Риме страшно дорого, и мы доживаем последние деньги. *Вернемся между 15—20 октября,* смотря по тому, как дотянем. Делать здесь нечего, тянем только п. ч. в Париж возвращаться в черную дыру предреволюционной тревоги и нищеты тоже не малина. Я не падаю духом, но и не парю в высотах, а смотрю на все "с холодным вниманием рассудка". Прошу и Вас о том же. Как-нибудь да выберемся, хотя сейчас не вижу, как именно.

Что Шувалов? Судя по его последнему письму, и этот пень тоже не выстрелит. Он холоден и ко всему равнодушен, кроме себя и своей "гениальности".

Ох-ох-ох! Какой мне сосок сосать? Римская волчица, боюсь, высосала все. Англии? Швейцарии — придется *Лютера,* или как его ("Кальвин-Лютер") ?.. Поедем в воскресенье к Маленькой Терезе молиться. Легко говорить: "courage", "confiance", но это стоит страшных усилий, постоянного внутреннего напряжения и неимоверной усталости. Главное, трудно работать при таком напряжении внутреннем, а работать очень хочется: *Лютер-Кальвин,*[114] пожалуй, еще интереснее *Данте* — современнее (вопрос о Церкви).

Ну, надеюсь, до скорого свидания, милый Володя. Будьте бодры, трезвы, и постарайтесь хотя бы напоследок, "крыльев развить тафту".

Крепко целую Вас —

Д. М.

Коврики? Кресло?

* * *

15 октября 37
Hôtel Boston
Roma

Дорогой Володя,

мы взяли билеты на 20 октября, среду. Приедем в Париж 21 октября, в четверг, в 8 ч. утра, по парижскому времени (но все-таки справьтесь для точности).

Пожалуйста, *затопите камин в столовой,* а то, ввалившись в ледяную квартиру, как бы не простудиться сразу.

Сценарий *Данте* я передал гр. Видау с письмом к Цезарю, и Видау обещал его передать по назначению.

Ваше последнее письмо было неутешительно. Немецкое издание *Данте,* видимо, тоже еще только вилами по воде писано, а больше не на что надеяться, не считая *Павла,* на которого Вы сами не советовали мне надеяться. Следовательно, за четыре месяца нашего отсутствия, в сущности, ничего не устроилось, и ума не приложу, что делать. Впрочем, теперь уже поздно об этом думать и писать.

А о Шувалове Вы совсем забыли рассказать, вероятно, п. ч. слишком неинтересен?

Ну, постараюсь не унывать, как это ни трудно.

Здесь погода чудесная, райская, и страшно жалко уезжать, но деньги на самом кончике, и так едва-едва дотянули.

А что же новая прислуга есть или нет? Об этом тоже мы ничего не знаем.

Тороплюсь кончать, чтобы отправить письмо, да и как-то нечего писать. Бедный Лютер мой закостенел от изнуряющего висения на волоске над "черной топью нечувствительности".

Все-таки мне будет легче, когда хоть часть физической заботы о мелочах Вы возьмете на себя.
Пишите. Крепко целую.

Д. М.

ПРИМЕЧАНИЯ И КОММЕНТАРИИ К ПИСЬМАМ

6. З. Н. Гиппиус в костюме пажа.
Портрет работы Л. С. Бакста, 1905 г. (Эрмитаж).
(Фотография из личного архива Т. А. Пахмусс)

ПРЕДИСЛОВИЕ

1. Сергей Зеньковский, "Д. С. Мережковский", *Русская религиозно-философская мысль XX века: сборник статей* под редакцией Н. П. Полторацкого (Pittsburgh: University of Pittsburgh, 1975), стр. 278.
2. См. Н. П. Полторацкий, "Русские зарубежные писатели в литературно-философской критике И. А. Ильина": "Мережковский был литературно-идейно теснейшим образом связан с Гиппиус и очень многим ей обязан". *Русская литература в эмиграции: сборник статей,* под ред. Н. П. Полторацкого (Pittsburgh: University of Pittsburgh, 1972), стр. 286.
3. "Жизнь св. Иоанна Креста", *Новый журнал* (New York, 1961), № 64, стр. 10—44; № 65, стр. 31—61; (1962), № 69, стр. 96—130. Публикация В. А. Злобина. "Жизнь св. Терезы Авильской", *Возрождение* (Париж, 1959) , № 92, стр. 10—16; № 93, стр. 113—123. Публикация В. А. Злобина. В Италии Мережковский также работал над "реформами" Лютера, Кальвина и Паскаля.
4. См. об этих встречах в моей книге *Intellect and Ideas in Action: Selected Correspondence of Zinaida Hippius* (München: Wilhelm Fink Verlag, 1972). См. также "Письма Б. Зайцева к И. и В. Буниным", *Новый журнал* (New York, 1982), No. 149, стр. 127—149.
5. З. Гиппиус-Мережковская, *Дмитрий Мережковский* (Париж: YMCA—Press, 1951), стр. 78.
6. Lawrence: The University Press of Kansas, 1975.
7. The Hague: Martinus Nijhoff, 1975.

ВСТУПИТЕЛЬНАЯ СТАТЬЯ

Глава МАЛЕНЬКАЯ ТЕРЕЗА

1. Temira Pachmuss, *Intellect and Ideas in Action: Selected Correspondence of Zinaida Hippius* (München: Wilhelm Fink Verlag, 1972), стр. 71.
2. Там же, стр. 230.
3. Там же, стр. 257.
4. Там же, стр. 289.
5. Там же, стр. 290.
6. Там же, стр. 296.
7. Там же, стр. 298.
8. Там же, стр. 305—306.
9. Там же, стр. 453.
10. Там же, стр. 527.
11. Там же, стр. 534.
12. Там же, стр. 537.
13. Там же, стр. 538—540.
14. Письмо Гиппиус от 15-го октября 1934 г. Там же, стр. 552.
15. Там же, стр. 565. Письмо Гиппиус от 22-го сентября 1935 г.
16. Там же, стр. 568. Письмо Гиппиус от 11-го октября 1935 г.

17. Там же, стр. 571. Письмо Гиппиус к Герелль от 5-го ноября 1935.
18. Там же, стр. 581. Письмо Гиппиус от 13-го мая 1936 г. из Firenze, Италия.
19. Там же, стр. 569.
20. Там же, стр. 589. Письмо Гиппиус от 20-го октября 1936 г.
21. Там же, стр. 609. Письмо Гиппиус от 26-го октября 1938 г.
22. Temira Pachmuss, "Из архива Зинаиды Николаевны Гиппиус", *Cahiers du Monde russe et soviétique* (Paris; avril-juin 1980), XXI (2), 230.
23. *Intellect and Ideas in Action, op. cit.,* стр. 622. Письмо Гиппиус от 8-го марта 1940 г.
24. Там же, стр. 627—28. Письмо Гиппиус от 8—9—10 октября, 1942 г.
25. См. о ней публикацию Темиры Пахмусс, "A Literary Quarrel: Zinaida Hippius versus Tatjana Manuxina," *The Estonian Learned Society in America Yearbook IV* (1964—1967), стр. 63—68.
26. Письмо Гиппиус от 14-го октября 1938 к Грете Герелль. *Intellect and Ideas in Action, op. cit.,* стр. 608.
27. Темира Пахмусс, "Зинаида Гиппиус: Объяснения и вопросы", *Возрождение* (Париж, 1970), № 223, стр. 73—83.
28. Там же, стр. 81.
29. Там же, стр. 77—78.
30. Грета Герелль подарила этот скетч автору данного предисловия со следующим посвящением: "Für Temira. In dieser Ecke sprachen wir über unser Kindlein in Amerika. Greta Gerell."
31. См. Z. N. Hippius: *Collected Poetical Works,* Vol. I: 1899—1919; Vol. II: 1918—1945, compiled, annotated and with an Introduction by Temira Pachmuss (München: Wilhelm Fink Verlag, 1972), Vol. II, Section IV, стр. 233—266.
32. Там же, стр. 251.
33. Temira Pachmuss, *Intellect and Ideas in Action, op. cit.,* стр. 549.
34. Ste Thérèse de Lisieux (1873—1897). См. *Novissima verba: Derniers entretiens de Ste Thérèse de l'Enfant Jésus: mai-septembre 1897* (Bayeux, 1926).
35. *Intellect and Ideas in Action, op. cit.,* стр. 383.
36. *Collected Poetical Works, op. cit.,* II, Section II, стр. 174.
37. З. Гиппиус, *Сияния* (Париж, 1938), стр. 28.
38. См. больше о Кармелитском Ордене в *New Catholic Encyclopedia,* Vol. III (New York: Mc Graw Hill Book Co., 1967), pp. 113—126.
39. См. больше о Терезе Авильской в *New Catholic Encyclopedia, ibid.,* pp. 1013—1017.
40. Д. Мережковский, "Что делал св. Иоанн Креста", *Новый журнал* (1962), кн. 69, стр. 127.
41. Там же, стр. 124.
42. Там же, стр. 126.
43. Д. Мережковский, "Св. Иоанн Креста", *Новый журнал* (1961), кн. 64, стр. 13—14.
44. Там же (1961), кн. 65, стр. 61.
45. См. больше о Терезе Лизьеской в *New Catholic Encyclopedia, ibid.,* Vol. XIV, pp. 77—78.
46. З. Гиппиус-Мережковская, *Дмитрий Мережковский* (Париж: YMCA-Press, 1951), стр. 61.

Глава МЕТАФИЗИЧЕСКИЕ КОНЦЕПЦИИ МЕРЕЖКОВСКИХ

1. Андрей Белый, *Четвертая симфония: кубок метелей* (Москва: Скорпион, 1908, стр. 3.
2. Д. С. Мережковский, *Полное собрание сочинений. Л. Толстой и Достоевский* (Москва: Сытин, 1914), XI, 94.
3. Там же, XII, 49.
4. З. Н. Гиппиус, *Последние стихи: 1914—1918* (Петербург, 1918), стр. 41.
5. З. Н. Гиппиус, *Собрание стихов: 1889—1903* (Москва: Скорпион, 1904), стр. 90.
6. *Опыты* (Нью-Йорк), 1, 1953, стр. 107—116.
7. *Числа* (Париж, 1931), № 5, стр. 153—161.
8. *Новый путь* (Санкт-Петербург, 1904), № 3, стр. 180—193.
9. Антон Крайний (З. Гиппиус), *Литературный дневник: 1899—1907* (Санкт-Петербург: Изд. Пирожкова, 1908), стр. 45—63.
10. *Последние новости* (Париж, 1925), №№ 1585, 1591.
11. Там же, 1925, № 1579.
12. Там же, 1927, № 2223.
13. З. Н. Гиппиус, *Стихи: дневник 1911—1921* (Берлин: Слово, 1922), стр. 27.
14. См. стихотворение Гиппиус "Вместе". З. Гиппиус, *Собрание стихов: 1889—1903*, ук. соч., стр. 126.
15. Д. С. Мережковский, *Полное собрание сочинений. Не мир, но меч* (СПб-Москва: Вольф, 1911—1913), X, 11.
16. Д. С. Мережковский, *Полное собрание сочинений. Грядущий хам* (СПб-Москва: Вольф, 1911—1913), XI, 158.
17. Там же, XI, 159.
18. Там же, *В тихом омуте*, XII, 134.
19. М. Вишняк, "З. Н. Гиппиус в письмах", *Новый журнал* (Нью-Йорк, 1954), XXXVII, 195.
20. З. Гиппиус, "Серое с красным", *Новый журнал* (1953), XXXIII, 214.
21. Там же.
22. "Зинаида Гиппиус. *Contes d'amour*, со вступлением и аннотациями Т. А. Пахмусс", *Возрождение* (Париж, 1969) № 210, стр. 57—76; № 211, стр. 25—47; № 212, стр. 39—54.
23. *Intellect and Ideas in Action, op. cit.*, стр. 611.
24. Там же, стр. 69.
25. "Зинаида Гиппиус. *Последний круг*, с предисловием и аннотациями Т. А. Пахмусс", *Возрождение* (Париж, 1968), № 198, стр. 7—51; № 199, стр. 7—47.
26. З. Гиппиус, "Любовь и красота", *Последние новости* (Париж, 1925), № 1591.
27. Антон Крайний (З. Гиппиус). *Литературный дневник: 1899—1907*, ук. соч., стр. 149.
28. Там же, стр. 189.
29. Там же, стр. 200.
30. Д. Мережковский, *Тайна Трех: Египет и Вавилон* (Прага, 1925), стр. 48—49.
31. Там же, стр. 189.
32. *Литературный дневник: 1899—1907*, ук. соч., стр. 200.
33. Там же, стр. 209.
34. Там же, стр. 212.

35. Д. С. Мережковский, *Полное собрание сочинений. Больная Россия* (СПб-Москва: Вольф, 1911—1913), XII, 134.
36. Д. С. Мережковский, *Полное собрание сочинений. Л. Толстой и Достоевский. Религия* (Москва: Сытин, 1914), XII, 229.
37. Там же, XII, 230.
38. Там же, XII, 239.
39. Там же, XII, 262.
40. Там же, XII, 264.
41. Там же, XII, 265.
42. Там же, XII, 266.
43. Там же, XII, 14—16.
44. Там же, XI, 16—17.
45. Там же, XI, 18.
46. Там же, XI, 18—19.
47. Там же, XI, 19.
48. Там же, XI, 20.
49. Там же, XI, 30.
50. Там же, XI, 31.
51. З. Гиппиус, *Третья книга рассказов* (Скт. Петербург, 1902), стр. 198—200.
52. *Полное собрание сочинений Дмитрия Сергеевича Мережковского. Лермонтов: поэт сверхчеловечества* (СПб-Москва: Сытин, 1911—1913), X, 330.
53. *Грядущий хам*, ук. соч., XI, 158.
54. *Лермонтов: поэт сверхчеловечества*, ук. соч., X, 331.
55. Там же.
56. Д. С. Мережковский, *Невоенный дневник* (Петроград, 1917), стр. 74.
57. *Лермонтов*, ук. соч., X, 330.
58. З. Гиппиус, *Сияния* (Париж, 1938), стр. 11.
59. Д. Мережковский, *Тайна Запада: Атлантида-Европа* (Белград, 1930), стр. 368.
60. Там же, стр. 369.
61. Там же, стр. 496.
62. Там же, стр. 222—223.
63. Там же, стр. 199.
64. *Тайна Трех: Египет и Вавилон*, ук. соч., стр. 187.
65. Там же, стр. 343.
66. Там же.
67. Там же, стр. 326.
68. Там же, стр. 188.
69. *Тайна Запада*, ук. соч., стр. 343.
70. Д. Мережковский, *Иисус Неизвестный* (Белград, 1931), I, 159.
71. Там же, I, 369.
72. Д. Мережковский, *Тайна Трех: Египет и Вавилон*, ук. соч., стр. 54.
73. *Тайна Запада*, ук. соч., стр. 88.
74. Там же, стр. 369.
75. *Иисус Неизвестный*, ук. соч., I, 102.
76. Там же, I, 207.
77. Д. С. Мережковский, *Данте* (Брюссель, 1939), II, 163.
78. *Иисус Неизвестный*, ук. соч., I, 44—45.
79. З. Н. Гиппиус, "Арифметика любви", *Числа* (Париж, 1931), № 5, стр. 156.

80. Там же.
81. См. Temira Pachmuss, *Zinaida Hippius: An Intellectual Profile* (Carbondale: Southern Illinois University Press, 1971), стр. 75.

Глава НОВОЕ РЕЛИГИОЗНОЕ СОЗНАНИЕ

1. З. Н. Гиппиус-Мережковская, *Дмитрий Мережковский* (Париж: YMCA-Press, 1951), стр. 74.
2. Там же, стр. 75.
3. Там же, стр. 76.
4. Там же, стр. 138—139.
5. Д. С. Мережковский, *Тайна Трех: Египет и Вавилон* (Прага, 1925), стр. 39.
6. *Полное собрание сочинений Дмитрия Сергеевича Мережковского. Не мир, но меч* (СПб-Москва: Вольф, 1911—1913), X, 20—21.
7. Там же, X, 123.
8. Там же, X, 21—22.
9. З. Гиппиус, "Электричество", *Собрание стихов: 1889—1903* (Москва: Скорпион, 1904), стр. 92.
10. *Полное собрание Дмитрия Сергеевича Мережковского. Л. Толстой и Достоевский. Религия* (Москва: Сытин, 1914), XII, 62.
11. Антон Крайний (З. Гиппиус), "Вечный жид", *Литературный дневник: 1899—1907* (СПб: М. В. Пирожков, 1908), стр. 151—152.
12. Там же, стр. 150.
13. Зинаида Гиппиус, *Выбор?, Возрождение* (Париж, 1970), № 222, стр. 55—77. Публикация Темиры Пахмусс.
14. Там же, стр. 67.
15. Там же, стр. 75.
16. Там же, стр. 75.
17. Там же, стр. 63.
18. Там же, стр. 64.
19. Там же.
20. Там же.
21. Там же, стр. 65.
22. Там же.
23. Там же, стр. 66.
24. З. Гиппиус, "Вопросы жизни. Сборник, М. 1906", *Весы* (Москва, 1907), № 1, стр. 84.
25. Там же.
26. *Выбор?*, ук. соч., стр. 68.
27. Там же, стр. 69.
28. Там же.
29. Там же.
30. Там же.
31. *Полное собрание сочинений Дмитрия Сергеевича Мережковского. Грядущий хам* (СПб-Москва: Вольф, 1911—1913), XI, 153.
32. Там же, XI, 170—171.
33. *Не мир, но меч*, ук. соч., X, 13.

34. Там же, X, 22.
35. З. Гиппиус, "Великий путь", *Голос жизни* (Петроград, 1914), № 7, стр. 13.
36. *Выбор?*, ук. соч., стр. 71.
37. Там же, стр. 71.
38. Там же, стр. 72.
39. Там же.
40. Там же, стр. 73.
41. Там же, стр. 74.
42. Там же, стр. 76.
43. См. его произведения *Evangelische Theologie im 19. Jahrhundert* (Zürich, 1957) и *Die Menschlichkeit Gottes* (Zürich, 1956).
44. См. его монографию о Достоевском, *Dostojewski* (Zürich, 1921).
45. См. воспоминания К. Вендзягольского о Б. В. Савинкове и А. Ф. Керенском в *Новом журнале* (Нью-Йорк, 1961), № 65, и (1963), № 72.
46. *Полное собрание сочинений Дмитрия Сергеевича Мережковского. Л. Толстой и Достоевский. Религия*, ук. соч., 192.
47. Там же, XII, 181.
48. З. Н. Гиппиус (Мережковская), "Луна", *Зеркала: вторая книга рассказов* (СПб: Н. М. Гершенштейн, 1898), стр. 267.
49. "Зеркала", *Зеркала*, там же, стр. 86.
50. *Полное собрание сочинений Дмитрия Сергеевича Мережковского. В тихом омуте* (СПб-Москва: Вольф, 1911—1913), XII, 350.
51. *Л. Толстой и Достоевский. Религия*, ук. соч., XI, 16—17.
52. Там же, XII, 153.
53. Д. С. Мережковский, *Тайна Трех*, ук. соч., стр. 54.
54. Там же, стр. 177.
55. Там же, стр. 169.
56. Д. С. Мережковский, *Иисус Неизвестный* (Белград, 1931), II, 153.
57. *Тайна Трех*, ук. соч., стр. 326.
58. Письмо Гиппиус от 16-го июля 1905 г. См. Temira Pachmuss, *Intellect and Ideas in Action: Selected Correspondence of Zinaida Hippius* (München: Wilhelm Fink Verlag, 1972) стр. 76.
59. *Дмитрий Мережковский*, ук. соч., стр. 77.
60. *Грядущий хам*, ук. соч., XI, 156.
61. Зинаида Гиппиус, "Эпоха *Мира искусства*", *Возрождение* (Париж, 1968), № 203, стр. 66—73. Публикация Темиры Пахмусс.
62. Зинаида Гиппиус, *Contes d'amour*, *Возрождение* (Париж, 1969), № 212, стр. 41. Публикация Темиры Пахмусс.
63. Там же, № 212, стр. 42.
64. Там же, № 212, стр. 45.
65. З. Н. Гиппиус, "Сумасшедшая", *Алый меч: рассказы, четвертая книга* (СПб: М. В. Пирожков, 1906), стр. 184.
66. *Contes d'amour*, № 212, стр. 43.
67. Там же, № 212, стр. 47.
68. Письмо Гиппиус от 16-го июля 1905 г. *Intellect and Ideas in Action, op. cit.*, стр. 76.
69. "Дневник Зинаиды Николаевны *О Бывшем*", *Возрождение* (Париж, 1970), № 217, стр. 56—78; № 218, стр. 52—70; № 219, стр. 57—75; № 220, стр. 53—75. Публикация Темиры Пахмусс.

70. См. о Религиозно-философских собраниях в воспоминаниях З. Н. Гиппиус, *Дмитрий Мережковский,* ук. соч., стр. 87—107; журнал Мережковских *Новый путь* (СПб, 1901—1903); статьи Гиппиус "Первая встреча", *Последние новости* (Париж, 1931, №№ 3784 и 3786; "Слова и люди", *Последние новости* (Париж, 1932), №№ 4085, 4091, 4097; "Правда о земле", *Мосты* (Мюнхен, 1961), № 7, стр. 300—326; Сергей Маковский, "Русский символизм и Религиозно-философские собрания", *Русская мысль* (Париж, 1957), №№ 1124 и 1125.
71. *Дмитрий Мережковский,* ук. соч., стр. 99.
72. Там же, стр. 102—104.
73. Там же, стр. 105.
74. С. А. Зеньковский, "Д. С. Мережковский", *Русская религиозно-философская мысль XX века,* ук. соч., стр. 283—84.
75. *Дмитрий Мережковский,* ук. соч., стр. 138.
76. Там же.
77. Там же.
78. *О Бывшем,* ук. соч., № 219, стр. 72.
79. Там же, № 220, стр. 55.
80. *Дмитрий Мережковский,* ук. соч., стр. 155.
81. *Л. Толстой и Достоевский. Религия,* ук. соч., XII, 134.
82. *Дмитрий Мережковский,* ук. соч., стр. 158.
83. *О Бывшем,* ук. соч., № 220, стр. 53—54.
84. *Дмитрий Мережковский,* ук. соч., стр. 186.
85. См., например, письмо Гиппиус (без даты) в *Intellect and Ideas in Action,* ук. соч., стр. 150—153.
86. См. "З. Гиппиус: Profession de foi", *Новый журнал* (Нью-Йорк, 1975), № 121 стр. 127—143. Публикация Темиры Пахмусс.
87. *О Бывшем,* ук. соч., № 220, стр. 74.
88. См. Temira Pachmuss, *Zinaida Hippius: An Intellectual Profile* (Carbondale: Southern Illinois University Press, 1971), стр. 153.
89. Там же, стр. 155.
90. З. Гиппиус, "Автобиографическая заметка", *Русская литература XX века: 1890—1910,* под ред. С. А. Венгерова (Москва: Мир, 1914), I, 177.

КОММЕНТАРИИ К ПИСЬМАМ

1. Монтадори — миланский издатель.
2. Вероятно, граф Николай Дмитриевич Татищев (род. 1896), поэт, критик, переводчик и журналист. Опубликовал произведения Бориса Поплавского, например, *Дирижабль неизвестного направления: стихи 1924—1935 гг.* (Париж, 1965).
3. *Меч,* еженедельник (беллетристика и критика). Ред. в Варшаве Д. Философов; в Париже Д. С. Мережковский. (Варшава, 1934—1939, №№ 1—269). Вначале выходил как журнал, 1934, №№ 1—20, а с № 21 выходил как газета. Мережковский не всегда соглашался с публикуемым в журнале материалом под редакцией Философова. После появления одной из статей Г. П. Федотова (литера-

турный псевдоним Е. Богданов; 1886—1951) в *Мече,* которая возмутила Мережковского, Гиппиус и Злобина, Мережковский решил уйти из редакции журнала со всеми его парижскими сотрудниками. Гиппиус называла Федотова "подколодным ягненком". Федотов был редактором русского журнала в Париже *Новый град* (1931—1939) и автором целого ряда трудов: *Святой Филипп, Митрополит Московский* (Париж, 1928), *Святые древней Руси* (Париж, 1931), *И есть и будет* (Париж, 1932) и др. См. письмо Гиппиус от 4-го сент. 1934 г.

4. Д. В. Философов и его сотрудники в *Мече* и в газете *За свободу* (Варшава, 1920—1821; *Свобода,* а с 1921 г. была переименована в *За свободу).*

5. Молодые поэты и прозаики, посещавшие литературный салон Мережковских по воскресеньям в Париже. См. в книге Temira Pachmuss, *Zinaida Hippius: An Intellectual Profile (Carbondale: Southern Illinois University, 1971),* стр. 239—41, 245—46, 277.

6. Татьяна Ивановна Манухина (урожд. Крундишева, 1885—1962), близкий друг Зинаиды Гиппиус, автор романа *Отечество* (Париж: YMCA-Press, 1933) и жития *Святая благоверная княгиня Анна Кашинская* (Париж: YMCA-Press, 1954). См. о ней в статьях Temira Pachmuss, "A Literary Quarrel: Zinaida Hippius versus Tatjana Manuxina," *The Estonian Learned Society in America Yearbook IV: 1964—1967,* стр. 63—83, и "Зинаида Гиппиус: объяснения и вопросы", *Возрождение* (Париж, 1970), № 223, стр. 73—84, а также в книге Temira Pachmuss, *Intellect and Ideas in Action: Selected Correspondence of Zinaida Hippius* (München: Wilhelm Fink Verlag, 1972), стр. 461—517.

7. Ste Thérèse de Lisieux.

8. Георгий Викторович Адамович (1894—1972), поэт, критик, близкий друг Зинаиды Гиппиус, автор нескольких сборников стихов и литературных статей, например, *Облака* (Петроград: Гиперборей, 1916), *Чистилище* (Петроград: Петрополис, 1922), *На Западе: стихи* (Париж: Дом книги, 1939), *Одиночество и свобода: литературные очерки* (Нью-Йорк: Чехов, 1955), *О книгах и авторах* (Мюнхен-Париж, 1966), *Единство: стихи разных лет* (Нью-Йорк: Русская книга, 1967) и *Комментарии* (Вашингтон: Камкин, 1967). См. о нем в книгах Temira Pachmuss, *Zinaida Hippius: An Intellectual Profile,* ук. соч., стр. 17 и дальше; *Intellect and Ideas in Action,* ук. соч., стр. 332—447; *A Russian Cultural Revival: A Critical Anthology of Emigre Literature before 1939* (Knoxville: University of Tennessee Press, 1981), стр. 198—213.

9. Дмитрий Владимирович Философов, журналист, долголетний друг и соратник Мережковских в их "Деле". См. о нем в книгах *Zinaida Hippius: An Intellectual Profile,* ук. соч., стр. 9 и дальше, и *Intellect and Ideas in Action,* ук. соч., 132.

10. Грета Герелль (1898—1982), шведская художница, близкий друг Мережковских. См. о ней в *Zinaida Hippius: An Intellectual Profile,* ук. соч., стр. 35 и дальше; *Intellect and Ideas in Action,* ук. соч., стр. 531—639.

11. *Возрождение* (Париж), русская газета "правого" направления, выходившая ежедневно с 1925 по 1936 гг., затем еженедельно с 1936 по 1940 гг.; два раза в месяц с 1949 по 1954 в виде литературно-политических тетрадей. Начиная с января 1955 г., тетради выходили ежемесячно до 1974 г., под редакцией кн. С.С. Оболенского и Я. Н. Горбова.

12. *Последние новости,* ежедневная русская газета в Париже, ред. М. Л. Гольдштейн, 1920—1921; П. Н. Милюков, 1921—1940. Последний номер газеты вышел

12-го июня 1940 г. Сотрудники: Вас. И. Немирович-Данченко, А. А. Плещеев, С. С. Юшкевич, К. Бальмонт, И. В. Одоевцева, М. О. Цетлин, Саша Черный, Надежда Теффи, Михаил Осоргин, Марк Алданов, А. М. Ремизов, И. А. Бунин, А. П. Ладинский, Н. Н. Берберова, В. В. Вейдле, В. Ф. Ходасевич, Г. В. Адамович, Дон Аминадо и др.

13. *Сегодня*, русская ежедневная газета в Риге (1917—1940). Русские писатели, в том числе Мережковские, часто печатались в этой газете.

14. Муссолини.

15. Ste Thérèse de Lisieux.

16. Грета Герелль, тяжело заболевшая в Париже во время отсутствия Мережковских.

17. Stygner Barth (р. 1896), шведская художница. Герелль и Барт учились вместе в Академии Художеств в Стокгольме и позже в Париже. Грета Герелль часто останавливалась у нее, приезжая в Париж. Гиппиус очень не любила г-жу Барт, что следует из ее письма к Злобину:

Суббота. 25—IV—36.

Милый Володя, сейчас получили ваше письмо (с Гордоновским которое). Гордону я ответила. Там еще что-то было, но от Д. С-ча не добьешься, лег отдыхать. Меня угнетает шведка, ну просто убивает. Я так хотела ее видеть, и во Флоренции, если не в Риме. А тут — вот что! И, по правде сказать, не понимаю этой Бартихи. Я сама Грету за нее сначала бранила, ибо Грета написала мне, что "обещала помочь ей с укладкой ее вещей в Швецию", и я напоминала, что она (Грета) от этой Бартихи вечно больна; потом Грета ответила, что я напрасно, что эта Бартиха ухаживает за ней "comme une nourrice"... и тогда я уже совсем растерялась; а тут еще вы, со своими впечатлениями, которые с моими согласны... Ну как разобраться? И *что* лучше *ей?* По-моему, необходимо *выяснить* ее физическое положение. Не бойтесь вы этой Бартихи, действуйте грозно, создайте единый фронт с нами и с Гретой против этой загадочной бабы и ее истерики. Есть же реальность и человеческий разум!

Д. С-чу назначено свидание в среду, бумага еще не пришла, но придет. Кажется, в половине седьмого. После этого мы останемся здесь всего несколько дней, как я думаю. (Пишите сюда, пока я не дам нового адреса). Здесь много очень интересного. Видимся с Вяч. Ивановым, с иезуитами, с фашистами и с "козлицами". Последнее наименее интересно.

А Мамченко, значит, выздоровел? Я ему написала 2 карточки.

Спешу, перед "thé" у какого-то дюка, написать с этим письмом еще Грете, а потому кончаю.

С поцелуем. З. Г.

"Попугая" я, кажется, читала. Нет ли маски новой?

18. Виктор Андреевич Мамченко (1901—1982), поэт, близкий друг Зинаиды Гиппиус, автор нескольких сборников стихотворений, например, *Тяжелые птицы* (Париж, 1936), *Звезды в аду* (Париж, 1946), *Земля и лира* (Париж, 1951), *Певчий час* (Париж, 1957), *Воспитание сердца* (Париж, 1964) и *Сон в холодном доме* (Париж, 1975). См. о нем в *Zinaida Hippius: An Intellectual Profile*, ук. соч., стр. 23 и дальше; *Intellect and Ideas in Action*, ук. соч., стр. 448—462; *A Russian Cultural Revival*, ук. соч., стр. 387—392, "Последний круг", *Возрождение* (Париж, 1968), № 198, стр. 7—51; № 199, стр. 7—47. Публикация Темиры Пахмусс.

19. Муссолини.

20. Buré, Emile (1876—1952), известный французский журналист, редактор журналов *L'Ordre* и *Les Nouvelles;* депутат французского Сената, оказывавший денежную помощь русским эмигрантам во Франции, в том числе и Мережковским.

21. Анна Николаевна Гиппиус (1872—1942), одна из младших сестер З. Н. Гиппиус, также жившая в Париже. Автор жития *Святой Тихон Задонский* (Париж, 1927), написанного под псевдонимом Анна Гиз. Ее дневник "Обитель Соловецкая" был напечатан в отрывках в *Возрождении* (Париж, 1958), № 83, стр. 13—27. См. о ней в *Intellect and Ideas in Action,* ук. соч., стр. 518—530.

22. Владимир Ананьевич Злобин (1894—1967), секретарь Мережковских с 1916 г. Поэт и критик, автор томика стихов *После ее смерти* (Париж: Рифма, 1951), посвященного памяти З. Н. Гиппиус, и книги воспоминаний о ней, *Тяжелая душа* (Вашингтон: Камкин, 1970). См. о нем в *Intellect and Ideas in Action,* ук. соч., стр. 181—331; *A Russian Cultural Revival,* ук. соч., стр. 404—407; *An Intellectual Profile,* ук. соч., стр. 204 и дальше.

23. Участники литературных воскресных soirees Мережковских в Париже. См. Примечание 5.

24. Грета Герелль.

25. Александр А. Белич (1876—1960), президент Сербской академии наук и профессор лингвистики в Белградском университете, автор более 500 трудов по диалектологии, истории и грамматике современного сербского языка, учредил ежемесячное пособие от югославского правительства знаменитым русским писателям (в том числе Мережковским), жившим в эмиграции. В 1928 г., по поручению короля Александра, он организовал в Белграде Первый конгресс русских писателей и журналистов в эмиграции и содействовал в получении средств для учреждения издательства для книг Мережковских, Бунина, Куприна и других известных русских писателей.

26. Возможно, служащий в Югославском посольстве с Париже.

27. Борис Абрамович Гордон (ум. 1938), русский журналист, издатель двухнедельного иллюстрированного журнала *Иллюстрированная Россия* (Париж, 1924—1939, №№ 1—1245). Редактор М. Миронов; с 1931 г. — А. И. Куприн. Гордон опубликовал томик стихов *Оттепель* (Берлин: Merkur Verlag, 1924). Гордон покровительствовал Мережковским.

28. М. б. Михельсон-Эльяшевич, чиновник в югославском посольстве в Париже.

29. Р. Альтерман, русский коммерсант в Берлине и в Париже, который специализировался в экранизации произведений русских авторов для кино в Германии, Франции, Италии и Америке. Хотел экранизовать ("крутить", Злобин) *Леонардо да Винчи* и *Данте* Мережковского.

30. Возмжно, один из издателей произведений Мережковского.

31. Роман Мережковского *Жанна д'Арк: св. Жанна и Третье Царство Духа* (Берлин: Петрополис, 1938).

32. Мережковские получали пенсию от французского правительства.

33. Русское книгоиздательство в Париже.

34. Илья Исидорович Бунаков-Фондаминский (1880—1942), близкий друг Мережковских. С 1920 по 1940 г. он был одним из редакторов *Современных записок* в Париже. Был членом "Боевой организации", но под влиянием религиозных взглядов Мережковских перешел в Русское Православие. Играл большую роль в работе Русского студенческого христианского движения и в Лиге православной культуры. Фондаминский был арестован немецким Гестапо и умерщвлен

в концентрационном лагере Аушвиц 19-го ноября 1942 г. Он умер как крещеный причастник Русской Православной Церкви. См. о нем статью Г. Федотова "И. И. Бунаков-Фондаминский в эмиграции", *Новый журнал* (Нью-Йорк, 1948), № 18, стр. 317—329; *An Intellectual Profile,* ук. соч., стр. 136 и дальше.

35. Возможно, Илья Львович Толстой (1866—1939?), сын Льва Толстого и автор *Tolstoi, souvenirs d'un de ses fils* (Париж: Calmann-Levy, 1914). Мережковский также мог иметь в виду Льва Львовича (1871—1945) или Михаила Львовича (1879—1944) Толстого, также печатавшихся в эмиграции (Праге, Париже и Нью-Йорке). Один из этих Толстых переводил произведения Мережковского на французский язык, в частности *Жанну д'Арк,* и написал о Мережковском статью в 1936 г. для *Novelles Littéraires.* Друг Толстого, кн. Оболенский, помогал Толстому переводить работы Мережковского на французский язык. Переводчик Шюзвилль перевел *Данте* Мережковского.

36. Frédéric Charles Bargone, или Claude Farrère (1876—1957), морской офицер и французский писатель, близкий друг Мережковских. Автор многих произведений, например, *La Bataille (1909), Fumée d'opium (1904), Les Quatre Dames d'Angora (1934)* и т. д.

37. Роман Д. С. Мережковского *Данте* (Брюссель: Петрополис, 1939), том I; *Жизнь Данте;* том II: *Что сделал Данте.*

38. Георгий Владимирович Иванов (1894—1958), русский поэт и прозаик. Печатался в *Аполлоне, Современнике* и других журналах Москвы и Санкт-Петербурга. Автор нескольких сборников стихов: *Отплытие на остров Цитеры* (Скт. Петербург, 1912), *Памятник славы* (Скт. Петербург, 1915), *Лампада* (Петроград, 1922), *Сады* (Берлин, 1922), *Вереск* (Берлин, 1923), *Розы* (Париж, 1931), *Портрет без сходства* (Париж, 1950) и др. Автор произведения в прозе *Распад атома* (Париж, 1938) и литературных воспоминаний *Петербургские зимы* (Париж, 1926). Близкий друг Зинаиды Гиппиус, восхищавшейся его поэзией. См. *An Intellectual Profile,* ук. соч., стр. 238, 239, 241, 271, 272, 380; *A Russian Cultural Revival,* ук. соч., стр. 348—353.

39. Павел Николаевич Милюков (1859—1943), Министр Иностранных дел в кабинете Керенского; профессор истории, редактор газеты *Последние новости* (1921—1940). Автор многих научных трудов, например, *Живой Пушкин* (Париж, 1931), *Воспоминания 1859—1917* (Нью-Йорк, 1955). См. о нем в книге *Intellect and Ideas,* ук. соч., стр. 168—180.

40. Катерина — прислуга Мережковских в Париже.

41. Возможно, жена писателя Юлиана Андреевича Яворского (1892—1937), издававшего сборники своих стихов и научные исследования во Львове и в Праге. Возможно, русская артистка в Париже.

42. *Круг* — литературный кружок, созданный И. И. Бунаковым-Фондаминским в Париже в 1935 г. Сюда входили Бердяев, Г. П. Федотов, К. Мочульский, Мать Мария (урожд. Елизавета Юрьевна Пиленко, в замужестве Скобцова-Кондратьева; литературный псевдоним Юрий Данилов), Юрий Терапиано, Виктор Мамченко, Л. И. Кельберин, Юрий Мандельштам и другие. Намерением Фондаминского было объединение молодых русских поэтов с "политическими христианами", т. е. современниками более или менее "левого" направления. Кружок издавал литературный альманах *Круг* (Париж, 1936—1938), под редакцией К. Мочульского, В. С. Яновского и И. И. Бунакова-Фондаминского. В *Круге* печатались произведения Юрия Фельзена, Бориса Поплавского, Антонина Ладин-

ского, Юрия Терапиано, Александра Гингера, Лидии Червинской и других русских поэтов и писателей в эмиграции. Мережковские и В. А. Злобин часто отрицательно отзывались о деятельности "Круга" с его альманахом, не соглашаясь с различными его политическими течениями и взглядами. См. больше о *Круге* в книге Г. П. Струве *Русская литература в изгнании* (Нью-Йорк, 1956), стр. 230—231.

43. Амалия Осиповна Бунакова-Фондаминская (ум. 1936?), жена И. И. Бунакова-Фондаминского и очень близкий друг Зинаиды Гиппиус. Принимала участие в общественной деятельности в Париже в помощь русским эмигрантам во Франции. Гиппиус написала о ней статью "Единственная" для сборника *Памяти Амалии Осиповны Фондаминской* (Париж, 1937), стр. 47—49. Другие участники сборника были Федор Степун, Марк Алданов и В. М. Зензинов.

44. Василий Семенович Яновский (р. 1906). Русский писатель, сотрудник журнала *Иллюстрированная Россия*, сборников *Числа* (Париж, 1930—1934, №№ №1—10). Редакторы И. де Манциарли и Н. Оцуп; с 5-го номера — Н. Оцуп) и журнала *Современные записки* (ежемесячный литературный и общественно-политический журнал в Париже, 1920—1940, №№ 1—70. Ред. коллегия Н. Авксентьев, И. Бунаков-Фондаминский, М. Вишняк, А. Гуковский и В. Руднев). Автор следующих произведений: "Колесо" (Париж-Берлин: Новые писатели, 1930), роман *Мир* (Берлин: Парабола, 1931), *Портативное бессмертие* (Нью-Йорк: Чехов., 1953), *Челюсть эмигранта* (Нью-Йорк: Диалог, 1957) и др.

45. Перикл Ставрович Ставров (1895—1955), русский поэт в Париже, автор нескольких томиков стихов, например, *Без последствий* (Париж, 1933), *Ночью* (Париж, 1937) и т. д. Печатался в антологиях *Якорь: антология зарубежной поэзии* (Берлин: Петрополис, 1936) составили Г. В. Адамович и М. Л. Кантор; *Лира диаспоры: избранные стихи зарубежных поэтов, 1920—1960* (Франкфурт/Майн: Посев, 1960), под редакцией Ю. К. Терапиано, и др.

46. Анатолий Алферов (род. 1904?). Печатался в *Круге* Бунакова-Фондаминского, в *Числах, Иллюстрированной России* и *Мече;* автор *Очерков по истории русской литературы 19-го века* (Прага, 1925). Часто посещал "Воскресенья" Мережковских. Незадолго до начала Второй мировой войны переселился в Южную Америку.

47. Юрий Фельзен (псевдоним Николая Бернгардовича Фрейденштейна; 1895—1943). Русский писатель, испытавший на себе влияние М. Пруста. Автор романов *Обман* (Париж, 1931), *Счастье* (Париж, 1932) и *Писем о Лермонтове* (Париж, 1935—1936). Также печатался в *Числах, Современных записках, Круге* и других русских журналах и литературных альманахах в Париже. Гиппиус очень любила этого молодого писателя за его интерес к "метафизике любви" и за его эрудицию. Она придумала для него прозвище "Спаржа" за его очень светлые волосы. Фрейденштейн погиб в концентрационном лагере в Германии, хотя его отец был немецкого происхождения. См. о нам в кн. *A Cultural Revival,* ук. соч., стр. 250—260.

48. Вячеслав Иванович Иванов (1866—1949), поэт, драматург, историк и эссеист. Автор нескольких сборников стихов, например, *Кормчие звезды* (СПб, 1903), *Прозрачность* (Москва, 1904), *Эрос* (СПб, 1907), *Cor Ardens* (Москва, 1910), *Римские сонеты* (Париж, 1925), *Свет вечерний* (Оксфорд, 1962), трагедии *Прометей* (Петроград, 1919), поэмы *Человек* (Париж, 1939), и др. произведений. Знаменитые "Ивановские среды" в Петербурге посещались многими рус-

скими писателями, в том числе Мережковским и З. Гиппиус, в годы 1905—1907. Славофил по убеждениям и поклонник поэзии и философии Вл. Соловьева, Вяч. Иванов писал о мистическом и религиозном культе Красоты и об индивидуалистической философии Ницше. Покинув Россию в 1924, Иванов поселился в Италии, где он преподавал русскую литературу в университете Pavia, а позже был назначен профессором славянских языков в Римском университете. Перевел Петрарку и Данте на русский язык. Мережковские, дружившие с Вяч. Ивановым, часто встречались с ним в Италии.

49. Мать Мария (Елизавета Юрьевна Пиленко, ранний литературный псевдоним Юрий Данилов; 1891—1945). Поэт, близкий к Акмеизму. Первая женщина-студентка в Петербургской Духовной академии. Автор книги стихов *Скифские черепки* (СПб.: Цех Поэтов, 1912) и романа *Руфь* (Петроград, 1916). Замужем за Д. Кузмин-Караваевым, позже за Д. Скобцовым. В эмиграции опубликовала ряд книг, в том числе *Жатва духа: жития святых* (Париж, 1927), *А. Хомяков* (Париж, 1929), *В. Соловьев* (Париж, 1929), *Достоевский и современный мир* (Париж, 1929), статью "Встречи с Блоком" (*Современные записки*, 1930, № 62) и т. д. Постриглась в 1932 г. и целиком отдалась работе в помощь бедствующим русским в эмиграции. Арестована немецким Гестапо 9-го февраля 1943. Погибла в газовой камере в концентрационном лагере в г. Равенсбрюк.

50. Вадим Викторович Руднев (1879—1940). Журналист, один из редакторов *Современных записок*. В России принадлежал к Партии соц. революционеров.

51. *Masque* — французский театральный журнал, который Гиппиус всегда читала с большим интересом. Один из романов Андрея Белого также назывался *Маски* (Москва, 1922). Гиппиус прочла его уже в эмиграции.

52. Ефросинья Дмитриевна Хирьякова (1859—1940?). Писательница мемуаров и участница движения Духоборов. Писала статьи в газете Д. В. Философова *За свободу*. Жена писателя и общественного деятеля Александра Модестовича Хирьякова (1863—1940). Хирьяков и его жена очень дружили с Мережковскими, и Хирьякова сообщала им о состоянии здоровья Философова, оставшегося в Польше после отъезда оттуда Мережковских в октябре 1920 г. и всю жизнь страдавшего от болезни печени. Хирьякова сообщила Мережковским о смерти Философова в 1940 г. в санатории под Краковом.

53. Произведение Мережковского *Павел. Августин* (Берлин: Петрополис, 1936).

54. Александр Федорович Керенский (1881—1970), глава Временного правительства в России. Издавал газету *Дни* (Прага, Берлин, Париж, 1928—1933), печатался в *Современных записках* и *Новом Журнале* (Нью-Йорк). Автор книг *The Prelude to Bolshevism* (London, 1919), *The Crucifixion of Liberty* (New York, 1934) и других произведений. Очень дружившая с ним в Петербурге Гиппиус относилась к нему критически в эмиграции, считая его ответственным за "смерть России".

55. Jean de Chuzeville (1886—?), переводчик с русского языка на французский. Автор книги *Dmitri Mérejkowski* (Paris: Bosshard, 1922) и *Rome et l'Internationale: Une Prédiction de Dostoïevski* (Paris: Bosshard, 1927). Перевел несколько произведений Мережковского на французский язык, среди них *Dante de Dmitri Mérejkowski* (Paris: Michel, 1940); также перевел произведения Пушкина, Бальмонта, З. Гиппиус и других русских писателей на французский язык.

56. Publio Paphis (также Papis). Монах Третьего Ордена Св. Франциска Асизского и поклонник религиозной философии Вл. Соловьева. Секретарь Мережковского в Италии в 1936 г. Гиппиус называла его в шутку Публий или просто Бублик.

57. П. С. Баранецкий (также Боронецкий), "вавилонский младенец", как называла его в шутку З. Гиппиус, автор множества книг, которых, по утверждению Юрия Терапиано, никто не читал. Злобин, однако, друживший с Баранецким, восхищен был его "титанизмом" — заложением основания "Града Божьего" на земле в противовес "миру, превратившемуся в какую-то пресную лепешку". (Из письма Злобина Зинаиде Гиппиус от 30-го мая 1936 г.).

58. Роман Мережковского *Воскресшие боги: Леонардо да Винчи* (Берлин, 1922).

59. Абрам Осипович Гукасов (1872—1969), русский коммерсант. Основал в Париже журнал *Возрождение,* который он субсидировал до января 1970 г.

60. Иван Иванович Манухин, муж Татьяны Ивановны Манухиной, врач. Автор нескольких статей, например, "Воспоминания о 1917—1918 гг.", *Новый журнал* (1958), № 54, стр. 97—118; "Революция", там же (1963), № 73, стр. 184—196; "С. Боткин, И. Мечников, М. Горький", там же (1967), № 86, стр. 139—158. Друг Мережковских.

61. Возможно, кн. Владимир Андреевич Оболенский (1869—1951), политик, член Первой Думы в 1905—1906 гг. Член партии кадетов. Автор ряда статей, например, "Первая Дума" в книге *М. Винавер и русская общественность начала XX века: сборник статей* (Париж, 1937), стр. 97—124. Также печатался в *Современных записках.* Мережковский мог иметь в виду и кн. Сергея Николаевича Оболенского (р. 1910), который в годы 1936—1937 служил в качестве католического священника в Риме, где Мережковские часто встречались с ним.

62. Константин Васильевич Мочульский (1892—1948), литературовед, критик и историк литературы. С 1922 г. — профессор русской литературы в Сорбонне. Печатался в *Современных записках, Звене, Русской мысли.* Автор нескольких монографий: *Владимир Соловьев: жизнь и учение* (Париж, 1936), *Духовный путь Гоголя* (Париж, 1934), *Достоевский: жизнь и творчество* (Париж, 1947), *Александр Блок* (Париж, 1948), *Андрей Белый* (Париж, 1955), и *Валерий Брюсов* (Париж, 1962).

63. Борис Юлианович Поплавский (1903—1935), русский поэт сюрреалист в Париже. Автор нескольких сборников стихов: *Флаги: стихотворения* (Париж, 1931), *Снежный час* (Париж, 1936), *В венке из воска: четвертая книга стихов* (Париж, 1938), *Дирижабль неизвестного направления: стихи 1924—1935* (Париж, 1965); последние два сборника были изданы посмертно. Роман Поплавского *Аполлон Безобразов,* любопытный эксперимент в русской прозе в Париже 1930-х гг., печатался в сборниках *Числа.* На творчество Поплавского оказали влияние Baudelaire, Nerval, Rimbaud, Laforgue, Apollinaire и Breton. Поэзия Поплавского была близка поэзии А. Блока и Лермонтова, но он был несомненно оригинальный, самобытный поэт русской эмиграции. См. о Поплавском в *A Russian Cultural Revival,* ук. соч., стр. 196—311.

64. Дмитрий Владимирович Философов.

65. J. M. van Oldenburgh, приятельница Publio Paphis, секретаря Мережковского в Италии в 1936 г. Зинаида Гиппиус, не любившая сумасбродную и шумную голландку, называла ее в письмах к Злобину "голландской селедкой" или "шку-

рой". См. о ней в *Intellect and Ideas in Action,* ук. соч., стр. 262—263, 266, 270, 273, 275, 277—278, 279, 291, 293—294, 296, 323.

66. Серия: *Лица святых — От Иисуса к нам* (Берлин: Петрополис), № 1—2, *Павел. Августин* (1936); глава "Коммунизм Божественный", *Современные записки* (1935), № 58, стр. 310—318; № 3, *Франциск Ассизский* (1938); № 4, *Жанна д'Арк: св. Жанна и Третье Царство Духа* (1938).

67. *Современные записки* (1920—1940), русский журнал в Париже, появившийся в 70 томах. Сотрудники: Д. С. Мережковский, Н. А. Бердяев, Лев Шестов, Вячеслав Иванов, К. Бальмонт, Марк Алданов, И. А. Бунин, А. М. Ремизов, И. С. Шмелев, Б. К. Зайцев, Алексей Толстой, Федор Степун, В. Набоков, А. Семенов-Тян-Шанский, Г. П. Федотов, А. А. Кизеветтер, В. М. Зензинов, И. А. Ильин. Гиппиус начала печататься в *С. з.,* начиная с книги XX.

68. Мережковский, вероятно, имеет здесь в виду газету А. Ф. Керенского *Новая Россия* (Париж, 1936—1940). Газета М. Горького *Новая жизнь* (1918—1919) выходила в Петербурге.

69. *Новый град* — философский, религиозный и культурный обзор (Париж, 1931—1939, №№ 1—14). Ред. И. И. Бунаков-Фондаминский, Г. Федотов и Ф. Степун.

70. Jovan Dudić (также Dučić; 1871—1943), знаменитый сербский поэт, также дипломат, посол в Италии в 1935—1936 гг. Президент сербской Академии наук, профессор Белградского университета, член Скт. Петербургской и позднее Советской Академии наук, председатель Государственной комиссии по делам русских эмигрантов в Югославии. По поручению короля Александра помогал в организации в 1928 г. Первого конгресса русских писателей и журналистов в эмиграции, на котором он познакомился с Мережковскими. Позже, в Италии, между ними установились очень хорошие отношения.

71. Leon Blum (1872—1950), французский министр перед Второй мировой войной. Социалист по своей политической ориентации, он провел целый ряд социальных реформ во Франции. Стоял во главе "левого" правительства, "Народного фронта". Мережковские относились к нему отрицательно, хотя и признавали его ум и культурность.

72. Франция.

73. Ссылка на легкомысленного героя в рассказе Л. Н. Толстого "Смерть Ивана Ильича", думавшего только о внешних приятностях жизни, включая поселение в новой квартире в Скт. Петербурге.

74. Василий Васильевич Розанов (1858—1919), автор множества блестящих и парадоксальных произведений, критиковавших современные теории знания, нравственности, образования, философию истории и эстетики Ницшеанской школы. Автор знаменитых произведений *Легенда о Великом Инквизиторе* (СПб., 1906), *Уединение* (СПб., 1912), *Опавшие листья* (СПб., 1913—1915) и др.; участник религиозных собеседований Мережковских; сотрудник их журнала *Новый путь;* близкий друг Гиппиус.

75. Михаил Осипович Цетлин (литературный псевдоним Amari; 1882—1946), очень влиятельное лицо среди русских эмигрантов в Париже. Один из редакторов журнала *Современные записки;* редактор-издатель трехмесячника литературы *Окно* (Париж, 1923—1924, №№ 1—3); один из основателей *Нового журнала* (Нью-Йорк, 1945—). Автор нескольких сборников стихов, например, *Лирика* (Москва, 1912), *Прозрачные тени* (Париж, 1920), *Португальские сонеты,* пере-

вод (Нью-Йорк, 1956), *Кровь на снегу: поэма о декабристах* (Париж, 1939) и других произведений. В Париже у Цетлиных был литературный и политический салон.

76. R. Piper & Co. в Мюнхене, один из издателей Мережковского.

77. Ольга Львовна Еремеева, большая приятельница З. Гиппиус и Екатерины Михайловны Лопатиной. Основала с последней санаторий для больных русских детей на юге Франции на собственные деньги. Мережковские часто гостили у "сестер-клозанок", как они их называли дружески. См. о О. Л. Еремеевой в публикации Т. А. Пахмусс "Из архива Зинаиды Николаевны Гиппиус: Письма к Е. М. Лопатиной и О. Л. Еремеевой," *Вестник русского христианского движения* (Париж, 1980), № 132, стр. 208—305; (1981), № 133, стр. 257—292.

78. Муссолини. Зинаида Гиппиус относилась к нему без уважения, как к диктатору, которых она не принимала принципиально, по самой природе своего мышления.

79. Гитлер.

80. Граф Vidau, ближайший сотрудник Муссолини и Министр иностранных дел в Италии в те годы, когда там жили Мережковские (1936—1937).

81. Иван Алексеевич Бунин.

82. Ссылка на стихотворение З. Н. Гиппиус "Домой", напечатанное в сборнике ее стихов *Сияния* (Париж, 1938), стр. 46:

          Домой

Мне —
  о земле —
    болтали сказки:
      "Есть человек. Есть любовь".

А есть —
  лишь злость.
    Личины. Маски.
      Ложь и грязь. Ложь и кровь.

Когда предлагали
  мне родиться —
    Не говорили, что мир такой.

Как же
  я мог
    не согласиться?
      Ну, а теперь — домой! домой!

                Париж, 1922

83. Иван Иванович и Татьяна Ивановна Манухины.

84. Валентина Павловна Преображенская, римский секретарь Мережковского. См. о ней в *Intellect and Ideas in Action,* ук. соч., стр. 257—260, 261, 270, 274, 276, 280, 284, 298.

85. Гр. Татьяна Львовна Толстая, в замужестве Suxotin-Tolstoï. См. примечания к "Письмам Л. Н. Толстого к дочери Татьяне Львовне", *Современные записки* (Париж, 1928), № 36, стр. 193—219. Мережковские дружили с детьми Льва Толстого, жившими в Риме, как с Вячеславом Ивановым и Радзивиллами.

86. Андрей Яковлевич Белобородов, художник и архитектор. Выставки его картин и гравюр происходили в знаменитых галлереях Парижа, Рима, Венеции и Берлина. В качестве архитектора он работал над внутренним оформлением дворцов кн. Ф. Юсупова, гр. Бобринского и других русских знаменитостей в России и заграницей. См. его воспоминания "Работа во дворце кн. Феликса Юсупова", *Новый журнал* (1962), № 70, стр. 184—200, и "В Академии художеств", там же (1962), № 73, стр. 197—215.

87. Сергей Иванов (род. 1895?). Русский художник, живший в годы 1936—1937 в Риме, друживший с Толстыми, Вячеславом Ивановым и Радзивиллами. Мережковские и Иванов относились друг к другу с большим интересом и симпатией.

88. Кн. Владимир М. Аргутинский-Долгоруков (ум. 1941). Директор Эрмитажа в Скт. Петербурге до 1917 г., а также Секретарь Русского посольства в Париже до 1917 г. Большой друг Мережковских в Скт. Петербурге и в Париже. Покровительствовал целому ряду художественных журналов в России, в том числе *Миру искусства* С. П. Дягилева.

89. Александр Иванович Куприн (1870—1938), русский писатель. Автор новеллы *Поединок* (Скт. Петербург, 1905), рассказов "Штабс-капитан Рыбников" (Скт. Петербург, 1906) и "Гранатовый браслет" (Москва, 1911) — лучших его произведений. 29-го мая 1937 г. Куприн с женой, Елизаветой Маврикиевной, вернулся в Советский Союз, где и умер 25-го августа 1938 г.

90. Перифраз одного из юмористических стихотворений З. Н. Гиппиус:

   Если маленькая кошка
   Задрожала на хвосте...
   Погляди в мое окошко,
   Видишь, дни уже не те...

(Intellect and Ideas in Action, ук. соч., стр. 277).

91. Assad Bey (также Memmet Abrashmovich), русский турок из Азербайджана, бывший офицер Белой армии и автор целого ряда книг о Магомете, Николае II, об Италии и т. д., которые были изданы на французском, итальянском и немецком языках. Помогал Мережковскому в его бытность в Италии в экранизации романов Дмитрия Сергеевича для кино в Италии, Германии и Америке. Очень культурный человек, которого Гиппиус называла в шутку "Меметом Ибрагимовичем".

92. *Русские записки* (Париж-Шанхай, 1937—1939); редакторы П. Н. Милюков и М. В. Вишняк. Мережковские называли этот журнал "Китайскими" или "Шанхайскими записками". Его сотрудники: Б. К. Зайцев, Мережковский, И. С. Шмелев, Марк Алданов, А. М. Ремизов, Михаил Осоргин, До́вид Кнут и В. Набоков. Журнал выходил в Париже и в Шанхае.

93. Кн. Павел, регент в Югославии после убийства короля Александра в Марселе 9-го октября 1934 г. югославским агентом.

94. Татьяна С. Варшер (ум. 1939?). Русский ученый и археолог. Закончила Бестужевские курсы в Скт. Петербурге. Автор воспоминаний *Виденное и пережитое в Советской России*, напечатанных в 1923 г. в Берлине. Писала она много о Помпеях, вблизи которых она жила в последние годы своей жизни. Большой друг Зинаиды Гиппиус, она в то же время очень раздражала Мережковского своими бесконечными рассказами об археологии. См. о ней в *Intellect and Ideas in*

Action, ук. соч., стр. 249, 251, 276, 279, 281, 284, 295—296, 297, 303, 320, 329.

95. Очевидно, ссылка на пособие, получаемое несколькими выдающимися русскими писателями из Праги, из собственных сумм Томаса Масарика, президента Чехословакии (1920—1935). См. больше об этом в публикации Темиры Пахмусс, "Письма Д. С. Мережковского к И. А. Бунину", *Cahiers du Monde russe et soviétique* (Paris, Oct—Dec. 1981), XXII, стр. 461—470. Очевидно, имеется в виду расписка за получение пособия и книга в знак благодарности.

96. Возможно, Александр Авдеевич Оцуп (литературный псевдоним Сергей Горный, 1882—1949), брат Николая и Георгия Оцупа. Автор художественной прозы и сотрудник *Сатирикона* (Скт. Петербург, 1906—1918). Автор нескольких сборников рассказов и этюдов, например, *Пугачев или Петр* (Берлин, 1922), *Всякое бывало* (Берлин, 1927), *Только о вещах* (Берлин, 1937), *Санкт Петербург: видения* (Мюнхен, 1925), предисловие Ивана Лукаша. Сергей Горный был поклонником поэтического таланта Веры Булич, с которой он переписывался из Берлина, Вены и Женевы.

97. З. Гиппиус, *Чортова кукла: жизнеописание в 33-х главах* (Москва: Машистов, 1911). Роман был переиздан в 1972 г. в Мюнхене (Wilhelm Fink Verlag), с предисловием Темиры Пахмусс, как первая часть задуманной, но неосуществленной трилогии Гиппиус *Чортова кукла, Очарование истины* (не написанной) и *Роман Царевич: история одного начинания* (Москва: Земля, 1913), произведения, также переизданного Wilhelm Fink Verlag'ом в одном томе с *Чортовой куклой,* с предисловием Темиры Пахмусс.

98. З. Гиппиус, *Синяя книга: петербургский дневник, 1914—1918* (Белград, 1929), литературный документ исключительного исторического значения. Переиздан в 1982 г. издательством Орфей под заглавием *Петербургские дневники: 1914—1919,* с предисловием Н. Берберовой. Это издание включает дневники Гиппиус *Черная книжка, Серый блокнот* и *Синюю книгу,* представляющие собою цикл *Петербургских дневников 1914—1918.*

99. Возможно Юрий Федорович Семенов (1873—1942); редактор газеты *Возрождение* с 1927 г. и сотрудник *Современных записок, Иллюстрированной России* и др. Автор критической монографии о Тургеневе (см. *Иллюстрированная Россия,* 1933, № 421). Гиппиус называла его в шутку "Царь Семен в *Возрождении".*

100. Илья Исидорович Бунаков-Фондаминский.

101. Николай Максимович Виленкин (1855—1937; литературный псевдоним Минский). Его первые работы 1870-х г. г. были написаны в духе "гражданской" поэзии с идеалистическим направлением; его более поздняя поэзия насквозь эстетична и проникнута мистицизмом. Ее можно назвать предвестницей поэзии русского Символизма. Минский сформулировал философию "Меонизма" или "Не-бытия", в которой, по его словам, сочетались Ницше и восточный мистицизм. Дал собственную версию идеологии Ницше в книге *При свете совести* (Скт. Петербург, 1890). В своих произведениях Минский проповедовал индивидуализм, эстетизм и гедонизм. Близкий друг Зинаиды Гиппиус и поклонник ее женского обаяния. См. ее дневник *Contes d'amour.* Минский был сотрудником газеты Ленина *Правда,* где поместил свой гимн, кончавшийся строчкой "Рабочие всех стран, соединяйтесь!" После Революции 1917 г., однако, покинул Россию и поселился в Париже, затем в Англии, где выступал сторонником филантропического социализма против большевистского. Его главные произведения: траге-

дия *Альма* (Скт. Петербург, 1900), *От Данте к Блоку* (Берлин, 1922), пьеса *Хаос* (Берлин, 1922), мистерия *Кого ищешь?* (Берлин, 1922), *От мира к свету: избранные стихи* (Берлин, 1922) и др.

102. София Григорьевна Petit (ум. 1938 г.), урожденная Балаховская, жена секретаря Французского посольства в Петербурге до Революции 1917 г., позже Генерального секретаря в кабинете Alexandre Millerand (1920—1924). Любила русскую литературу и покровительствовала русским писателям и деятелям искусства в эмиграции. У нее был собственный литературный салон в Париже; она также устраивала большие приемы, званые обеды, концерты, литературные вечера и балы в пользу русских писателей во Франции. Близкий друг Гиппиус.

103. Зинаида Афанасьевна Венгерова (1887—1941). Критик, переводчик, историк литературы и эссеист. Сестра профессора С. А. Венгерова и жена поэта Н. М. Виленкина-Минского. Сотрудница журналов *Северный вестник, Вестник Европы, Русская мысль* и *Образование*. Жила в Англии с 1917 г., где писала статьи о русской литературе в *The Observer* (Лондон) и *The Fortnightly Review*, а также переводила русских классиков на английский язык и английских — на русский. Одна из статей Венгеровой под заглавием "Парижский архив А. И. Урусова" была напечатана в *Литературном наследстве* (Москва, 1939), XXXIII—XXXI, 519—616. Будучи близким другом Гиппиус, принимала активное участие в религиозных собеседованиях в салоне Мережковских в Петербурге. В Англии писала о поэзии, в частности о таких поэтах, как Т. С. Элиот и Эзра Паунд.

104. Роман В. Набокова *Подвиг* (Париж: *Современные записки,* 1932).

105. *Luther* — перевод на французский язык C. Andronikoff (Paris, 1941).

106. Юмористическая ссылка на роман Бориса Савинкова *Конь бледный* (Спб: Шиповник, 1909). См. о Савинкове в *Intellect and Ideas in Action,* ук. соч., стр. 133—140, и в статье Т. Пахмусс "Переписка З. Н. Гиппиус с Б. В. Савинковым", *Воздушные пути: альманах* (Нью-Йорк, 1967), V, стр. 161—167.

107. *Франциск Ассизский* (Берлин: Петрополис, 1938).

108. *Жанна д'Арк: св. Жанна и Третье Царство Духа* (Берлин: Петрополис, 1938).

109. Евгений Карлович Миллер (1867—1937?), генерал-лейтенант, преемник генерала Александра Павловича Кутепова (1882—1930), вышедшего в отставку в январе 1930 г., как начальник Русского военного совета в Париже ("правого" направления). Генерал Миллер был похищен в Париже в 1937 г. См. больше в работе В. Л. Бурцева *Большевистские гангстеры в Париже: похищение генерала Миллера и генерала Кутепова* (Париж, 1939). Ген. Миллер опубликовал свои воспоминания "Борьба за Россию на севере: 1918—1920" в журнале *Белое дело* (Берлин, 1928, № 4, стр. 5—11) и *Император Николай II и армия* (б. д.).

110. Надежда Васильевна Плевицкая (урожд. Винникова, 1884—1939), знаменитая русская певица. Ее муж, генерал Белой армии Скоблин, принимал участие в похищении генерала Миллера. Плевицкая, оказавшаяся советским агентом, и генерал Скоблин были арестованы французскими властями. Генерал бежал, но Плевицкая была приговорена к пятнадцати годам тюремного заключения. Она умерла в 1939 г. в тюрьме Roquette. См. о Плевицкой в книге А. П. Кугеля *Театральные портреты* (Москва, 1923), стр. 157—165, и в статье С. Мамонтова "Капля живой воды", *Рампа и жизнь* (1910, № 3, стр. 46). Плевицкая опубликовала свои воспоминания *Дежкин Карагод,* с предисловием А. М. Ремизова, том I (Берлин,

1925), том II (Париж, 1930). Воспоминания состоят из двух частей: *Мой путь к песне* и *Мой путь с песней.*

111. Бажанов — хотя это имя довольно часто упоминается в письмах Мережковского к Злобину и Злобина к Мережковскому, мне не удалось установить личность этого человека.

112. Злобин, секретарь Мережковских, поссорился с их прислугой Катериной во время отсутствия Мережковских и потребовал в письме к ним немедленного увольнения Катерины. Мережковским был крайне неприятен этот скандал между Злобиным и Катериной, и Мережковский поручил З. Н. Гиппиус уладить его по своему усмотрению. Гиипиус разрешила проблему так в письме к Злобину в Париж из Италии 1-го октября 1937 г.: "Итак, вследствие того, что атмосферические пертурбации, которые еще падают все на меня, мною *не* приемлются, я и решаю бесповоротно: Катерина должна быть удалена. Так же, как должна быть удалена 'старуха', которая вам шваркала в лицо какие-то ягоды, визжа. Очень, м. б., плохо, и непрактично, и все что угодно, но я ни с одной прислугой не создаю 'атмосферы' и ...остаюсь 'барыней', не допускающей равенствующей перепалки".

113. *Павел. Августин* (Берлин: Петрополис, 1936).

114. Лютер-Кальвин:

Luther, перевод на французский язык. C. Andronikoff (Paris, 1941).

Calvin, перевод на французский язык. C. Andronikoff (Paris, 1942).

УКАЗАТЕЛЬ ИМЕН

Адамович, Г. В., 23, 129, 118n8, 192n45
Аввакум, протопоп, 25
Альтерман, Р., 134, 140, 143, 152, 153, 156
  159, 163, 164, 166, 168, 169, 190n29
Алферов, А., 137, 192n46
Anatole France, 71
Андрей Белый, 30, 40, 68—69, 70, 75,
  144, 183n1, 193n51, 194n62
Аничкова, А. М. (Иван Странник), 70
Annales de philosophie chrétienne, 71
Антихрист: Петр и Алексей, 68
Антоний, митрополит, 64, 66, 75
Аргутинский-Долгорукий, кн., В. Н.,
  154, 197n88
Ассад Бэй, 157, 160, 161, 167, 172,
  197n91
Бакст, Л. С., 61, 63, 75
Бальмонт, К. Д., 11, 70, 144, 161, 189n12,
  193n55, 155n67
Баранецкий (также Боронецкий), П.С.,
  142, 194n57
Barth, K., 58
Barth, S., 131—132, 133, 189n17
Белобородов, А. Я., 154, 197n86
Бенуа, А. Н., 61, 63, 64, 70, 75
Bergson, Henri, 71
Бердяев, Н. А., 63, 68, 70, 72, 73,
  191n42, 195n67
Блок, А. А., 40, 68, 69, 193n49, 194n62-
  3, 199n101
Блюм, Л., 148, 155, 157, 195n71
Бодисатва, 55
Бонифаций VII, папа римский, 12
Булгаков, С. Н., 68
Бунаков-Фондаминский, И. И., 70, 73,
  74, 75, 134, 136—137, 138, 140, 144,
  145, 164, 166, 167, 169, 172, 176, 190-
  1n34, 191-2n42, 43, 44; 195n69,
  198n100
Бунакова-Фондаминская, А. О., 70, 137,
  192n43
Бунин, И. А., 11, 144, 152, 181n4,
  189n12, 195n67, 196n81, 198n95

Бюрэ, Э., 133, 134, 140, 142, 144, 146,
  147, 149, 174—5, 190n20
Варшер, Т. С., 130, 161, 171, 172, 197-
  8n94
Вейнингер, О., 45
Венгерова, З. А., 68, 166, 199n103
"Вечноженственное", 22—3, 26, 35, 40—
  2
Видау, граф, 150—1, 154, 157, 158, 159,
  161, 162, 177, 196n80
Виленкин-Минский, Н. М., 63, 65, 68,
  70, 75, 166, 198-9n101, 113
Водовозов, В. В., 68
Возрождение, 130, 133, 136, 137, 143,
  144, 147, 149, 162, 164, 166, 167,
  181n3, 182n27, 185n13, 186n61-2,
  69; 188n6, 188n11, 189n18, 190n21,
  194n95, 198n99
Вопросы жизни, 68
Воскресшие Боги: Леонардо да Винчи,
  30, 143, 151, 162, 163, 165, 190n29,
  194n58
Выбор? 57—9, 185n13, 26; 186n36
Гераклит, 88
Герелль, Г., 15, 15, 19, 22, 23, 33, 129,
  131—2, 133, 136, 138, 139, 145, 149,
  155, 161, 175, 181—2n14—21, 23, 24,
  26, 30; 188n10, 189n16-7, 190n24
Герен, З., 97—100, 103, 104, 107
Герен, И., 97
Гете, 30, 748, 158
Гиппиус, А. Н., 15, 133, 134, 139, 144,
  147, 148, 150, 159, 172, 190n21
Гиппиус, В., 61, 63
Гиппиус, Н. Н., 68, 72, 73
Гиппиус, Т. Н., 68, 72, 73
Гитлер, 145, 150, 196n79
Глинка-Волжский, А. С., 68
Гоголь, Н. В., 163, 194n62
Гордон, Б. А., 134, 139, 189n17,
  190n27
Григорий XIII, папа римский, 27
Гукасов, А. О., 143, 145, 159, 161,

194n59

Данте, 30, 121, 122, 138, 142, 147, 148—9, 173, 199n101

Данте, 20, 44, 55, 124, 135, 140, 141, 143, 144, 146, 148, 150, 151, 152, 157, 158, 159, 160, 161, 163, 164, 166, 167, 169, 170, 172, 174, 175, 176, 177, 184n77, 190n29, 190n37

Дмитрий Мержковский, 66, 69, 71, 181n5, 182n46, 185n1, 186n59, 187n70-1, 75, 80, 82, 84

"Дом Книги", 134, 141, 172

Достоевский, Ф. М., 57, 58, 82, 93—4, 124—5, 193n55, 194n62

Дучич Иованн, 174, 154, 156, 158, 162, 165, 195n70

Дягилев, С. П., 61, 64

Дягилева, Е. В., 64

Евгений IV, папа римский, 25

Егоров, Е. А., 65, 68

Еремеева, О. Л., 150, 196n77

Жанна д'Арк: св. Жанна и Третье Царство Духа, 16, 55, 134, 141, 145, 146, 147, 172, 190n31, 195n66, 199n108

Зайцев, Б. К., 10, 181n4, 195n67, 197n92

Зеньковский, С. А., 67—8, 181n1, 187n74

Злобин, В. А., 10, 14, 15, 55, 128—178, 181n3, 188n3, 190n22, 29; 192n42, 194n47, 194n65, 200n112

Иванов, В. И., 68, 138, 162, 173, 189n17, 192-3n48, 195n67, 196n84, 197n 87

Иванов, Г. В., 135, 138, 145, 162, 175, 191n38

Иванов, С., 154, 197n87

Иисус Неизвестный, 55, 149, 184n75-6, 78; 186n56

Илия, пророк, 25

Иннокентий IV, папа римский, 25

История одной души, 78, 87, 88, 91

Кальвин, 25, 26, 29, 122, 177, 181n3

Кальвин, 169, 172, 173, 200n114

Canet, L., 71

Kant, 79, 90

Карташев, А. В., 62, 64, 65, 66, 68, 72, 73, 74, 75

Керенский, Ф. А., 141, 186n45, 193n54, 195n68

Contes d'amour, 61—2, 183n22, 186n62, 66; 198n101

Конфуций, 55

Конь бледный, 70, 171, 199n106

Круг, 136—7, 138, 139—40, 191—2n42

Кузнецов, Н., 68

Куприн, А. И., 11, 154, 166, 190n27, 197n89

Labertonnière, Pére, 71

Лев X, папа римский, 123

Лев XIII, папа римский, 29, 81, 82, 91, 120, 121, 123, 124, 125

Ленин, 76, 82

Libro de su diva (Mi Alma), 26, 87, 91

Loisy, Abbé, 71

Лундберг, Е. Г., 68, 69

Лютер, 25, 26, 88, 89, 118, 119, 121, 122, 123, 171, 181n3

Лютер, 169, 170, 172, 177, 199n105, 200n114

Маленькая Тереза (св. Тереза Лизьеская), 9, 14, 15, 16, 17, 18, 19, 20, 22, 23, 25, 28, 29, 30, 32—3, 54, 55, 78—125, 129, 131, 138, 151, 152, 162, 166, 173—4, 182n34, 45; 188n7, 189n15

Маленькая Тереза, 9, 14, 25, 29—30, 70, 78—125, 129

Мамченко, В. А., 15, 23, 132, 133, 135, 137, 138, 139, 142, 147, 149, 166, 175, 189n17—8, 191n42

Манухин, И. И., 132, 144, 149, 153, 175, 194n60, 196n83

Манухина, Т. И., 16, 20, 21—2, 129, 149, 157, 181n25, 188n6, 194n60, 196n83

Марк Аврелий, 55

Мартэн, Леония, 102, 109

Мартэн, Лиу, 97, 99, 102, 103, 104—5, 113, 114—8, 119

Мартэн, М., 92, 109, 110—1

Мартэн, П., 16, 18, 29, 92, 95, 99, 107—9

Мартэн, С., 92, 102, 109, 118, 120

Мартэн, Ф., 97

Мать Мария (урожд. Е. Ю. Пиленко), 138, 191n42, 193n49

Мессия, 55

Метнер, Н. К., 30

Меч, 128—9, 187n3, 188n4, 192n46

Миллер, Е. К., 173, 199n109, 110
Милюков, П. Н., 136, 188n12, 191n39
Миролюбов, В. С., 64
Мочульский, К. В., 145, 191n42, 194n62
Моцарт, 99
Муссолини, 130, 131, 132, 133, 135, 136,
    145, 148, 150, 151, 153, 159, 161,
    163, 165, 166, 170, 172, 174, 175,
    176, 177, 189n14, 189n19, 196n78, 80
Наполеон, 132
Наполеон, 55
Наша жизнь, 163
Новая жизнь, 146, 195n68
Новый град, 146, 188n3, 195n69
Новый Путь, 9, 68, 75, 183n8, 187n70,
    195n74
Нувель, В. Ф., 61, 63, 75
О Бывшем, 64, 70, 74, 75, 186n69,
    187n78, 83, 87
Оболенский, В. А., 145, 194n61
Оболенский, С. Н., 145, 194n61
Oldenburgh, van, J. M., 144, 146, 150,
    155, 158, 161, 162, 163, 164, 165,
    166, 168, 169, 175, 194–5n65
"Объяснения и вопросы", 20, 21, 22,
    182n27, 188n6
Онорий, папа римский, 25
От Иисуса к нам, 10, 146, 147, 149,
    195n66
Оцуп, А. А. (Сергей Горный) , 160, 161,
    198n96
Павел, апостол, 24, 28
Павел, Августин, 55, 140, 141, 149, 169,
    176, 177, 193n53, 200n13
Павел I, 72
Paphis, P., 142, 144, 145, 146, 150, 154,
    155, 156, 157, 158, 159, 161, 162,
    163, 164, 165, 166, 167, 168, 169,
    173, 175, 194n56
Паскаль, 79, 89, 93, 99, 133, 181n3
Перцов, П. П., 61, 64, 75
Пестовский, В. А. (Владимир Пяст) , 68,
    69
Petit, C. Г., 160, 199n102
Пилат, 90
Пий IV, папа римский, 26
Платон, 30, 43
Плевицкая, Н. В., 173, 199–200n100

Плеханов, Г. В., 75
Победоносцев, К. П., 64, 66, 67
Полторацкий, Н. П., 9, 181n1–2
Поплавский, Б. Ю., 145, 187n2,
    191n42, 194n63
Последние новости, 131, 136, 138,
    149, 166, 183n10, 187n70, 188–
    9n12, 191n39
Преображенская, В. П., 154, 158, 159,
    196n84
Реверони, аббат, 117, 120
Религиозно-философское общество, 73,
    74
Религиозно-философские собрания, 9,
    64–68, 76, 187n70
Ремизов, А. М., 68, 189n12,
    195n67, 197n92, 199n110
Ремизова, С. П., 68
Рождение богов: Тутанкамон на Крите,
    55
Розанов, В. В., 43, 61, 64, 66, 68,
    149, 195n74
Руднев, В. В., 138, 192n44, 193n50
Руманов, А. В., 68
Русская мысль, 70, 187n70,
    194n62
Русские записки, 158, 197n92
Савинков, Б. В. (В. Ропшин) 70,
    73, 74, 75, 186n45, 199n106
Сара Бернар, 87
Св. Августин, 15, 24
Св. Бернар Клервосский, 89
Св. Жанна д'Арк, 6, 18, 19, 24, 87,
    89, 123
Св. Иоанн Креста, 24, 27–8, 30, 55,
    79, 80, 81, 82–3, 85, 88, 89, 90,
    91, 93, 94, 99, 101, 118, 122, 123
    181n3, 182n40, 43
Св. Франциск Ассизский, 24, 87,
    144, 195n66
Св. Тереза Авильская (Испанская) ,
    14, 20, 25–28, 30, 79, 82–3, 85,
    87, 88, 89, 91, 93, 99, 101, 118,
    119, 122, 123, 118n3, 182n38
Сегодня, 131, 134, 189n13
Семенов, Л. Д., 68
Семенов, Ю. Ф., 161, 162, 198n99
Сергеев-Ценский, С. Н., 68

Сергий, епископ (Финляндский), 64, 65, 66, 75
Синяя книга: Петербургский дневник 1914—1918, 161, 166, 198n98
Скворцов, В. М., 65
Современные записки, 146, 149, 190n34, 192n44, 195n67, 193n49, 54; 194n61—2, 195n66—7, 196n85, 198n99
Сократ, 55
Соловьев, В. С., 30, 31, 34, 40—41, 43, 47, 61, 65, 68, 144, 193n48, 194n58, 62
Соловьева, П. С. (Allegro), 63
Сологуб, Ф. К., 63, 68
Ставров, П. С., 137, 192n45
Струве, П. Б., 70
Сумерки духа, 40
Тайна Запада: Атлантида-Европа, 42, 58, 184n59, 69
Тайна Трех: Египет и Вавилон, 44, 55, 183n30, 184n64, 185n5, 186n53, 57
Татищев, Н. Д., 128, 187n2
Темная ночь духа, 81, 90, 93, 101
Тернавцев, В. А., 63, 64, 65—6, 67, 68, 69
Толстая, Т. Л., 165, 196n86, 197n87
Толстой, А. К., 148—9
Толстой, И. А., 134—5, 141, 145, 155, 191n35, 197n87

Толстой, Л. Л., 134—5, 141, 145, 155, 191n35, 197n87
Толстой, Л. Н., 23, 148, 195n73, 196n85
Тургенев, И. С., 148, 149, 198n99
Thurneysen, E., 58
Успенский, В., 62, 64, 68, 75
Фельзен, Юрий, (псевдоним Н. Б. Фрейденштейна), 137, 140, 191n42, 192n47
Феррар, К., 135, 191n36
Философов, Д. В., 14, 33, 46, 61, 63, 64, 66, 69, 70, 71, 72, 73, 74, 75, 128—9, 145, 187n3, 188n4, 9; 193n52, 194n64
Флексер, А. Л. (Аким Волынский), 75
Флоренский, о. Павел, 68
Франциск Ассизский, 141, 172, 175, 194n56, 199n107
Хирьякова, Е. Д., 149, 193n52
Цетлин, М. О., 149, 189n12, 195—6n75
Чортова кукла: жизнеописание в 33-х главах, 161, 198n97
Шагинян, Мариетта, 69
Штильман, Г. Н., 67
Шюзевилль, Ж., 141, 152, 158, 162, 193n55
Эйнштейн, 79
Яновский, В. С., 127, 191n42, 192n44

7. Могила Д. С. и З. Н. Мережковских
на кладбище Ste Geneviève des Bois, 1945.
Слева — Грета Герелль.
(Из личного архива Т. А. Пахмусс)

8. Грета Герелль, 1934 г., Париж.
(Из личного архива Т. А. Пахмусс)

9. Русская православная церковь на кладбище Ste Geneviève des Bois, 1945.
(Из личного архива Т. А. Пахмусс)

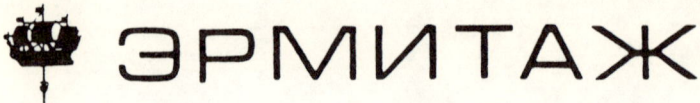

ЭРМИТАЖ

В 1984 ГОДУ ВЫ МОЖЕТЕ ПРИОБРЕСТИ В НАШЕМ ИЗДАТЕЛЬСТВЕ:

АВЕРИНЦЕВ, Сергей. "Религия и литература". (143 с., статьи)	7.00
АКСЕНОВ, Василий. "Аристофаниана с лягушками". (Пьесы, 380 с.)	11.50
АКСЕНОВ, Василий. "Право на остров". (Рассказы, 180 с.)	7.00
АРАНОВИЧ, Феликс. "Надгробие Антокольского". (180 с., 80 илл.)	9.00
АРМАЛИНСКИЙ, Михаил. "После прошлого". (Стихи, 110 с.)	5.50
БРАКМАН, Рита. "Выбор в аду". (О творч. Солженицына, 144 с.)	7.50
ВАЙЛЬ, Петр. ГЕНИС, Александр. "Современная русская проза". (192 с.)	8.50
ВИНЬКОВЕЦКАЯ, Диана. "Илюшины разговоры". (145 с., 50 илл.)	7.50
ВОЛОХОНСКИЙ, Анри. "Стихотворения". (160 стр.)	8.00
ГИРШИН, Марк. "Убийство эмигранта". (Роман, 145 с.)	7.00
ГУБЕРМАН, Игорь. "Бумеранг". (Стихи. 120 с. Рис. Д. Мирецкого)	6.00
ДОВЛАТОВ, Сергей. "Заповедник". (Повесть, 128 стр.)	7.50
ДОВЛАТОВ, Сергей. "Зона". (Повесть, 128 с.)	7.50
ЕЗЕРСКАЯ, Белла. "Мастера". (Сборн. интервью. 15 илл.)	8.00
ЕЛАГИН, Иван. "В зале Вселенной". (Стихи, 212 с.)	7.50
ЕФИМОВ, Игорь. "Архивы Страшного суда". (Роман, 320 с.)	10.50
ЕФИМОВ, Игорь. "Как одна плоть". (Роман, 120 с.)	6.00
ЕФИМОВ, Игорь. "Метаполитика". (250 с.)	7.00
ЕФИМОВ, Игорь. "Практическая метафизика". (340 с.)	8.50
ЗЕРНОВА, Руфь. "Женские рассказы". (160 с.)	7.50
КЛЕЙМАН, Людмила. "Ранняя проза Федора Сологуба". (220 стр.)	14.00
КОРОТЮКОВ, Алексей. "Нелегко быть русским шпионом". (Роман, 140 с.)	8.00
ЛОСЕВ, Лев. "Закрытый распределитель". (Очерки, 190 стр.)	8.00
ЛУНГИНА, Татьяна. "Вольф Мессинг — человек-загадка". (270 с., 15 илл.)	12.00
МЕРЕЖКОВСКИЙ, Дмитрий. "Маленькая Тереза". (230 стр., илл.)	9.50
МИХЕЕВ, Дмитрий. "Идеалист". (Роман, 224 с.)	8.50
НЕИЗВЕСТНЫЙ, Эрнст. "О синтезе в искусстве". (Альбом, 60 илл.)	12.00
ОЗЕРНАЯ, Наталия. "Русско-английский разговорник". (170 с.)	9.50
ПАПЕРНО, Дмитрий. "Записки московского пианиста". (208 с., 20 илл.)	8.00
ПОПОВСКИЙ, Марк. "Дело академика Вавилова". (280 с., 20 илл.)	10.00
РАТУШИНСКАЯ, Ирина. "Стихи". (На русском, англ., фран., 140 стр.)	8.50
РЖЕВСКИЙ, Леонид. "Бунт подсолнечника". (Роман, 240 с.)	8.50
СВИРСКИЙ, Григорий. "Прорыв". (Роман, 560 с.)	18.00
СУСЛОВ, Илья. "Рассказы о т. Сталине и других товарищах". (140 с.)	7.50
СУСЛОВ, Илья. "Выход к морю". (Рассказы, 230 с.)	8.50
УЛЬЯНОВ, Николай. "Скрипты". (Статьи, 230 с.)	8.00
ЧЕРТОК, Семен. "Последняя любовь Маяковского". (128 с.)	7.00
ШТЕРН, Людмила. "Под знаком четырех". (Повести, 200 стр.)	8.50
ШТУРМАН, Дора. "Земля за холмом". (Статьи, 256 с.)	9.00

Заказы отправлять по адресу:
HERMITAGE, 2269 Shadowood Dr., Ann Arbor, MI 48104

К сумме чека добавьте 1.50 дол. на пересылку (независимо от числа заказываемых книг). При покупке трех и более книг — скидка 20%.